U0590753

国家社科基金重大项目 "《美国非裔文学史》：翻译与研究"（13&ZD127）
成果之一

浙江师范大学"外国语言文学"省一流学科资助项目

African Folktales

非洲民间故事

[美] 保罗·拉丁◎编

李蓓蕾◎译

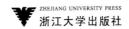
ZHEJIANG UNIVERSITY PRESS
浙江大学出版社

译者序

　　民间故事是民间文学的重要内容,是丰富的想象和鲜活的现实的生动结合。非洲是世界文明发源地之一,非洲黑人民间故事是非洲黑人世代流传下来的珍贵文学遗产,是世界文学和文化的重要组成部分。非洲黑人民间故事是南非前总统尼尔森·曼德拉、德文作家卡夫卡等许多世界名人推荐的阅读宝库,为非洲的文化发展提供了思想和精神源泉,塑造着非洲黑人民族的文化形象。

　　著名美国文化人类学家和民俗学家保罗·拉丁(1883—1959)编写的《非洲民间故事与雕刻》(*African Folktales & Sculpture*,1952)是介绍非洲黑人民间故事的经典之一。该书包括撒哈拉以南非洲(包括豪萨、班图、阿散蒂、布须曼、祖鲁等民族)的80个口述经典。这些故事既有神话故事,亦有流传在非洲民间的幽默轶事,可大致分为四个类别——世界及其起源、动物及其世界、人的世界、人及其命运。《非洲民间故事与雕刻》自1952年出版以来流传甚广,被翻译成德语、法语等多种语言的译本,受到广大读者的欢迎和学界的高度评价。书中的故事不仅让我们了解到非洲的风土人情,为我们带来审美的愉悦,而且蕴涵着深刻的文化思想。

　　此次,译者将这80个故事译成中文,并取名为《非洲民间故事》。

一

　　本书中的80个民间故事与非洲黑人的文化心理、哲学思想、语言表达、艺术创造、生活趣味息息相关。它们对社会与历史、政治与经济、伦理与道德、文化与艺术有着丰富多元的表征和思考，蕴涵着丰富的文化内涵，彰显着人类的许多共同理想和美好追求。

　　这些非洲黑人民间故事不仅描绘了南非羚羊、朱羚、非洲蹄兔、热带丛林蜘蛛、猴面包树等非洲特有的风物，而且塑造了许多经典的文化英雄，例如机智的野兔、狡猾的蜘蛛、单纯善良的羚羊、擅言的学舌鸟、捍卫正义的老鹰，以及战胜水怪的酋长、复仇的妻子、无私的父亲、坚韧的母亲等。塑造文化英雄是非洲黑人民间故事的一个重要特征。以《喝错粥的妻子》为例，凶恶的丈夫要求他的第一个妻子只喝小米粥，而他自己却喝高粱粥。妻子偶然一次喝了高粱粥，便被丈夫用斧头砍死了。妻子化作幽灵回到家中找丈夫复仇。她作为文化英雄的创造力在文本内表现为，她从温顺善良的妻子转变为死后愤怒复仇的幽灵。她在文本外的创造力则在于她的转变和歌唱尖锐地反映了一些黑人女性遭受的家庭暴力和性别压迫。她的歌词将小鸟、幽灵和高粱粥并置，暗喻黑人女性乃至世界上的许多女性好似"笼中之鸟"的卑微的家庭地位和社会处境。这样血泪的控诉令人心痛，更发人深省——

搅搅粥，搅搅粥，小鸟。

搅搅粥，搅搅粥，小鸟。

啊，母亲啊！满足于小米。

一点高粱粥就是一个幽灵。

　　非洲黑人民间故事中的主人公往往擅长言说，巧妙地运用重复、反讽、双关、暗喻、拟人、对比等语言技巧，把言说转换成一种充满仪式感、类似于表演的表达方式和文化活动。例如，《聪明人和傻瓜》中傻瓜的歌唱有谴责、追忆、倾诉、表达、推理、抒情等成分，是言说仪式，更是主体表达。傻瓜的父亲和兄弟贪心地吃着他抓来的鱼，却不给他剩下半点。父亲第三次吃着傻瓜抓来的鱼时，不小心被鱼刺卡住了喉咙，傻瓜于是唱道：

你吃着，吃饱喝足；

一根鱼骨卡在你的喉咙；

现在你的生命临近完结，

鱼骨仍旧卡在你的喉咙。

聪明的兄弟，你猎杀了鱼，

何曾给傻瓜吃点？

没有！现在他快死了，或许你宁愿

你已给傻瓜吃过了。

　　傻瓜其实不傻，他再三地宽容他聪明的兄弟愚弄他，只是为了等待他那残忍的兄弟和父亲有悔悟的时候。但这样的时候迟迟不来，他便选择不再宽容。

在非洲黑人民间故事中，歌唱似乎比直接的语言叙述更能讲述故事、打动人心和引起共鸣。它能够打破故事讲述的单调节奏和沉寂氛围。随着歌唱者的经历越来越多，他的歌词也会越来越多，歌曲则越来越长。歌唱者把最新的经历放在最前面歌唱，再回述之前的事情。歌唱作为一种言说形式将人物眼前面对的现实与他的回忆重叠，形成一种二重奏。例如，《恩贡巴的篮子》的女主人公恩贡巴孤独地在河边钓鱼，一边追忆她母亲照料她不够细心，一边想象着她的姐妹们愉快地钓到鱼的情景：

> 如果我的母亲，
> （她钓到一条鱼，把它放进篮子里）
> 曾仔细照料我，
> （她又钓到一条鱼，把它放进篮子里）
> 我本应与她们同行，
> （她又钓到一条鱼，把它放进篮子里）
> 而非独自一人在此。
> （她又钓到一条鱼，把它放进篮子里）

这段歌唱形象地刻画出恩贡巴百感交集的心境。她一面因为自己生了病，不能与她的姐妹们一起去河边钓鱼而伤心，一面又因为自己此刻独自一人，顿感孤独、害怕和忧虑。

二

非洲黑人民间故事体现"小故事、大图景"的叙事格局，它的言说并不是一种自说自话的独白，而是层次丰富的对话，对话的核心之一便是万事万物之间的联系性。它从人与自然、人与社会、人与他人、人与自我四个方面探讨人的存在，凸显人类的存在是主体间的存在。个体的存在是建立在他与其他主体和事物之间的关系的基础上的。在非洲黑人民间故事中，人与事物之间不是单纯的表征者与被表征的对象，他们之间，以及人与自然之间是情感相通的，例如，人把雨视为痛苦、悔恨、羞愧和悲伤时流的眼泪。人与动物所代表的自然虽然总是在抗衡，但彼此之间并非绝对对立。在一些故事中，灌木猪等动物会幻化成人，而人也能够幻化成动物。这种对万事万物之间的联系的关注影响着非洲黑人对生命和道德的认知。因此，我们总能在故事中看见罪恶—复仇/惩罚、善良—回报/奖赏等因果关系。

在《为什么一个人不要揭露另一个人的来源？》《高大的少女乌恩图姆宾德》等故事中，我们可以找到一些与中国传统文化倡导的"不揭他人隐私""己所不欲，勿施于人""信守承诺""忠诚勇敢"等美德相似的道德训诫；我们也会发现一些可与中国文化有共鸣的核心价值观，例如《反驳是如何在阿散蒂出现的？》提倡言论自由。蜘蛛夸库－安耐西批评那个名叫"讨厌被反驳"的人——"你说你讨厌被反驳，但你自己又反驳别人"。言论霸权跟其他形式的霸权一样是不可取的，因为它使用的依然是双重标准。当然，非洲黑人民间故事与中国传统文化在为人处事的道理上同样不乏共鸣。例如，《为什么你的亲属请求与你同行时，你应当让他陪伴你？》表现了祸福相依的道理，故事的讲述者想要告诉听故事的人，一开始境遇最差的人不一定最后的结果最差，命运充满了反转的可能性。故事《姆里莱的历险记》则提醒人们要知恩图报，懂得感恩那些曾经帮助过自己的人。

非洲黑人民间故事在讨论罪恶（贪心、欺骗、背叛、伤害等）与惩罚、报复与原谅、压迫与抗争、霸权与反抗之间的关系时，总不忘展现万物之间种种千丝万缕的联系，残酷的故事中不失对善良、温暖和美好的刻画，幽默的故事中不失对相关问题的追问和考量。例如，《水中巨人》在主张惩处恶人、伸张正义的同时，呼吁要宽容，得饶人处且饶人。

三

非洲黑人民间故事在教育、建构社会认同和传承文化传统三个方面发挥着不可忽略的作用。它仿佛斑斓的多棱镜，我们可以透过它深入了解非洲的民间文学、社会现实和风土人情，了解非洲黑人的语言艺术、生命经验和哲学思想。

关于本书的翻译，译者一方面适当修改或删除了一些关于暴力的过于直白和自然主义的描写，例如故事中一些过于残酷的惩罚手段。非洲是一个多民族多文化的地区，主要依靠道德规约来治理和调节集体、社会秩序，往往以强调罪恶的严重后果来警示人们。因此，读者应当注意文化语境的不同，多从象征意义而不是单一地从字面意义去理解非洲黑人民间故事的内容和语言。另一方面，译者为每个故事涉及的具有文化特色的词语和概念作了注释，以便于读者理解。译者还尽量保留了一些非洲语言词汇的发音，如故事《为什么孩子先被鞭笞》中的那条神奇的鞭子"阿比瑞迪亚布拉达"等，力求保留原著为读者营造的关于非洲语言的想象空间。此外，蜘蛛安耐西是非洲民间故事中出现频率较高的人物形象，鉴于他在各黑人民族文化中的形象和意义有所不同，译者在涉及这一形象的故事中均作了必要的补充说明。

"在非洲，民间故事是一种负担；但它是叙述者们优雅地承担起来的负担，而且广泛地拥抱了大多数的听众。正如阿肯人所言，'当两个人一起挑担子，它便不再是负担了'。"❶ 这里的"两个人"可以是两个不同的叙述者，也可以是叙述者与聆听者。对于非洲黑人而言，民间故事是一种甜蜜的负担，它承载着他们的历史、文化和生活。

中非友好交往已有数千年的历史，如今我国在"一带一路"倡议下积极增进与沿线各国人民的人文交流。文明互鉴促进了世界多样文化的共生共荣。在此时代语境下，对非洲黑人民间故事的引介、认知和研究，能够帮助我们更多地了解非洲文化和世界文明，相信这本《非洲民间故事》在为我国读者提供更多富于意义和趣味性的非洲黑人民间故事的同时，能为促进中非之间的文化理解和民心互通发挥积极作用。

李蓓蕾

2019年1月25日于金华

---

❶ Yankah, Kwesi. The Folktale and Its Extensions//The Cambridge History of African and Caribbean Literature. Cambridge: Cambridge University Press, 2012: 32.

序言

一

西方人对非洲本地部族居民的误解多于对其他民族的误解。或许，原因不难解释。非洲文化被那些外行，尤其是美国和英国的外行，一代又一代地习惯性地视为意指着"原始"这一被长期滥用的词语中的每个含义。它们被认为具有某些特征，这些特征是那些外行和不少科学家受到赫伯特·斯宾塞在19世纪后30年阐述的进化理论的影响而提出的。斯宾塞的进化理论适用于那些处于人类较低发展阶段的社会或群体。然而，这里涉及一个更为重要的事实。那些文化属于一个从15世纪至19世纪一直被奴役的种族。尽管这个种族的某些成员在一些地区得到解放，但他们在社会中还是被迫处于低等地位。他们被迫与白人隔离，干着最卑微的工作。简而言之，他们被迫过着一种在经济上、精神上和思想上均贫困的生活。

在这样的环境中，早期非洲民间故事的出现自然遭到种种怀疑，因为它们提供了最清晰的证据，证明了它们的创造者们并不原始。同时，它们是对那些收集这些故事的传教士的颂扬，传教士们思想开明，至少达到了将这些非洲本地的民间故事与他们自己的民间故事及童话平等看待的程度。有一个人尤其值得一提，他就是卡勒韦主教（Bishop Callaway），他有两部著名的作品，即《童话，传统和祖鲁人》（*Nursery Tales, Traditions and Histories of the Zulus*, 1868）和《阿马祖鲁人的宗教体系》（*The Religious System of the Amazulu*, 1870）。

其他许多思想开明的人士很难相信非洲黑人拥有一种具有艺术特色的口述文学，很难相信这种口述文学在很多方面可以与他们自己的民间故事媲美。著名的德国非洲研究者卡尔·迈因霍夫（Carl Meinhof）指出，1888年有一本喀麦隆的民间故事集在德国出版，许多与当地人有所接触的白人表达了十分愤怒的抗议，他们坚持认为没有黑人能够创作出那些故事。

当然，到了今天，任何一个没有完全被偏见束缚，或没有把自己置于过于绝望的学术境地的严肃的人，都不能对非洲本地部族的高品质的口述文学视而不见。然而，在许多地方，有的人仍然认为，非洲本地部族神话的独特，以及它与波利尼西亚、印度尼西亚和美国印第安人的神话的不同，不是因为特殊的历史和文化环境，而是源于黑人头脑固有的"缺陷"。其含义是黑人的头脑比其他民族的头脑原始。德国人类学家赫曼·鲍曼（Hermann Baumann）和其他许多人类学家都赞同，他们坚持黑人没有创造真正的神话的天赋这一说法，其中一个原因是他们的民间文学中缺乏真正的有关宇宙哲学的神话。

只有对一个民族的历史发展进程有足够的认识，我们才能获得充分的理解。但是，由于缺乏非洲黑人文明的书面记载，我们从未获得这些知识。但情况并非是完全令人绝望的。我们现在拥有非常丰富的资料，可以对相当数量的民间故事进行研究，对大量的文化因果和关联做必要的了解。我感到，有足够的信息能够用来证明我们某些冒险的观点和设想，以及那些观点和设想对神话和文学的发展之重要意义。

简单说来，有以下观点：所有的民族都被赋予了同等的创作神话的想象力。今天发现的神话种类并不一定也不可能是某一个民族曾拥有的唯一一种神话。神话和民间故事随着文明社会经济结构的变化而变化，这些故事从它们与文明社会经济结构的联系中发展出的观点和思想也发生着改变。它们在内容和风格上的变化可归因于两个方面：不仅产生了一些特殊的思想意识，而且这些特殊的思想意识占据了主导地位，影响着人们（尤其是那些被赋予艺术天赋的个体）重组、重新阐释和赋予旧的文化传统及背景新形式的过程。我们今天掌握的所有证据——并不算少——证明了我们的设想，即有人类以来，具有艺术天赋的个体存在于所有的民族。

关于亚洲和欧洲的伟大的历史文明，一些理论家❶认为，创造神话的想象力在三个历史时期和三个地区受到了最为深刻的激发并找到了它最为丰富的表达，即古印度、古希腊和信奉基督教的中古时期欧洲。寻找精确的数据总是危险的，我不认为把古印度时期指定为公元前2000年初，把古希腊时期指定为公元前1000年初就十分正确。而且，根据这些理论家的观点，正如大学者本菲（Benfey）曾提到的，对于古希腊和信奉基督教的中古时期的欧洲的作品中发现的情节、主题和母题是否来自古印度，这并没有多重要。重要的是，一个民族对它们的专注的强度。

卓越的民俗学家和文化历史学家把所谓的创作神话的想象力的激发局限在某些民族的几个历史时期，这一点是令人难以理解的。或许，可以用学术头脑和视野的狭窄这两个为人熟知的原因来解释。不用说：事情远非如此。

从19世纪和20世纪所获得的关于本土民族口述文学的资料来看，现在比较明确的是，在他们的某些历史时期，创作神话的想象力被激活，作品数量庞大，内容丰富，例如古希腊、古印度和信奉基督教的

---

❶ 民间故事芬兰学派的成员尤其持这一观点。

中古时期的欧洲。然而，如果认为创作神话的想象力有人类以来便在本土民族中发挥作用，以及在本土民族被欧洲人发现时仍可见，这是错误的。这会是一个危险的误解。任何存在的本土民族都把它的神话创作归到一个更早的远古时代。

然而，尽管所有的民族都有神话和民间故事，但它们的数量和发挥作用的方式在不同的地区是不同的。直到最近，在北美洲和南美洲，相较于散文、小说等其他文学类型而言，神话和民间故事的数量仍然非常庞大，而且对社群产生的意义也更为重要。

我们在此没有兴趣试图解释这种变化是怎么发生的，而是想指出，如果真正的神话和民间故事在哪里较少的话，非洲不是一个特例。

鉴于以上观点，我们必须着手研究那片广阔大陆的民间文学。

让我们记住这一点并进入我们的主题——非洲本土民间文学的本质。非洲本土民间文学的第一个突出特点是它自成一体。在世界上同非洲差不多大小的其他地区没有这样的情况。相似点既体现在情节建构的类型、具体的主题，也延伸到了文学技巧。例如，歌曲在散文小说中的运用，道德规诫式的结尾和本源性的解释的普遍存在。

但比以上提及的相似点更显著和更基本的是强烈的现实主义、对人具有多种不同情绪的强调、对当代情境的注重，以及普遍存在于整个非洲口述文学中的高度的老练精明。人很少被描述成完完全全、不可分离地被固定在这个世界上，或者被迫扎根在大地上——与世界上广泛流传的观点相反，甚至在少数讨论所谓的高位神和天上的神灵的神话中，人们发现了一种几乎令人着迷的"地心说"。例如，神常常下到地上。在一些神话中，神曾经居住在地上，由于各种各样的原因被迫上天。可以说：非洲的神在成为神之前，必须失去他们地上的"成分"或要素，以及他们和地上的联系。

这本故事集的前六个神话讨论了这个主题。最好的例子是来自西非多哥的克拉奇人的《神与人的分离》和来自这片陆地南端的布须曼人的《太阳和孩子们》❶。布须曼人拥有这样一个题材的神话，这表示它在非洲被广泛传播，因为不同民族的神话和民间故事在许多方面都具有各自的独特性。

在克拉奇人的这个神话中，天神乌尔巴里被描绘为居住在大地上——直接躺在大地母亲身上，因而可供他移动的空间非常小。在布须曼人的神话中，太阳躺在地上，孩子们则是神话中的英雄，被他们的母亲敦促去抬起太阳的腋窝。

现在，"天地之间的紧密融合是宇宙发展演变的初期"这一题材广为流传，古希腊人、古日本人、古阿芝特克人、波利尼西亚人都知道。在那些神话中，天神被刻画为住在高处的存在。在波利尼西亚的版本❷中，人要生存和良好地行使功能（因为他当时居住在黑暗中，在他的父母亲的怀抱里——希腊的版本同样如此），就必须"删除"他的神圣的父母亲，把他自己再推向苍穹一点，经过无数的艰难险阻，最终到达自由。在相似的非洲神话中，这和乌尔巴里与大地的分离是迥然不同的。我们的多哥叙述者告诉我们，乌尔巴里上升到天空是因为他在人的手中遭受了许多侮辱。"尊严……厌恶地……上升到现在的位置，人只能敬仰他而无法接近他。"

我觉得没有什么别的神话跟这个神话类似。现实主义、地球中心主义和愤世嫉俗背后一定有一段悠久而独特的历史。

然而，愤世嫉俗并不总是普遍地伴随着非洲现实主义。后者讨论

---

❶ Bleek, W.H. I., Lloyd, L.C. Specimens of Bushmen Folklore. London: G. Allen & Company, Ltd, 1911.

❷ Radin, Paul. Primitive Man as Philosopher. New York: D. Appleton and Co., 1927: 305.

的可能是更愉快的题材，如日常生活的快乐、父母和孩子之间的爱、忠诚、履行职责和因此得到的回报。劳特利奇在他的书《与一个史前的民族》（*With a Prehistoric People*）❶中讲述了一个男人对他的姐姐的伟大的亲情。由于他的疏忽，他的姐姐被诱拐，于是他出门寻找她，忍受了数不尽的艰难困苦，终于找到了她。因为她不再居住在地上，他放弃了他的亲戚们和地上的欢乐，去陪伴她了。另有一个金图的故事则强调一个男人为了得到他心爱的女人需要经历种种考验。

但从总体来看，非洲神话中极少有浪漫主义，也没有感伤。它明显不是一种以如愿以偿为重要情节的文学，也不是一种我们可以假设英雄会在最后获胜，或者错误总将被纠正的文学，我们要如何解释这一点呢？

这里，我们又得要小心了，不要做出仓促或没有根据的假设和结论，尽管很遗憾，这些（尤其由文学史家得出的）假设和结论总是塑造着这个领域。即使是一个像维拉莫维茨-默伦多夫（Wilamowitz-Moellendorff）那样拥有令人吃惊的知识深度和广度的人都会被压垮。在他看来，只有公元前6世纪的爱奥尼亚人拥有创作现实主义故事（中短篇小说）的能力，因为只有爱奥尼亚人学会了以恰当的人类表述来描绘人。❷他认为，他们从东方获得了这种知识，因为当我们谈到现实主义的故事和它们的叙述者时，它确实是我们总是认为的东方的东西。

如果那样的评价是通过比较不同的伟大的历史文化得出的，那么就不奇怪它们之间的不同就像历史的文化和非洲黑人的文化之间的差

---

❶ Routledge, W.S. With a Prehistoric People: The Akikuyu of British East Africa. London: E. Arnold, 1910.

❷ Von Wilamowitz-Moellendorff, U. Die griechische Literatures Altertums//Wilamowitz-Moellendorff and Others. Die griechische und lateinische Literatur und Spreche. Berlin: B.G. Teubner, 1912: 56.

别那么大了。但是，最错误的就是把一个民族描述为比另一个民族更具有现实主义或更富于想象力。简而言之，黑人并不比其他任何种族更加现实或者更加不现实。

我们发现古希腊人、古日本人、波利尼西亚人和大多数美国的印第安部落人民的幻想和想象自由且不受约束，这并不是说他们在这方面特别有天赋。独特的情节和主题的有或无，以及对情节的现实主义或非现实主义的处理，仅仅表示我们所探讨的文化和文学传统趋向于排除一个和包含另一个。这些文学传统常常令人难以置信地充满活力。以爱斯基摩人为例，他们的动物故事极少。故事的主人公通常是一个人，题材也跟非洲的故事一样现实。然而，威斯康星和内布拉斯加的温尼贝戈人的文学传统就不一样了。我们发现他们区分神话和民间故事，以及中短篇小说时，一个双重的界限已清晰地形成，而且有着特殊的意义。在第一个范畴里，我们讨论一个遥远的过去，它呈现的世界和行动者跟今天的那些截然不同。所有的民间故事都有圆满的结局，英雄胜利，美德得到奖赏。相反，在中短篇小说中，我们讨论当代或者至少是历史的情境。故事中的人物总是人类，英雄们面对着人类存在的现实和变迁，结局往往是悲剧。但是，波利尼西亚人就不对故事作那样的区分，不规定任何一种结局。

我们也不应该在"什么构成幻想和想象"的概念上过于随意。自19世纪的浪漫主义时期以来，在日耳曼国家（也包括英国和美国）中总有这样一种趋势，即把这些概念定义得过于狭窄——主要用莎士比亚和埃斯库罗斯的意象来思考它们。但这只是由我们自己的文学传统导致的一种偏狭主义。想象力的发挥和幻想多种多样，我们将看见这本故事集中的故事具有这个特点。所有的人类学家都认为，纳瓦霍神话有价值较高的意象，而如果论想象力，我想不出有什么会高于这本书中的简短的叙事——我们有一只从一个屋子蹿到另一个屋子的老鼠般的人物形象，她观察着秘密的事，从一个衣橱钻到另一个衣橱，然后凭借经验创造出"故事孩子"，她给它穿上各种颜色的衣服，她收养了它，因为她自己没有孩子——这是一种丰富的想象和高超的象征主义。它表现了大多数的本土民族社会中明显缺乏的一种文化成熟和老练精明，奇异地让人想起更复杂的东方文明。

许多社会理论家常常认为，神话和民间故事的题材是由一个民族的心理决定的，事实上并非如此。为一个部族或民族的心理寻求文化形态等价值代替物，是无法真正的促进神话和民间故事题材发展的。神话和民间故事的题材是由历史环境，较为固定和具体的文学传统和惯例提供的选择共同决定的。

此外，具有天赋的创作个体对这些传统和惯例的再阐释也影响着神话和民间故事题材的发展。我们要知道，一个民族或部族的成员们并非生活在真空中，他们并不对"为艺术而艺术"的纯粹追求感兴趣。

我们得记住以上这些，才能开始尝试解释以下问题：为什么非洲民间故事有它的独特性和特有的样态？为什么有的主题和母题存在，有的却缺席？为什么有的文体被接受，有的却不被接受？

二

非洲各地区之间的相互沟通常常被拿来讨论。对于艾丽斯·维尔纳这样有能力的非洲学家而言，这个问题对研究非洲文化非常重要。她坚持"无论一个人是从地理学、民族学还是心理学方面研究非洲，他越研究就越感受到清晰界限的缺乏"❶。但是，尽管这种相互联系和界限缺乏的现象得到了重视，它们单独说明的东西却微乎其微。要了解非洲本地人的文化样态，借助近2000年来的政治事件会有成效得多。在这段漫长的历史时期，非洲都处于一种极其动荡纷乱的状态，因为它受到来自结构更复杂的地中海文明和东北非文明反复和持续的影响。这里，我们讨论的是通过和平手段和更加普遍的武力与残暴征服传播的单个或多个文化的特点。我们可以有把握地认为，可能早在公元前2000年，一种有活力的和富于变化的特质便从古埃及传到了非洲，即使只是间接和轻微的传播。

如果认为所有的这些影响直接导致了西非和尼罗河流域的大多数部族，以及中南部和东南部的许多班图部族的社会结构类型的形成，这是错误的，这些影响很明显在它们的形成和结晶中没有起到那么大的作用。对于之前提及的非洲文明，以我们今天看到的形式来看，其历史很可能还不到六七百年。它们在众多方面都违背了它们混杂的起源，尤其体现为它们的政治、仪式组织和宗教信仰的多元化，以及这三者之间缺乏融合的情况。这种缺乏融合的情况常常近似于混乱，可追溯至公元1300年之前。对于导致这种混乱的原因，得从那些在更高的经济和技术程度上，并以相应的更复杂的意识形态上层建筑对非洲本土部族产生反复影响的因素中去寻找。

这种影响在它起作用的地方，对一切寻求统一和一致的努力构成阻碍。那些追求统一的努力一定尝试过了，我们的数据显示得很清楚。它们在不同阶段受到挫败，我们的数据同样确定地揭示了这一点。这不只是因为每一次有外界的民族和思想侵入时，之前侵入的民族和思

---

❶ Werner, A. Introductory Sketch of the Bantu Languages. London: K. Paul, Trench, Trubner & Co., Ltd, 1919: 111.

想带来的影响还没有消失。新旧文化特征在类型上是如此的不同、如此的对抗，使得它们几乎不可能和谐共存，并融合成一个新的整体。

特殊的和本土的发展大量存在。在一些地区，实际上就是在西非文化的中心，比较旧的政治经济结构表现出惊人的抵抗力。班图南部的民族和诸如刚果俾格米人、布须曼人和霍屯督人等民族的情况更是如此。但总的情况当然还是，各种文明处于一种混乱的状态，令人无所适从。

不用说：延续了多个世纪的、被迫的文化移入在一个民族内部导致的冲突和混乱会在他们的口述文学中留下一个永恒的遗迹。那些主要是满足愿望和幻想的民间故事——简而言之，童话——被推到幕后。人类主人公带着那些来自纯粹的人类情境的情节来到了台前。后者带着不妥协的现实主义，人与人之间相互争斗，就像生活在一个经济和政治都动荡不安的世界里的个体遇到的情形一样。

的确，我们可以推断，这主要是由于这些人生活在一个动荡不安的世界，这个世界失去了价值观，从而导致了人们内心的道德堕落，他们的故事因此充斥着残暴和肆无忌惮的谋杀。爱斯基摩人的情况亦如此，他们的环境很不利。19世纪的俄罗斯人也是这样。从那些以残暴和谋杀为题材的故事来看，在这些文化中，对人的分裂和文化分裂的抵抗是那么的强烈，以至于故事的讲述者，作者-擅讲故事者感到有必要给故事附上明确的道德告诫，大意是死亡是那些没有抵抗住混乱的人的不可避免的命运，外部的混乱之后是残酷的内部分裂。我们的故事《一个未出生的孩子是如何为他母亲的离世复仇的？》是一个明显的例子，班图故事《让大鼓响起来》则是一个更具象征意味和诗歌形式的例子。

它的情节很简单。一个年轻国王跟一些人去做买卖，他带回来大量的商品，后来，有人因嫉妒他拥有如此多的财富，将他杀害了。然而，国王变成了一只小鸟，停在那群谋杀者面前的一棵树的树顶，唱着：

让大鼓响起来！让大鼓响起来！
它扑打翅膀，
来自深河的小鸟，
来自神之大河。
让大鼓响起来！

让大鼓响起来！让大鼓响起来！
在滔滔大河，我找到珍珠，
它击打傻瓜，
用血树上砍来的胶泥。

让大鼓响起来！让大鼓响起来！
用血树上砍来的胶泥，
它们的珍珠全白。
瞧！南巴❶，你在哪儿？

让大鼓响起来！让大鼓响起来！
瞧！南巴，你在哪儿？
开始串珍珠，

---

❶ 国王的姐妹。

美丽的珍珠。**❶**

让大鼓响起来！让大鼓响起来！

开始串珍珠，

美丽的珍珠，

从这片由我洗刷不义的大地。**❷**

让大鼓响起来！让大鼓响起来！

从这片由我洗刷不义的大地。

你们把我带到如此遥远之地，

没有脚的我。

谋杀者们听到这首歌，杀了这只鸟。他们还没来得及继续前进，这只鸟又出现了。他再次唱起歌来，却又一次被杀害。最后，鸟停在王宫屋顶，国王的仆人们看见了这只鸟，听到了他的歌声。谋杀者们此时已经接近部落了。然而，为了完整地实现结尾的效果，叙述者的话还是必要的：

"你们又出现了！"（仆人们说）

"我们又出现了。"

"国王呢，你们把他留在哪里了？"

"在路上。"

"当真？在路上！来看看王宫屋顶的一只小鸟。"

他们立马说道："让我们杀了它。"

---

❶ 戴上珍珠串以哀悼。

❷ 坟墓。

与此同时，一些人正在地上挖地洞。南巴说："不，不要杀它。我们先来听听消息。"

小鸟又唱起歌来。

"进屋吧，你们可以向我们解释一下这只小鸟究竟在唱什么。"（仆人们说）

他们进了屋，坐在毯子上，可就在那时，坡沃沃沃（哎呀）！他们跌入地洞。人们立刻拿来滚烫的水倒在他们身上。他们就这样死了。

对人和世俗的当代情境的强调不仅给故事提供了一个主要场域，而且带来了动物故事的人类化，以及对童话主题和母题的再阐释和新运用。这在动物故事中十分明显。这些特点在非洲非常普遍，但我想知道它们是否在其他的本土部族中更为普遍。实际上，在非洲的一些地区，动物故事非常稀少。例如，托伦德（Torrend）是非洲民间文学方面的权威之一，他提到，在北罗德西亚的一些部族和诸如科萨和祖鲁那样的重要部族，以及那些不记得自己是否曾被奴役过的部族中，动物故事的数量微小，而且显然是由外界引入的。

如果外行和许多民俗学的研究者有相反的观点，那是由于动物故事容易被拿来作比较，而且它们一直以来被投入到一些新用途中。民俗学家不该拿那些故事的数量来强调非洲的情况，而应当看看动物是如何被转化为人类主人公的，动物特有的冒险和行为是如何被改造加工、转变为人类的冒险和行为的。野兔似乎比其他动物保持了更多的原初身份，在祖鲁人那里不时地和一个叫拉卡亚纳（Hlakayana）❶的类似人的生物融为一体。在东非的一些地方，人们

---

❶ Theal, G.M. Kaffir Folk-lore. London: S. Sonnenschein, Le Bas & Lowrey, 1886: 89.

甚至将他与一个历史人物——阿拉伯诗人艾布－努瓦斯（Abu Nuwas, 756?—810）混为一谈。维尔纳女士告诉我们，"他进行了许多带有耻辱色彩的冒险"❶。此处，我们不谈拟人（anthropomorphization），而是谈动物的人类化（humanization），后者与中世纪欧洲的一些东西有某种家族相似性。

如果我们了解导致一类民间故事被另一类替代的政治和社会经济背景，诸如非洲不同地区之间的相互沟通，也只能得到部分答案。它呈现给我们一个表明这种变化何以产生的社会环境，但关于那些赋予民间故事天才痕迹的男人和女人，它却告诉不了我们什么。在有成效地思考他们之前，有必要简要回顾一下学者们——包括人类学家和非人类学家，关于本土部族的社会中是否存在有天赋的个体，以及那里是否存在真正的文学这个更大的问题的观点。

通常，收集非洲民间故事的人类学家和外行们，除了提到有些人知道的故事多一些，而有些人知道的少一些，有些人是很好的叙述者，有些则是糟糕的叙述者之外，关于为他们提供资料的那些人谈得很少。信息的缺乏并非偶然，而是因为收集者往往有意识地设置两个假设——一个是没有真正的个体作者；另一个是没有严格意义上的真正的文学。大多数收集者都对研究欧洲民间故事和童话的代表性学者得出的结论一无所知。

刚刚提及的这些学者现在相信，欧洲－亚洲童话表现了一种真正的艺术形式，我们必须像研究一切的文学表达那样去研究它们。但是很不幸，他们仍误以为美国印第安人、马来人、波利尼西亚人等民族的确是更古老的、简单天真的和不复杂的原始民族。当

---

❶ Werner, A. Introductory Sketch of the Bantu Languages. London: K. Paul, Trench, Trubner & Co., Ltd, 1919: 292.

然，也有少数一些更了解情况的人，特别是路易丝·庞德（Louise Pound）❶。但是，大多数德国民俗学家会接受罗伯特·佩奇（Robert Petsch）在他的名作《叙述艺术的本质与形式》（*Wesen und Formen der Erzählkunst*）中的说法。他认为，非洲本地民族的民间故事只是叙述艺术的早期形式，他称它们为"预先形式"。它们只对出现在一个人眼前的东西进行描述，最终目的主要是加强存在感，并没有建构性的想象。它们发挥一个纯粹实用的功能，偶尔发挥一点微小的美学功能。

佩奇的观点得到许多著名的人类学家的支持，而他们很可能从未听说过他的名字。所谓的功能主义学派的所有成员都支持它，例如马林诺夫斯基（Malinowski）。他们（马林诺夫斯基除外）勉强承认为讲述故事而讲述故事的原初愉悦在无文字记录的民族中是存在的。他们表示，那些故事不是自由的，而是带有许多令人不安的因素之间的实际纠缠。佩奇（和功能主义者们，如果他们之间是相互一致的，在此一定默许）主张，只有伟大的历史文明才能达到为讲述故事而讲述故事的艺术高度。换言之，只有在伟大的历史文明中，我们才能期待找到童话和所有真正的文学的原型。

这简直大错特错。人类学界中略知一点文学的实地考察者，如今知道文学艺术家存在于每一个没有文字记录的社群，而且得到社群的认可。虚构的和半历史性的故事常常是为了讲述的纯粹愉悦而被讲述的。当然，那是以有一群愿意聆听和能够评价欣赏的听众为前提的。实际上，佩奇和无数跟随他的人类学家们，大可以读一本多年前写就的小书，一个伟大的文学史家的遗著——威廉·谢勒

---

❶ Pound, L. Poetic Origins and the Ballad. New York: The Macmillan Company, 1921.

（Wilhelm Scherer）的《诗学》（*Poetik*）❶，他们也可以认真对待一群有代表性的英美诗人和文学批评家❷的共识，除了I. A. 理查兹（I. A. Richards）❸和T. C. 波洛克（T. C. Pollock）❹等那些被马林诺夫斯基误导的人。

让我们回到非洲部族社会的文学艺术家这里。有时，把文学艺术家与其他人区分开是比较容易的。以波利尼西亚人为例，很明显，文学艺术家属于上层阶级，而且总的来说：摆脱了他作为普通的波利尼西亚人的许多公民义务，从而能有闲暇专注于他的艺术。他实际上是一个职业诗人和叙述者。由于波利尼西亚社会的种种禁忌，他的听众一定是局限于他的阶层的成员。在其他部族，他不会被如此严格地区分开，整个部族构成了他的听众。但是，他往往是一个特别有才能的个体。不论什么时候，社会地位、在某些仪式中的身份、所有权的具体理论及权力，决定谁可以或谁不可以叙述某一个神话或故事。相较于文学艺术家的个人兴趣和某个作者-擅讲故事者的那些个人因素，以上这些因素有着更大的影响力。

据称，没有文字记录的民族的口述文学不能算作真正的文学，因为它从未脱离这个群体的主要活动，因为在它的创造者或改造者和听众看来，它经常需要满足实用的目的。然而，当任何一种文学要最大限度地发挥作用时，都是如此。我们知道，很多民俗学家和人类学家被非洲本土文学神奇的黏着力震惊了。他们坚持认为，神话和故事遵照的这种或部分或整体的实用的条件使它们处于文学的领域之外。他

---

❶ Scherer, W. Poetik. Berlin: Weidmann, 1888.

❷ Caudwell, C. Illusion and Reality. London: Lawrence and Wishart, 1937.

❸ Richards, I.A. Principles of Literary Criticism. New York: Routledge & Kegan Paul, 1924.

❹ Pollock, T.C. The Nature of Literatwre. Princeton: Princeton University Press, 1942.

们有意或无意地赞同维多利亚时代中期的"为艺术而艺术"理论的一种低级形式。按这种标准，他们只好把几乎所有的抒情诗，当然还有整个希腊古典戏剧都排除在外。我无法想象出一种比让埃斯库罗斯的伟大戏剧得以成熟的体系更为神奇和宗教性的体系。而且，愈加明显的是，《俄瑞斯忒亚三部曲》（*Oresteia*）中包含无数的社会政治含义[1]，莎士比亚的历史剧显然也是如此。19世纪和20世纪的那些伟大的、精通古典文学艺术的学者把埃斯库罗斯置于真空，而他可能会是第一个憎恶这个真空的人。

重要的不是某一首诗歌或叙事散文是否有实用功能或一个神奇的背景，或它的主题的本质是什么，而是一个艺术家是否创作了它。这是我们必须确定的。当然，我们将记住，在我们自己的社会和非洲的本土部族社会中，艺术家们运用特殊和传统的素材，采用数量有限的风格。唯有卓越的艺术家和能工巧匠才有适度的自由，他们开辟出崭新的、未经尝试的领域。

因此，当一个像格哈德·林德布卢姆（Gerhard Lindblom）[2]那样杰出的非洲学家强调这样一个事实，即阿坎巴人跟其他许多土著人一样，不会在白天讲故事，我们附加给这一习俗的意义，不应该比附加给"埃斯库罗斯创作的戏剧与具体和固定的仪式有关"这一事实的意义多。东非人相信，违反这种习俗将导致他们的牛被野兽袭击。可能有人会反驳说：希腊人无疑也会坚持如果戏剧不在规定的时间上演，可怕的后果就会降临。林德布卢姆教授补充道，尽管这是阿坎巴人的特色，即对他们而言，讲故事不仅是一种消遣，也是一种神秘的行为。

---

[1] Thomson, G. Aeschylus and Athens. London: Lawrence, 1941.

[2] Lindblom, G. Kamba Tales of Animals. Uppsala: Appelbergs, 1928: Vi.

那种神秘的力量是那些提及他们的祖先的故事所产生的。"它们一方面是对祖先之魂致敬，有助于使现在活着的后代在他们面前蒙恩。"❶即使是埃斯库罗斯时期，人们也不会觉得这个信仰有什么特别的，更不要说在这之前的一个世纪的希腊人。

我们现在来考虑这样一个基本的问题：非洲的作者-擅讲故事者与来自其他无文字记录的文明的同行们有着怎样的不同？我们必须从历史中寻找答案，尽管我们的资料不足。

不同于波利尼西亚的情况，很少有证据表明，非洲的作者-擅讲故事者中也曾有一个特权的阶级。但是，有充分的证据揭示那里存在两类职业的作者-擅讲故事者，一类密切地依附于一个领袖或"国王"❷，另一类是自由的。第一类的功能是颂扬政权和现状。他们是官方的"历史学家"或统治阶级的"桂冠诗人"。所以，他们主要讨论当代的事件和实际生活中的男男女女。他们很可能在统治阶级的阶层中上升到一个占据绝对优势的地位。我们可以肯定的是，他们中的许多人都是祭司；而且沉浸在部族的传统口述文学中。他们对人类情境的官方的关注和与属于统治阶级的少数人之间的特殊关系，在很大程度上决定了他们选择的题材及强调和再阐释的方式。

以人为主人公的情节会更加突出；正如之前指出的，动物要被细致地人类化。由于这些情节的艺术结构享有很高的声誉，它们因此被传播到很多地方——那些地方的部族社会基于完全不同的和简单得多的政治经济原理，传遍整个南非。另外，这些作者-擅讲故事者的任务之一是现实主义地描述俗世的统治者和部族制度的源起，宇宙哲学

---

❶ Lindblom, G. Kamba Tales of Animals. Uppsala: Appelbergs, 1928: Vi.

❷ 特别是在西非，但班图巴干达人也是如此。

的神话便被推向了幕后。有大量的证据表明那样的神话曾经存在于非洲的许多地方，尤其是尼罗河流域和西非的部落。我们必须记住，对宇宙或天体和神的源起的怀疑并非外行关注的问题。它往往是祭司－哲学家思考和想象的结果。在非洲，如果我们将多哥兰的埃维人或北罗得西亚的拜拉人视为典型，那么这种想法显然已被导入了种种略有差异的渠道。哲学家－祭司们不是怀疑世界和神的源起，而是慎重思考世界的本质和神的特征及力量。

已有研究者触及这些作者－擅讲故事者以人类的视角和场景重组和重新阐释动物故事时所依据的普遍原则。仍需做的是，通过讨论我们这本故事集中的一个故事——在阿散蒂人中间广为流传的一个关于蜘蛛安耐西的故事（《蜘蛛如何得到天神的故事？》），来具体阐述这其中的过程。

这是一个古老的动物故事，包含着广泛流传的一些元素。它有最简单的情节：小蜘蛛是如何利用狡猾的计谋诱骗危险的动物，进而捕获它们的。最初，故事的情节一定是独立的。在阿散蒂的版本中，最初的情节被保留，但故事却完全遵从一个奇异的主题，即一只完全被人类化的蜘蛛与一个同样被人类化的天神之间的一场打赌。故事中，蜘蛛为了买天神的故事而接近天神。天神回复他的请求："像可可弗、贝夸伊和阿苏蒙亚那样的大人物也来过，他们都买不到，你一个无名小卒竟然说你买得到？"后来，天神提出交换的条件。蜘蛛必须给天神带来一条蟒蛇、一些黄蜂、一只豹子和一只小精灵。赌约达成。蜘蛛自夸地向他保证他会把所有的东西都带来，并喊道"再加上我的老母亲……"故事接下来叙述动物和小精灵是如何被捕获的。

很明显，故事的中心是赌约和两个主角，而非奖赏或用来捕获动物和小精灵的计谋。在最后一个场景中，蜘蛛带来了他的最后两个交换条件——小精灵和蜘蛛的母亲。于是天神召集他的长老们开会，让他们定夺此事。天神告诉他们："非常伟大的国王也来过，但都没能买到天神的故事，可是蜘蛛夸库-安耐西付得出代价……赞美他吧。"他们这样做了，天神继续说："夸库-安耐西，从今天起直至永远，我把我的故事赠予你……赐福于你，赐福于你，赐福于你。"

对如此多的动物故事进行重组和重新定位的一个后续影响是，实际上，所谓的恶作剧精灵和文化英雄故事从那些作者-擅讲故事者（主要是官方作家）生活的地方消失了。这两种类型在非洲部族世界的其他地方都能看到。它们在政治事件异常多的地方发展得最为丰富。恶作剧精灵和文化英雄故事不仅存在于布须曼人那里，而且非常普遍，这表明它们一定也曾在非洲的其他地方被发现过。事实上，在那些没有阶层划分的班图部落，作者-擅讲故事者的活动没有趋向于与一个领袖的利益紧密相连和不时地歌颂统治阶层，这些故事的确有一个恶作剧精灵-文化英雄，即野兔。他的创作功能已经消失了，而许多美国印第安部落的故事也是这样。

与那些或多或少被官方界定的作者-擅讲故事者形成鲜明对比的是专门的和真正的讲故事的人。这些讲故事的人在每个群体和村庄都能被看到。在非洲，他们在盛大的聚会、交换商品或故事碰巧正在部落之间传播的集市上扮演非常重要的角色。这些故事讲述者存在于非洲的任何地方，但在南非的那些没有阶层划分的社会，我们能最充分地看到他们的活动。他们也重塑和重新定位传统的题材，但主要是为了让它跟上时代，使它能够被当代的听众理解和接受。这事实上就是他们在所有非洲部族社会中的作用。由于社会（甚至是南非）转变迅速，这一点比在部族世界的其他地区有更多的意义。例如，当动物故事中的演员们没有逃脱被人类化的命运时，情节被完全保留，它们的较古老的形式被坚持使用。例如，以下这个来自南非的尚加人的故事❶：

一天，野兔对灰羚羊说："我们去种点豌豆吧。"灰羚羊说："我不喜欢豌豆，我更喜欢野菜豆。"于是，野兔一个人去种豌豆了。当豌豆开始发芽，他却注意到它们在逐渐消失，于是他躲在地里，把正在挖他的豌豆的灰羚羊抓了个正着。他说："天哪！你是个小偷。交罚款！"灰羚羊给了他一把锄头，离开了。

野兔遇到几个在用棍子挖土的女人，对她们说："你们有锄头吗？"她们回答说："没有，我们一把也没有。"他说："那拿这把去吧，你们可以待会儿再还我。"她们挖完土时，最后一个使用锄头的人却把它弄坏了。于是野兔唱起下面的歌：

挖土的人啊，还我的锄头，我的朋友们。
我的锄头是羚羊给我的，
是羚羊赔偿给我的东西。

故事以每个女人给了他一个罐子结束。

野兔的动物故事情节以完整的形式得以保留，但动物主人公被完全人类化了。这样的例子还有很多，要么动物主人公被一个人类主人公替代，要么一个属于人类的人物被引入，在重要性上与动物主人公相当。

南非较古老的神话和童话在形式上发生了类似的转变。尽管南非的作者–擅讲故事者更保守，与更古老的传统民间故事的关系也很紧密，但他们也像他们的北非同行们一样，深深地受到过去700年的非

---

❶ Junod, H.A. The Life of a South African Tribe: Mental Life. London: D. Nutt, 1913: 223.

洲历史特有的混乱动荡的影响。于是，同北非的情形一样，现实主义的故事和中短篇小说在南非出现了。事实上，人们因此得到的印象是，对政治经济环境的思考在南非比在班图北部或尼罗河流域和西非的部落更直接。当时的人类关系一定变得异常紧张和难以忍受，以至于产生了像《一个未出生的孩子是如何为他母亲的离世复仇的？》那样的中篇小说。它值得评论，因为它展现了作者－擅讲故事者的超凡技巧和敏锐的心理学与哲学洞见。

该故事的情节有一种成熟的简练。一种冷酷的外界环境对抗着一个丈夫和准爸爸。这个男人通不过考验，于是他将自己从外表和内心上与社会群体隔离。他站在我们面前，赤裸裸的，失去了他所有的道德价值观和标准。惩罚和报复随后无情地发生。他充分意识到自己犯下的罪行表现在双重象征中。一股恐惧突然朝他袭来，他必须跑，远离他刚刚肆意杀害的妻子的尸体，远离他自己。接下来，那个死去女人的未出生的孩子从她的子宫里出来，开始快速地追捕谋杀者，把他赶回他主动与之隔离的那个社会的世界，让他领受自己的死亡。

有时，我们在中短篇小说的情节中加入童话的主题和母题，那些童话脱离了它们更古老的背景，被次要地和象征性地运用。让我以《草原上的奇迹创造者》这个非常深刻的故事为例。

我们把一个神秘和超自然的动物转变为一个纯粹的人、一种当代情境。这一转变促成了动物——一头创造奇迹的水牛的彻底转变。它不再只是一个动物或一个超自然的存在，而是象征着人必须赖以生存的外部世界。故事中的人类主人公拒绝遵从他们社群的传统习俗。这个男孩不允许他的父母去拜访他最终选作新娘的那个女孩的父母，反而自己把聘礼带去给女孩的父母。他被如此刻画，是因为他对自己过于自信，也因为至少从表面上看，他不想让他的新娘因他父母的严厉训诫而受苦。

女孩以一种不同但同样以自我为中心的方式拒绝遵从。她不接受她的父母给她的女仆，而是要求得到那头创造奇迹的水牛。她要求："不如给我部落的水牛，我们的水牛是草原上的奇迹创造者。让他侍奉我吧。"她的行为是极其反社会的，她也完全误解了人与自然、人与外部世界的关系。自然被迫服从于她。作者—擅讲故事者独具匠心，安排他们俩启程回家时让水牛只对她，而不对她的丈夫显现。

情节要求那个男孩因他的固执和自负而受到惩罚。然而，他没有被刻画为违犯人类存在和人类幸福的基本条件。他不会在最终的灾难中被打垮和毁灭。他受到的惩罚是另一种形式的。他将是最后带来灾难的媒介。

女孩（正如人们所预料的，考虑到她对她的父母的要求的本质）从未能够理解她的罪和她对现实的深深的误解的实质。她得到的惩罚，以及所处境况的主要悲剧正在于这个事实。在一个痛苦哭泣和充满懊悔的场景中，她试图复活那头死去的水牛，似乎有一丝意识到她的行为的可憎，于是吟诵一首神秘的歌：

啊！我的父亲，草原上的奇迹创造者，

他们告诉我：你会穿过深深的黑暗；从四面八方

你会跌跌撞撞地穿过黑夜，草原上的奇迹创造者；

你是年轻的奇迹树，生自灰烬，悄然早逝，被一条咬人的蠕虫啃噬……

你在你的路上创造花儿与果实，草原上的奇迹创造者！

但是，这样的意识也就是微光一闪。这个女孩到底不能被原谅，她刚使水牛复活，水牛便开始移动它的肢体，超越那个那么罪恶昭彰地触犯它的世界——先是对女孩的丈夫，后又对她的婆婆。水牛死了，临死前预言了她和她的族人最后的毁灭。

"误解人与自然的关系会导致悲剧"这个观念在所有的非洲文明中很普遍，在人们的态度比较矛盾的那些地方，在人们对外部世界掌控不足的那些地方，在社会不是按照阶级组织的那些地方。我在北方的班图、西非和尼罗河流域的民族那里找不到它的表现。

《草原的上奇迹创造者》的主题在布须曼人那里找到一个有趣的变体，如故事《被狮子掠走的年轻人》。应当记住，在布须曼人那里，童话和简单的动物故事仍然占主要地位。这个故事的基本主题是，自然多少可能误解它与人的关系，就如同人多少可能误解他与自然的关系一般。情节如下：

一个年轻的男人在打猎时睡着了。一头饥饿的狮子抓住了他。这个男人为了逃命选择装死。狮子相信他已经死了，把他带到一棵树那里，把他的尸体紧紧地卡在树枝中间，然后去饮水止渴。男人把自己从树上放下来，逃回家中恳求他的亲戚们把他藏起来，不要让狮子看见他。他觉得狮子必然会追踪他。于是他的母亲把他藏起来。很快，狮子出现了，如果人们不把那个男人交给狮子，狮子就用破坏威胁他们。箭和长矛都朝狮子飞去，可丝毫不起作用。最后的办法是扔动物幼崽给狮子吃。可是，狮子什么也不吃，坚持要回那个被它抓住和装死骗他的男人。最后，人们绝望了，要求那位母亲把她的儿子交给狮子，以挽救其他人。那位母亲照做了，但要求狮子也必须死，因为它提了一个没有根据的要求，一个超越了它的权利的要求。所以，我们得到的教训是，自然可能越界，必须尽力促使它就范。那位母亲最后勉强同意了村民们的要求，她说："就这样吧。把我的孩子给狮子。但你们绝不要让狮子吃他，绝不要让狮子继续在这里游荡。你们必须为我的孩子杀了狮子。让狮子躺在我儿子旁边。"这个教训就是她的话的含义。

最后，如果我说的话还算比较正确，那么可以说除非在最普遍的层面，如果把非洲本土的散文文学等同于其他民族（当然波利尼西亚人除外）的散文文学，是错误的。其他的神话、童话和故事不再像最原初的非洲民间故事，如同对希腊神话的有意识的文学再创造也不再像最原初的希腊神话一样了。我们面对的是一种真正的艺术形式，这种艺术形式往往有着高度的精明老练和形式主义。非洲文学的创造者们有时可能和古希腊人一样是怀疑和讽刺的。事实上，我们难以找到一个故事的开头能与下面这则阿散蒂故事的传统开头的讽刺和精明老练相媲美。

"我们不是真的说，我们不是真的说，我们接下来要说的话是真的。"

或者与以下这个传统的结尾相媲美：

"我讲述的这个故事，无论它悦不悦耳，带一部分去别处，同时也让一部分回到我这儿吧。"

序幕

世界及其起源

动物及其世界

人的世界

人及其命运

尾　声

附录：非洲黑人民族简介

序　幕

　　老鼠周游各地。她钻进富人的房子，也拜访最贫穷之人的家。夜幕降临，她用她那明亮的眼睛观察着人类的秘密之事。没有什么宝库是安全的，因为她能穿过地道，一探究竟，看见那里的所藏之物。

　　过去，她把她的见闻编织成一个个"故事孩子"。她给予每个"故事孩子"一件不同颜色的长袍——白色的、红色的、蓝色的或黑色的。这些故事变成了她的孩子，与她同住，悉心待她，因为她没有自己的孩子。

世界及其起源

FEIZHOU
MINJIAN GUSHI

1 蜘蛛如何得到天神的故事？

　　一次，蜘蛛夸库-安耐西❶去天神炎孔潘❷那里买天神的故事。天神问道："是什么让你觉得你能买到它们？"安耐西答道："我知道我能买到。"于是天神说："像可可弗、贝夸伊和阿苏蒙亚那样的大人物也来过，他们都买不到，你一个无名小卒竟然说你买得到？"

　　安耐西问："买那些故事的代价是什么？"天神回答："只有用蟒蛇欧尼尼、豹子欧舍伯、小精灵莫阿蒂亚、黄蜂莫博罗才能买到它们。"安耐西说："我会带来这所有的东西，另外再加上我的老母亲恩锡亚，她是她家族的第六个孩子。"天神说："那就把他们带来吧。"安耐西回到家，把这一切告诉了他的母亲："我想买天神的故事，天神说我得把蟒蛇欧尼尼、豹子欧舍伯、小精灵莫阿蒂亚、黄蜂莫博罗送去，我说我把你也加上，把你献给天神。"安耐西询问他的妻子阿索："要得到蟒蛇欧尼尼，我们要做什么？"阿索回答："你出门去砍根棕榈枝，摘串藤蔓带回来。"安耐西带着这些东西回了家。阿索又说："把它们带去小溪边。"安耐西带上东西出发了，一边走一边自言自语："它比他长，并非跟他一样长；你撒谎，它可比他长。"

　　安耐西接着自言自语："他不就在那儿吗，正躺在那儿。"蟒蛇

---

❶ 蜘蛛安耐西在不同的黑人民族的文化中有着不同的人物形象。他在本故事中是一个平民小人物，敢于应对高难度的挑战，运用智慧成功得到天神的故事，完成了许多大人物都完成不了的事情。

❷ 炎孔潘，阿散蒂文化中的天神。

欧尼尼无意中听到了安耐西这些话，问："你在干吗？"安耐西回答："还不是我的妻子，她偏要说这根棕榈枝比你长，我说她在说谎。"蟒蛇欧尼尼说："你用它量一下我。"于是安耐西一边拿着棕榈枝走过去，一边说"你把身体展开"。于是蟒蛇伸展开来，安耐西迅速地用藤蔓把它缠绕起来，响起阵阵"噼里啪啦"的声音，他一直捆到蟒蛇的头部。安耐西说："傻瓜，我要带你去天神那里交换天神的故事。"

他带着蟒蛇去找天神。天神说："我的手已触摸过了。我等着其他的。"安耐西返回家告诉了他的妻子一切，说"接下来是黄蜂"。他的妻子说："找只葫芦来用水装满它，然后出发吧。"安耐西在树林里走着，看见一群黄蜂正聚在那儿，他从葫芦里倒出一些水，洒在那群黄蜂上，然后把剩下的水泼在自己身上，再割下一片大蕉叶遮在头上。他对那些黄蜂说："下雨了，你们最好到我的葫芦里来，这样雨水就淋不着你们了，你们没见我正用一片大蕉叶挡雨吗？"于是黄蜂们说："我们感谢你，阿库！我们感谢你，阿库！"嗡！所有的黄蜂都飞进了葫芦。安耐西盖上葫芦口，欢呼："傻瓜们，我抓住你们了，我要带你们去换天神的故事。"

于是，他把黄蜂带到天神面前。天神说："我的手已触摸过他。我等着其他的。"安耐西又回到家告诉他的妻子："还有豹子欧舍伯。"阿索说："去挖个坑。"安耐西说："噢，我明白了。"他出门寻找豹子的行踪，并最终发现了它们。他挖了一个很深的坑并掩盖起来，然后回家去了。第二天一早，目标出现，安耐西说他得出门了，他赶到了那里。哎呀，瞧！一头豹子躺在坑里。安耐西说道："父亲的孩子，母亲的孩子，我告诫过你不要喝醉，现在好了，就像所有人预料的那样，你喝得烂醉，结果掉进坑里了。若我说我可以救你出来，第二天你一看见我或者我的孩子们，保准就会捉住我和他们。"豹子说："啊！我不会做那样的事情。"

于是安耐西砍来两根树枝，一根搭在这边，一根搭在那边，说道："把你的一只爪子放在这儿，另一只放在那儿。"豹子应声放好了爪子。他正要往上爬时，安耐西举起他的刀，迅速砍到了豹子的头上，"噶"的一声！嘭！豹子又掉进了坑里。安耐西把豹子弄了出来，把他往家带，兴奋地喊道："傻瓜，我要拿你去换天神的故事。"他举着豹子，把它献给天神。天神说道："我的手已触碰过它。我等着剩下的。"

安耐西回家雕刻了一个阿库阿的孩子——一个黑色的平面木偶，再从树上采了一点黏液涂在木偶身上。他还捣碎了芋头，放了一些在木偶的手里。他接着又捣碎了一些放在铜盆里，他在木偶的腰间系了根线，然后把木偶放在柚木树下，小精灵们经常在那儿玩耍。一个小精灵来了。她说："阿库阿，我可以吃点这个芋泥吗？"安耐西用力拉了一下线，木偶点了点头。小精灵对她的一个姐姐说："她说我可以吃点。"她姐姐回答："那就吃点吧。"她吃完后准备感谢木偶。当她表达谢意时，木偶没有回答。小精灵对她的姐姐说道："我谢谢她，可她不回答。"小精灵的姐姐说："拍拍她。"啪！她拍了她，手却被粘住了。她又对她的姐姐说："我的手被粘住了。"她姐姐说："用另一只手再拍拍。"啪！她又迅速地拍了一次，这回另一只手也被粘住了。她告诉她的姐姐："我的两只手都被粘得牢牢的。"她的姐姐说："用你的肚子推一推她。"她照做了，腹部也被粘住了。安耐西过来绑住了她，说："傻瓜，我抓住你了，我要把你送给天神，交换他的故事。"他带着她回家了。

现在，安耐西对他的母亲，那第六个孩子恩锡亚说道："起来吧，我们走，我要把你和小精灵献给天神，交换他的故事。"他举着她们去找天神，说："天神，这儿有一个小精灵，还有我提到的老妇人。"于

7

是天神叫来了他的长老们，孔蒂雷、阿夸姆酋长、阿东登、吉亚塞、奥约科、安戈贝亚和基敦。他把这件东西交给他们，说："非常伟大的国王也来过，但都没能买到我的故事，可是蜘蛛夸库–安耐西付得出代价。我从他这儿收到了豹子欧舍伯和蟒蛇欧尼尼，他还自愿加上了他的母亲。所有这些都在这儿。赞美他吧。"于是众神欢呼："耶！"天神接着说道："夸库–安耐西，从现在起直至永远，我把我的故事赠予你，科塞！❶科塞！科塞！祝福你！祝福你！我们将不再称它们为'天神的故事'，而是称其为'蜘蛛的故事'。"

---

❶ 类似于祝福语。

2 神与人的分离

时日之始，神乌尔巴里和人住得很近。乌尔巴里躺在大地母亲阿萨斯·亚的最高处。后来，因为可供移动的空间实在太小，人触怒了神。于是神假装离开，上升到现在的位置，人可以崇敬他，却不能触及他。

神恼怒的原因很多。一位老妇人在她的棚屋外做麸麸❶时，一直在用她的杵棒戳及乌尔巴里。他疼痛难忍，被迫去往老妇人够不到的更高处。此外，灶火的烟尘钻进了他的眼睛，使他不得不走得更远。据说：曾与人那么接近的乌尔巴里被当作一块非常方便的毛巾，人们在他身上擦他们的脏手指。这自然让他气恼。但这还没有糟糕到使我们卡塞纳人民的乌尔巴里离人那么遥远。他那么做是由于一位老妇人因想要做好她的汤，每到用餐时间都会割他一点肉，而他因为这样的遭遇而疼痛不已，只好逃到更高处。

乌尔巴里在新环境安顿下来后建造了宫廷，动物们是他主要的侍从。所有事情一度都进行得顺利，直到有一天，卫兵队队长蜘蛛安耐西❷请求乌尔巴里给他一根玉米棒。乌尔巴里说"当然可以"，但他想知道安耐西要一根玉米棒做什么。安耐西回答："主人，我将给你带来

---

❶ 芋泥或木薯泥，丸子状。

❷ 本故事中的蜘蛛安耐西是克拉奇民族的神乌尔巴里的宫廷卫兵队队长，他与神乌尔巴里之间发生了一系列故事。安耐西的智慧深得赏识，但当他骄傲自满，吹嘘自己比乌尔巴里更有智慧时，乌尔巴里设计惩罚他，却被他识破，他最终证明了自己智慧非凡。

一百个仆人作为交换。"听到这话，乌尔巴里哈哈大笑。

然而，安耐西说话算数，他立刻就踏上了从天上到地面的路，到了地面便询问人们从克拉奇到延迪的路怎么走。在得到一些人的指引后，安耐西出发了。他那天晚上来到了塔里亚苏，他向酋长请求借宿后，在一间屋子里安顿了下来。到了睡觉时间，他拿出玉米棒，询问酋长把它放在哪里安全。他说："这是乌尔巴里的玉米。他派我去延迪传信，我可不能丢了这根玉米棒。"

于是，人们指给他屋顶上的一个好地方，他把玉米棒藏在了屋顶，然后便去睡觉了。但是，安耐西夜里起来，把玉米棒喂给了鸡。天亮时，他询问人们玉米棒在哪儿。哎呀！它被吃光了。安耐西小题大做，直到塔里亚苏人民给了他一大篮玉米才罢休。他继续赶路，但拿着这么一大篮东西实在太累了，不久后，他便坐在路边休息。

迎面走来一人，手里拿着从地里带回的鸡。安耐西跟他打了个招呼，他们很快成了朋友。安耐西说他喜欢这只鸡——实际上他太喜欢这只鸡了，愿意拿他的那篮玉米跟那人换。这种提议可不是天天都有的。那人同意了，安耐西带着这只鸡继续赶路。

他在夜里到了潘代，向酋长致意后请求借宿一晚。酋长欣然同意，安耐西疲惫极了，不久便去睡觉了。在那之前，他向人们展示了他的鸡，说它是乌尔巴里的鸡，他得把它运到延迪。这话果然让他们印象深刻，他们指给安耐西一间安静、漂亮和安全的鸡舍。安耐西藏好了鸡便去睡了。

但安耐西可没睡着。他一听到所有人都在打鼾了，便立马起来拿着他的鸡走到村外，将这只可怜的鸡献祭了。他把鸡的身体留在树林里，撒了点血和羽毛在酋长家的门柱上，然后回去睡觉了。清晨公鸡打鸣，安耐西起床，开始大喊大叫着"乌尔巴里的鸡不见了"，说他会丢了他的卫兵队队长的职位，而不幸的潘代一定会遭遇厄运。这一顿吵闹引来了外面的所有人。这时天已经亮了。当人们知道了事情的原委，就更吵闹了。这时，安耐西突然指向酋长家门柱上的羽毛和血迹。事实不容抵赖了——这些羽毛无疑都是那只不幸的鸡的，某个小男孩也在树林里发现了它的身体。所有人都清楚，他们的酋长犯下了极其可怕的亵渎圣物之罪。每个人都认为即将到来的灾难不可避免，于是他们乞求安耐西原谅他们，表示愿意做点事情只求免受那灾难。最后，安耐西说如果他们给他一只羊带到延迪的话，乌尔巴里可能会原谅他们。人们叫道："只要你能结束这场麻烦，我们给你多少羊都可以。"于是安耐西带着十只羊满意地继续赶路了。

他没走多远便来到了延迪的郊外。他有点累，坐在村外休息，也让他的羊吃点草。这时前面走来一群痛哭的人，他们抬着一具尸体。安耐西跟他们打完招呼后问他们在做什么，他们回答说一个年轻人死了，他们正把他送回他的村子埋葬。安耐西问村子是否离得远，他们说很远。于是他说尸体很可能在路上就腐烂了，他愿以十只羊交换它。这可是笔新奇的买卖，尽管它听起来还行。过了一会儿，这群人同意了，他们带着羊离开了，把他们死去的兄弟留给了安耐西。

安耐西等到傍晚才带着那具尸体进村。他来到延迪的酋长家里，向那位威武的首领行礼，恳求一个休息之处，又说道："乌尔巴里的儿子与我同行，他是他最喜爱的儿子。虽然你知道我是乌尔巴里卫兵队的队长，但我也只是这个男孩儿的一个奴隶而已。他实在太累了，现在睡着了，我想为他找间屋子。"对延迪的人民来说这可是一个大好消息，他们很快为"乌尔巴里最喜爱的儿子"准备好一间屋子。安耐西把尸体放进去，盖上一块布，它看起来确实像一个睡着之人。安耐西走到屋外，人们给了他食物。他饱餐了一顿，又要了一些食物给"乌尔巴里的儿子"，进屋后他自己却狼吞虎咽地吃光了，带着空罐子出来。这时，延迪的人民问他们可否玩耍和跳舞，因为"乌尔巴里的儿子"来拜访他们可不是常有的事。安耐西回答他们"可以"，说那个男孩儿睡觉睡得很沉，几乎没有什么可以吵醒他——就连安耐西自己每天早晨也得鞭打他才能叫醒他，摇晃他没有用，叫喊也没用。所以，他们可以玩耍和跳舞。

天刚破晓，安耐西起了床，说他和"乌尔巴里的儿子"该启程了。他请昨晚跳舞的酋长的几个孩子进屋叫醒"乌尔巴里的儿子"。他说如果那个年轻人不起床，他们就鞭打他，他就一定会被叫醒了。这些孩子按他的话做了，但"乌尔巴里的儿子"没醒。安耐西喊道："打重点儿，打重点儿！"孩子们照做了，"乌尔巴里的儿子"仍然没醒。安耐西说他自己进屋去叫醒他。他一进屋就大声地喊"乌尔巴里的儿子"。他摇了摇他，却"震惊"地发现那个男孩儿死了。安耐西的哭喊把所有人引到了院子门边，他们得知了酋长的儿子们打死了"乌尔巴里最喜爱的儿子"这一可怕的消息。人们惊慌失措，酋长本人也来了，他看到了一切，深信不疑。他提议杀了他的孩子们，杀了他本人，但凡他有的一切，他都愿意献出。但安耐西拒绝了，说他太过悲痛，什么都想不出，让人们把这不幸的男孩儿埋葬了，或许他会想出让乌尔巴里消气的办法。于是，人们埋葬了这具尸体。那一天，所有延迪人都沉默了，因为大家都陷于恐惧之中。

晚上，安耐西叫来酋长，说："我将回到乌尔巴里那里，告诉他男孩儿是怎么死的。我会承担所有的责任，把你隐藏于他的盛怒之外。但你必须给我一百个年轻人带回，这样他们能为这个男孩的死做个见证。"人们这下高兴了，选了一百个最好的年轻人，让他们为前往乌尔巴里居所的长途旅程做好准备。次日早晨，安耐西起了床，他看到年轻人们都已准备好上路，他带着他们回到克拉奇，又从克拉奇回到乌尔巴里那里。乌尔巴里看见安耐西带着一群青年过来，便出来迎接他。安耐西告诉乌尔巴里他做的一切，向乌尔巴里说明他是如何以一根玉米棒得到一百个优秀的年轻仆人的。乌尔巴里十分高兴，他称赞安耐西作为卫兵队首领实至名归，并把他的名字从安延孔改为安耐西。这个名字一直沿用到今天。

后来，安耐西为他的这项事迹高傲自满，常常大吹大擂他的聪明。一天，他甚至过分地说他比乌尔巴里拥有更多智慧。乌尔巴里不巧听到了这话，自然对这种放肆行为非常恼怒。次日，他派人请来安耐西，告诉安耐西必须去帮他取一点东西，除此之外别无其他信息。安耐西只好自己找出乌尔巴里想要的到底是什么，一整天都在思来想去。到了晚上，乌尔巴里对他哈哈大笑，说："你得带给我一点东西。你到处吹嘘说你和我一样有智慧，那么现在就去证明吧。"第二天，安耐西起了床便去找"一点东西"了。不一会儿，他便有了一个主意。他坐在路边召集来所有的鸟。他从每只鸟身上摘了一片好羽毛，然后解散了它们。他很快把这些羽毛织成一件华丽的衣服，然后回到乌尔巴里的村子。他穿上这件精美的羽袍，爬到乌尔巴里屋子正对面的那棵树上。不一会儿，乌尔巴里出来了，看见了这只色彩华丽的鸟。他第一次见到这样的一只鸟，于是叫来所有人，问他们这只美丽的鸟叫什么名字。然而，无人能回答，连了解远处丛林的一切的大象都不能。有人建议，安耐西可能知道，但乌尔巴里说很不幸，他派他去办差事了。每个人都想知道这个差事是什么，乌尔巴里笑着说："安耐西太过自大，我听见他说他比我拥有更多的智慧。所以，我让他去帮我取一点东西。"众人都想知道这个"一点东西"是什么，乌尔巴里解释说安耐西永远也猜不到他的意思，因为他想要的"一点东西"其实就是太阳、月亮和黑暗。

众人对安耐西的窘境和乌尔巴里的绝顶聪明发出阵阵笑声。然而，躲在那美丽羽衣下的安耐西听到了乌尔巴里对他的要求，等到人们一离开，他便从树上下来，跑去丛林。他丢掉他的羽衣，走得很远很远。没人确切地知道他去了哪儿，但他去到哪里都在寻找太阳、月亮和黑暗。有人说蟒蛇把这些给了他，有人说不确定。无论如何，他确实找到了它们，而且把它们放进了他的口袋，匆忙赶回乌尔巴里的村子。一天傍晚，他来到了他主人的屋子。乌尔巴里问候他后，问他是否带回了一点东西。安耐西回答："是的。"于是他从口袋里拉出了黑暗。瞬间，周围都黑了，没人看得见。他又拉出月亮，大家又能看见一点了。他最后拉出了太阳，注视着安耐西的那些人看见了太阳，双眼瞎了。有的人只看见一点，瞎了一只眼。那些在那一瞬间闭眼的人要幸运一些，他们没有失去视力。

这就是盲目是如何被带到世界上的，因为乌尔巴里想要一点东西。

3 造物主尼阿美和他的五个妻子

尼阿美❶娶了谷仓门口的鸡——阿科科。但是，过了一段时间，他又娶了四个妻子（非洲的一些部落，允许一夫多妻）。当然，阿科科仍然保有她作为正妻的权利，其他四个妻子遵从于她。

一天，尼阿美把四个新娶的妻子叫来，说他将使她们每个人的地位都高于部落的其他女人，问她们为此会献给他什么作为报答。第一个承诺她会经常打扫他的屋子，使屋子保持干净整洁；第二个说她会经常为他做饭，永不埋怨客人；第三个答应给他纺棉花，并给他取来他要的水；第四个说她会为他生一个金孩子。

最后一个承诺取悦了尼阿美，他每天都为这个女人宰一只绵羊。可是，孩子迟迟未来。正当尼阿美的耐心快要耗尽时，这个女人怀孕了，尼阿美吩咐阿科科去照顾和服侍她。

阿科科把这个女人带进自己的屋子。那个女人快要分娩之际，阿科科告诉她，当孩子出生时，无论自己在做什么，她一定要闭上眼，直到被允许睁眼。这个女人遵从了。阿科科匆忙出去拿回来一个大罐子。

这个女人生了一对双胞胎。第一个孩子是银的，阿科科立马把孩子放在罐子里。第二个孩子是金的，阿科科也把他放进罐子里。她匆忙出去，找了两只蛙来。她把它们放在长椅上，然后让这个母亲睁开

---

❶ 阿散蒂文化中的天神。

眼睛看看她的孩子们。

阿科科拿着罐子急匆匆地跑去远处的丛林，她在那儿发现了一棵已死的桑树。她把装着两个婴儿的罐子藏了起来，然后飞快地回到了尼阿美的庭院，在途中经过了尼阿美的屋子。她告诉她的丈夫孩子已经出生了，请他跟她一起去看看他的后代。尼阿美立马起身，来到那个屋子，那位母亲正躺在里面。当他看见两只蛙，而非他所期盼的金孩子时，他惊愕、愤怒，下令立即杀了这两只蛙，并把这个女人送去他的王国的尽头。

尼阿美王国有个猎人，他的屋子就位于远处的丛林。孩子出生的那天，他碰巧在外打猎，他为了狩猎来到桑树下。他被金孩子的光芒吸引，不由得大叫："哎呀，这是什么？"

孩子们回答他："我们是尼阿美的孩子。"但猎人不敢相信。他取了一点他们身体上掉落的碎屑，放进自己的口袋，又把孩子们带回他的棚屋。他悄悄地养育他们，没有把他的发现告诉任何人。

猎人每次想要钱时，就会收集一点孩子们身上的碎屑。他因此变得非常富有，不再居住在丛林中荒凉的小棚屋里，而是建了一个巨大的庭院，慢慢地在庭院周围聚集形成了一个大村庄。距离这里的不远处住着安耐西❶。一天，安耐西去丛林为他的鸡搜集一些白蚁。他穿过新建的村庄，看见原先是小棚屋的地方现在有着这么多的财富，住着这么多的人，他惊讶不已。他带着好奇心走进了村子，想了解变化是如何发生的，却意外地看见那个猎人正在和孩子们嬉闹。安耐西立刻就察觉到那正是尼阿美丢失的孩子，便迅速赶回家给他们的父亲传信。然而，猎人也看见了安耐西，他知道这个爱管闲事的安耐西会泄露他

---

❶ 本篇中，安耐西效忠造物主尼阿美，是他的信徒。

的秘密。于是，他把孩子们叫过来，因为他们声称自己是尼阿美的孩子，他提议把他们送回到尼阿美身边。

次日早晨，他为孩子们准备了吊床和漂亮的衣服，带着他们启程赶往尼阿美的居所。路上，孩子们叫他养父，让他收集一些石子好在之后玩跳棋，他们不能亲自跟他们的亲生父亲说话，但那些石头会告诉他整件事情。猎人照做了。

他们来到了尼阿美面前。猎人摆好了凳子，问尼阿美是否愿意跟他玩跳棋。尼阿美同意了，但银孩子说不，他想自己来玩，石子会讲述他们为什么会来。于是，银孩子和尼阿美都坐下来玩跳棋，随着石子在棋盘上一圈圈地移动，金孩子唱出了他们的奇异经历，从他们母亲的许诺到他们的出生。他唱着阿科科的卑鄙和猎人的善良，说他养育了他们而非为他们的金银而杀害他们。

尼阿美认出他们是自己的孩子，立即派人去远处的丛林召回那个被他驱逐的女人。她回来时，浑身脏兮兮的，头发已经很久没有修剪，乱蓬蓬的。尼阿美亲自为这个女人梳洗，直到她又重新变得整洁美丽。他又派人叫来阿科科。

尼阿美大怒，他把他的正妻——阿科科这只邪恶的鸡绑在柱子上，诅咒她。然后，他从天上把她扔了下去，并下令每当这只鸡想喝水时，她得先抬头望着他乞求。此外，尼阿美还下令，将来人人都把献祭鸡作为向神献祭的普通仪式。

这难道不是直至今日仍在做的事情吗？

至于孩子们——他们每年洗一次澡，他们身上的碎屑有的掉在了地上，也有的掉在了人身上，这些人都是幸运儿，因为他们会变得富有。

4 小神阿博颂是如何出世的？

从前，有个女人生了十一个孩子。她每天起床为孩子们做饭，他们总是把饭吃个精光，母亲一点也吃不到。她想这件事想了很久，出门去了种植园，对着一棵树自言自语："我将把我的十一个孩子送到你这里摘南瓜。等他们来时，抖下你的十一根树枝，杀死我的那些孩子吧。"

木棉树说道："我听到了，我会为你那样做的。"

母亲回到了家，对她的孩子们说："你们得去种植园里的木棉树下，那里有南瓜。去把它们摘回来。"

孩子们出发了。他们来到了木棉树下。第十一个孩子说："老大，站着别动；老二，站着别动；老三，站着别动；老四，站着别动；老五，站着别动；老六，站着别动；老七，站着别动；老八，站着别动；老九，站着别动；老十，站着别动；我，第十一，已经站好不动了。"

第十一个孩子接着对他们说："你们不知道母亲让我们来摘南瓜的唯一原因是什么吗？"

他的兄弟们回答："不知道。"

于是他说："她告诉过这棵木棉树，当我们到了这儿，他要抖下树枝杀死我们。所以，你们所有人都去砍树枝，扔向这棵木棉树。"

他们砍了树枝，扔向木棉树，弄出"乒！呼！乒！呼！"的声音。木棉树心想，孩子们来了。他抖下十一根树枝，落在了地上。第十一个孩子说："你们都看到了吧——假使我们站在树下，木棉树肯定就把我们杀死了。现在，它以为它把我们杀死了。"

他们摘了南瓜，拿到他们的母亲面前。她用南瓜做了饭。孩子们一扫而光！他们的母亲说："啊！这件事，我再也忍不了了！我得把这些孩子献给天神。"

次日早晨，天刚蒙蒙亮，她去找天神报告此事，说："我生的这些孩子吃饭吃得那么快，当我想吃的时候，已经什么都吃不到了。我饿得要命。所以，我恳求你，带走并杀死这些孩子吧，这样我便可以有东西吃了。"

天神问："情况真是这样吗？"

女人回答："我以我的性命保证，所言不假。"

天神选派了几位信使。他们去挖了一个大坑，把碎瓶子放进去。天神亲自取来一条蛇和一头豹子放进坑里，然后把坑掩盖起来，并让信使去召集孩子们。

孩子们一靠近有坑的地方，第十一孩子就说："老大，站着别动；老二，站着别动；老三，站着别动；老四，站着别动；老五，站着别动；老六，站着别动；老七，站着别动；老八，站着别动；老九，站着别动；老十，站着别动；还有我，第十一，已经站好不动了。你们从这里过，不可以从那里过。"

他的兄弟们说："一条宽阔的路就在那儿，我们为什么非得穿过丛林？"

此时，他们手里都拿着棍子。第十一个孩子说："扔一根棍子在这条路上。"他们于是扔了一根棍子在那条路上，棍子掉进了坑里，发出"乒乒乓乓"的声音。第十一个孩子接着说："喏！你们看吧！如果我们从那里过，我们肯定都死了。"

于是他们走了条小路，去见天神。天神派人挖了洞并掩盖起来，在上面放了些凳子，这样的话，孩子们一坐上去便会掉进洞里。很快，孩子们来到天神面前。天神对他们说："凳子在那儿，你们坐吧。"

第十一个孩子说："我们有什么资格可以坐在那么漂亮的凳子上呢？陛下，我们坐在这里就好。"

天神看着孩子们，自言自语道："我得把他们送到死神的村庄。"

次日早晨，万物刚可见，他召集来这些孩子，对他们说："你们必须去找住在那边的死神，从他那儿取来一个金烟斗、一根金牙签、一只金鼻烟盒、一块金磨刀石和一根金苍蝇鞭。"

第十一个孩子说："你是我们的主人，无论你要派我们去哪儿，我们都会去。"

天神说："去吧！"

孩子们动身前往死神的村庄。他们抵达时，死神说："无人有权来到这里，你们怎么来了？"

他们答道："我们四处漫步，偶然来到了这儿。"

死神说："哦！原来如此。"

死神现在有十个孩子，加上她自己，一共十一个人。当事物开始消失——天色变暗，死神把这些孩子分配给她的每一个孩子，她自己和第十一个孩子去休息了。天黑后，死神点亮了她的牙齿，使它们发出红光，这样她便可以用它们咬住第十一个孩子了。

第十一个孩子说："死神，我还没有睡着。"

死神说："你什么时候睡着？"

第十一个孩子回答："如果你给我一个金烟斗抽会儿烟，我就可以睡着了。"

于是死神为他取来金烟斗。

过了一会儿，死神为了咬住第十一个孩子，又点亮了她的牙齿，使它们发出红光。

第十一个孩子说："死神，我还没有睡着。"

死神说："你什么时候睡着？"

第十一个孩子说："如果你去给我拿一只金鼻烟盒，我就可以睡着了。"

死神去给他拿来了。

不久，死神正要抓住第十一个孩子时，后者说："死神，我还没有睡着。"

死神说："你什么时候睡着？"

第十一个孩子说："如果你去给我拿一根金牙签来让我嚼一会儿，我就可以睡着了。"

死神又去给他拿来了。

又过了一会儿，死神正要抓住他。

第十一个孩子说："祖母，我还没有睡着。"

死神说："那你什么时候睡着？"

第十一个孩子说："祖母，如果你去给我拿一块金磨刀石，我就可以睡着了。"

死神同样给他拿来了。

又过了一会儿，死神又一次起身。

第十一个孩子说："哎呀，祖母，我说了我还没有睡着。"

死神说："等你睡着要等到哪一天？"

第十一个孩子说："祖母，如果你去给我拿来一个全是洞的葫芦瓢，在里面洒上水煮点东西给我吃，我就可以睡着了。"

死神拿了一个筛子去到河边。当她往筛子里灌水时，水从筛子的洞眼漏了出来。此刻，第十一个孩子对他的兄弟们说："起床，赶紧逃。"于是，他的兄弟们起身逃跑了，他砍了一些大蕉秆放在他兄弟们躺过的地方，再拿布遮掩起来。

死神还在河边盛水。男死神对死神喊道："嘿，死神！"

她应道："你好。"

他问："你在干吗？"

她回答："哎呀，都怪我得到的一个小孩！当我快要抓住他时，他说'我还有没睡着'。他拿走了我所有的东西，现在又让我拿个筛子来盛水。"

男死神说："啊！你还是小孩子吗？摘点叶子垫在筛子里，再盛水不就好了？"

死神说："啊！这太对了！"于是她摘了叶子垫在筛子里，盛上水走了。

第十一个孩子说："死神，你都准备好了？开始煮食物吧。"死神煮好了食物，点亮她的牙齿，准备杀死第十一个孩子和他的兄弟，把他们做成食物。但她没有检查清楚就动手了，她杀死了她自己的十个孩子。

第二天清晨，等一切都可见了，死神起床坐在火边。第十一个孩子说："祖母，一只采采蝇正趴在你的胸口。"

死神说："去拿那边的金苍蝇鞭来帮我打死它。"

第十一个孩子说："天哪！我是多么的荣幸啊！一只采采蝇趴在你身上，而那里就有一把根苍蝇鞭。你会用这古老的东西！让我取来这把根苍蝇鞭，打死它。"

死神说："去把它从房间里取来。"

第十一个孩子跑去取来。他故意赶走苍蝇，而没有打死它，一边说："哎，今天这只采采蝇在哪儿，我就在哪儿。"

第十一个孩子走进房间，带上他那装着金烟斗和其他东西的袋子，说："死神祖母，只有我抓住那只采采蝇放进这包里，再把包交给你，一切才好。"

第十一个孩子走了——急匆匆！急匆匆！急匆匆！他到达了村子尽头，说："嘿，死神祖母，请原谅我这么说。如果你不是一个十足的傻瓜，我又如何能窃去你所有的东西，跟我一起来的兄弟们又如何能找到出逃之路，我又如何能让你杀了你的十个孩子？而我现在已经逃走了。"

死神说："你这样一个孩子！你在哪儿，我就在哪儿！"

第十一个孩子走了，他赶上了他那些坐在路边休息的兄弟。他们做了一个捕鸟器。第十一个孩子说："你们还没走吗？死神就要来了，我们找路逃吧。"

此刻，死神追上他们了。第十一个孩子拿出药，泼在他的兄弟们身上，他们爬上一棵木棉树的树顶。死神站在木棉树下，说："我刚才还看见那些孩子了，他们现在去哪儿了？"

第十一个孩子正坐在树上，他对他的兄弟们说："我要在她头上撒尿。"

他的兄弟们说："哎！她正在找我们，想抓住我们。我们逃到这树上来，你却说'我要在她头上撒尿'。"

第十一个孩子不听劝，他在死神头上撒了尿。

死神说："啊！你们在那儿！今天你们遇上麻烦了。跳下来！跳下来吧！你们这些坐在那儿的孩子。"其中一个孩子掉了下来。"跳下来！"又有一个掉了下来。很快便只剩下第十一个孩子了。

死神说："孩子，哈哈！"

第十一个孩子跳了下来，哎呀。他掉在了地上。死神却爬到了木棉树的树顶。

第十一个孩子说："你这巨大的女人，跳下来！"

扑通！死神也掉了下来，她死了！

第十一个孩子采了药，用手掌揉搓，然后洒在他的兄弟们身上，他们都复活了。第十一个孩子正要扔掉药，却洒出了一点药在死神身上，死神醒了。她说："你杀了我，又唤醒了我。今天你我之间有得追逐了。"

他们立马逃跑，嗖！嗖！嗖！死神穷追不舍。他们跑到了一条汹涌的大河前面。第十一个孩子的兄弟们会游泳，他们游了过去。第十一个孩子却不会游泳。他的兄弟们站在对岸，哭喊着，哭喊着。他们的嘴巴都喊肿了。

死神赶来了，说："啊！这些孩子！你们站在那儿别动！等我拿块石头砸中你们发肿的嘴巴。"她往下看时，发现正好有块石头，于是捡起来扔了过去。石头在飞行的途中说："风把我送到了对岸。"它落在了对岸。第十一个孩子说："我到了！"

死神说："啊，那个孩子！我跟你已无话可说。只想对你说：回家去吧，变成一位小神，如果我想带走的人到了你那儿，请告诉我。如果我愿意，我会把他送给你，但我希望你会为我接收他。"

这就是小神阿博颂如何出世的故事。他们起源于第十一个孩子。

5　太阳和月亮为何住在天上？

许多年以前，太阳和水是很好的朋友，他们都住在大地上。太阳经常拜访水，但水从未回访过。后来，太阳问水为什么从不来他家看望他。水回答说太阳的房子不够大，他如果带着他的人来了，太阳会被赶出去的。

水接着说："如果你想让我拜访你，你必须建一座非常大的庭院。但我得提醒你那得需要巨大的空间，因为我的人太多了，很占地方。"

太阳许诺建一座非常大的庭院，不久之后，他回家去找他的妻子月亮。他打开门时，月亮笑容满面地迎接他。太阳告诉了月亮他对水的承诺，次日便开始动工修建一座巨大的庭院，以款待他的朋友。

庭院一完工，他就请水第二天来家里做客。

水到了后，大声呼喊太阳，问他进来是否安全，太阳回答说："安全，进来吧，我的朋友。"

于是，水开始涌入，伴有鱼和其他所有的水生动物。

很快，水深及膝，水又问太阳是否安全，太阳又说："安全。"于是，更多的水涌入了。

当水深及头部时，水对太阳说："你还想要我的人都进来吗？"

太阳和月亮并不十分了解情况，异口同声地说："是的。"于是水继续涌入，直到太阳和月亮只能坐在屋顶了。

水又对太阳喊话，在得到同样肯定回答的情况下，他的人继续冲了进去，水很快便溢出了屋顶，太阳和月亮被迫上了天，从此他们就一直住在那儿了。

6 太阳和孩子们

　　从前，有几个孩子按照他们母亲的吩咐，在太阳躺着睡觉的时候，轻轻地靠近太阳的腋窝。他们要抬起太阳的腋窝。

　　与此同时，另一个女人也吩咐她的孩子们去做同样的事情。她告诉他们，如果他们轻轻地靠近太阳，然后抬起他的腋窝，那么布须曼的稻米就会晒干，而太阳在天上从一处移动到另一处时，他就会照亮万物。正是因为这个原因，这个老妇人哄着她的孩子们按照她的要求去做。她说："孩子们，你们必须等着太阳躺下睡觉，他让我们如此寒冷。然后再轻轻地靠近他，同心协力地把他举起来，扔进天空。"事实上，两个老妇人都是这么说的。

　　于是第二个老妇人的孩子们慢慢地靠近太阳。他们先是坐下来看看他，以确定他是否躺在那儿看着他们。最后，他们看到他十分安静地躺着，他抬着手肘以便使腋窝照着地面。在孩子们准备把他扔入天空之前，他们想起了老妇人，他们母亲的话，"啊！孩子们，去那边，你们把他扔上去时得跟他说话。你们必须告诉他他必须是完完全全的太阳，这样的话，当他感到他是完完全全的太阳时，那个炙热的太阳便会沿着天空行进，他会把布须曼的稻米晒干——他会像他矗立在天空时那样炙热"。

　　那就是他们的母亲，那个白发的老妇人所说的话。他们听见了，他们要听她的话。

　　一切就绪，他们抓住太阳，一起把他举起来，举高，尽管他摸起来炙热。他们一边把他举入天空，一边对他说："啊！太阳，你得站稳了，你必须沿着你的路前行，你在你浑身炙热的时候不能后退。"

之后，孩子们回去见他们的母亲，其中一个说："我的这个同伴抓住了他。我也是。我的弟弟和我更小的弟弟们都抓住了他。我对他们说'抓紧他，然后把他扔上去。抓紧他，扔他上去'。于是，我们把他——太阳那个老人扔上去了。"

另一个当时在场的孩子——一个少年也对她说："哎呀，母亲，我们把太阳扔上去了，并告诉他你对我们说的话，即他应该成为完完全全的太阳，太阳是炙热的，可它对我们来说却是寒冷的。我们跟他说：'啊！我的先祖！一直待在那儿，变成炙热的太阳，以便布须曼的稻米为我们变干，以便大地在夏天变得温暖，以便你完完全全地制造热量。为此，你必须照耀每一个地方。你必须带走黑暗。你必须来，以让黑暗离开。'"

确实如此。太阳来了，黑暗便离开；太阳落下，黑暗又来；到了夜晚，月亮出来了，黑暗随后离去。他带走了黑暗，又继续前行，继续照亮黑暗。月亮落下，太阳随后出来。太阳现在赶走了黑暗，当他矗立在那儿时，又赶走了月亮。实际上，太阳用他的刀刺破了月亮，这就是后者离去的原因。于是月亮说："啊，太阳！把脊骨留给孩子们！"太阳照做了。

月亮痛苦地离开了，痛苦地回到了家。他回家后变成了一个完整的月亮。尽管他好像已经死了，但又完全复苏了。他变成一个新的月亮，仿佛被装上了一个新肚皮。他变大了，又活了过来。他在夜里前行，感到自己又是月亮了。实际上，他感到自己是一只鞋，被螳螂扔入天空、被命令变成月亮的那只鞋。

这就是太阳做的事情——将大地的每个地方照亮。当人们行走的时候，大地是明亮的。于是人们能看见丛林，能看见其他人。他们能看见他们正在吃的肉，能看见跳羚，能在夏天捕捉它。同样是在太阳照耀的时候，他们能捕捉鸵鸟。由于太阳照亮大地，由于它照亮人们的道路，布须曼人偷袭大羚羊、偷袭弯角羚、在夏日四处游览、相互拜访。太阳在夏天炙热地照耀着人们的道路，他们常常去打猎，因为他们一定能看见跳羚。在夏天，他们满足地躺在用灌木围成的小家里，挖地。跳羚来时，他们做这些事。

我们讨论的这些人是最早的布须曼人，是远古种族的人们。他们最早栖息在这片大地上，他们的孩子对太阳产生了影响，他们把太阳扔上天空，使太阳上升，从而可以为他们温暖大地，让他们可以坐在太阳下。

他们说：太阳原本是一个住在大地上的人。起初，他只在他的住所周围发出光亮。由于他的光亮仅限于他的家和周围的一个空间，在大地的其他地方，天空模糊不清——就像太阳在厚厚的云朵里时的样子。这种光亮来自太阳躺下抬起一只手臂时露出的一个腋窝。当他放下手臂，黑暗降临各地；当他又抬起手臂，白昼再次到来。白天，太阳的光芒常常是白的；但到了晚上，它红得似火。太阳被扔入天空时变圆了，再也不是一个普通的人了。

月亮也一样。他曾经也是一个能说话的人。然而今天，太阳和月亮都不说话了。他们只住在天上。

7 兄弟们、太阳、月亮和漂亮女孩

事情是怎么发生的呢？首先，某个人的妻子怀孕了，她生了个孩子，叫月亮。她回家后又怀了孕，这次生了太阳。在荒野的远处有一个男人，他有一个漂亮的女儿。

太阳和月亮长大了。一天，他们出去散步，在荒野里遇见了那个漂亮的女孩。他们问她："你家在哪里？我们住在荒野，告诉我们你究竟住在哪儿。"

她回答："我们住在那片荒野。那里有许许多多危险的动物。"

哥哥月亮对女孩说："你喜欢我们吗？我们可以向你求婚吗？"

她说："是的，我能够喜欢你们，但不可以那样做。"

太阳接着问："那是谁不喜欢我们？"

她回答："我的父亲。"

月亮对女孩说："那好吧，我们等两天，第三天会来你的村庄。"

他们等了两天，第三天前往荒野。当他们靠近荒野时，远远地看见女孩站在丛林的另一边。他们去见她，问道："嗳，你们的村庄在哪儿？"

她说："我们的村庄就在这荒野之中。"

他们又问："啊，啊！人们住在这没有屋子之地？"

她说："是的，我们住在荒野中，我们没有屋子。"

他们说："我们希望你能告诉我们你具体住在哪儿。"

女孩说："好吧。"她走在前面引路。

这时，一条大蛇突然出现。太阳和月亮说："我们别怕！"他们没有被吓到，而是继续往前走。他们走到一棵树下，发现前面有许许多多的蛇。他们继续前行，来到一个地方，那里四处都是像马毛一样的毛发，在他们面前形成了一团黑暗。他们看不见要走的路。

太阳对女孩说："你！你故意带我们到这里，让我们死在你这里吧？"

她说："不，我们还没到达我们的村庄。"

月亮对太阳说："太阳弟弟，我们现在怎么办？"他们对女孩说："告诉我们你是否喜欢我们？我们要不要向你求婚？我们现在想回家了。"

女孩对他们说："回去吧，后天再来！"

于是他们回家去了。

月亮很爱那个女孩，比太阳爱。第二天早晨，太阳去照料他们父亲的牛；月亮躲开太阳，独自去荒野寻找那个女孩，要娶她为妻。

当他到那儿时，有人问他："是谁？"

他回答："是我。"

那人又问："你是谁？"

他回答："是我，月亮。"

那人又问："你要去何处？"

他说："我来此处。"

另一个人问他："你从哪儿来？"

月亮回答："我从我们的村庄来。"他问："你们在这儿干什么呢？"

陌生人回答："我们没在做什么特别的事。"

月亮说："我也没在做什么特别的事。我只是出来散散步。"

另一个人又问他："你为什么来这儿？"

月亮回答："不为什么特别的。"

另一个人说："哎，哎？不为什么特别的？"

月亮回答："哎呀，哎呀！我来这儿不为什么特别的！哎！我来这没有什么目的。"

陌生人说："你为什么一边问我我在寻找什么，一边又遮遮掩掩，不坦白你自己的事情。"

月亮被吓坏了，自言自语："我不认识这些人，他们也不认识我。我还是回家吧！"

他回家后对太阳说："弟弟，你不在我身边时我看到了许多奇怪的东西。"

太阳对月亮说："好吧，我们改天一起去，你给我看那些东西。我现在忙着照料牛。"

他们的母亲对他们说："你们去找那个女孩吧，我来照料。"

他们去了。到了荒野，他们看见四处都是剑。他们与剑搏斗，却连一个人影也没见着。剑忽然消失了，他们继续往前走，看见前面的树林长得异常茂密，无路可走。太阳拔出他的剑，砍倒一些树。瞬间，树都消失了，再也看不见了。他们继续前行，来到一个池塘边。他们看见池塘里冒出牙齿，便走近了一些。两颗牙齿正好经过他们，一颗漂到左边，一颗漂到右边。月亮退到太阳背后，他被吓坏了。

太阳对他说："哎呀，哎呀，月亮！你害怕了？你可是年长的一个。继续走吧，我们继续！"

月亮说："好的，我们往前走！我们都很勇敢。"

牙齿沉入了池塘。太阳和月亮继续前行，没走多远，他们又看见池塘中冒出毛发。月亮看见了那个女孩的父亲，那便是他，月亮对太阳说："我的弟弟，我们将死在这里！"

太阳说："难免了！"

然而，毛发这时沉入了池塘。他们又靠近池塘，太阳和月亮在池塘边的一棵树上坐了下来。女孩父亲的胡须靠近他们后又沉入了池塘。死人的骸骨漂了上来。

　　月亮说："啊！我快要死了！"他突然逃跑了。

　　太阳被扔了下来，独自坐在树下。水涨了起来，一部分朝他这边涌来，一部分朝另一边涌去。水在他周围涌动起来。他就坐在水中央，而水现在又退回了池塘。太阳没有因眼前的情景退缩，水最终退回了河里。水中升起了烟雾。太阳自言自语："我不想死在这儿。虽然我的哥哥被吓坏了，他逃走了，但我不会动。这样，我就可以看见那个女孩了！"烟雾消失，水燃烧似火焰，但很快也熄灭了。

　　水里出现了一个人——那个女孩。她过来牵起这个年轻人的手，对他说："现在，我们回家吧，到我们家，我要给你一点食物。"

　　女孩对池塘说："为这个人让路！我要去为他煮食物。"水立刻移到池塘的一边。

　　女孩煮好了食物，端上来给太阳，他吃了。她对他说："啊，你是娶我为妻的人，因为你毫无畏惧。你现在是我的丈夫了，因为你不害怕我展示给你看的一切，但你的哥哥却逃跑了。"

　　女孩的父亲对太阳说："带这个女孩走吧。你回家后得与她一起待五日，之后你和你的父亲再把她送回到这儿。"

　　他们出发了。月亮已经回到了家里，正坐在庭院里。他拿着一把剑，说："太阳和那个女孩若一起回来，我会杀了他。"

　　女孩来了，太阳走在她前面。他们看见月亮坐在庭院里，便问他："月亮，我们的村庄里有人在家吗？"

　　月亮说："太阳，过来！"

　　太阳也拿着一把剑。他走上前坐下。这时，他们的母亲过来了，太阳对她说："母亲，去带那个女孩入村！"

母亲问他："这个女孩，是你娶她为妻，还是月亮？"

太阳回答："她是我的妻子，月亮当时逃跑了。"他又重复道："月亮当时逃跑了。"

月亮握紧他的剑。太阳抬头看到剑离他很近，然后月亮给了他一剑。于是太阳也用他的剑砍伤了月亮，他们打起来了。太阳被月亮伤得很重。

母亲哭得很伤心。她为月亮捣碎小米和其他食物，并把这些食物放在火上，说："你，月亮，竟然如此伤害太阳。愿你也被这样伤害！"母亲随后拿了一点牛奶，她和她的丈夫把牛奶和小米、啤酒一起倒入葫芦瓢中。他们祝福太阳，祝福他为了人类灿烂地照耀着万物。女孩留在了村庄，当了太阳的妻子，但月亮从来没有过妻子，从前曾比太阳灿烂的他已不再如往昔。

从此以后，直至现在，月亮都避着太阳；他们将不会在同一个火炉边挨着彼此，也不会再在一起用餐了。太阳落下，月亮出来；太阳从村里出来，月亮就迅速逃跑。这难道不是一个惩罚吗？月亮变小了，太阳却变大了。

8 风之子

　　从前，风之子是一个人。那时，他常常去打猎、滚球。但是，他后来变成了一只鸟，飞走了，不再像他是人的时候那样走路了。他变成一只鸟，飞向天空。他居住在山洞里。山洞是他的居所。他每天从那儿飞出，晚些时候又飞回那儿。他在那个洞里睡觉，又在早晨醒来，也会离洞觅食。他到处觅食、吃食，直到吃饱。之后，他又回到他的山洞睡觉。

　　当他还是人的时候，他一直是安安静静的。

　　一次，他正在滚球，对纳卡提喊道："纳卡提，接球！"纳卡提大叫："朋友，球真的来了！"他叫他朋友是因为他不知道风之子的名字。然而，他确实是风之子本人，是他说了这句："纳卡提，接球！"

　　由于不知道他的名字，纳卡提去问他的母亲："告诉我那边的那位朋友的名字是什么吧。他用我的名字叫我，我却不知道他的名字，我把球滚回给他时就想知道了。"

　　"我可以告诉你他的名字。但只有在我们部落的酋长——你的父亲为我们的房屋建一个强大的掩护物后，我才会让你说出来。到那时，当你说出那个名字时，你必须立刻逃跑，跑回家，这样你就能得到房屋的庇护。"

　　纳卡提又去和他的同伴滚球了。他们滚完球后，纳卡提又去问他的母亲，她叫道："他是风之子，他是风之子！"

　　第二天，纳卡提又去和他的同伴滚球了，但他没有说出他的同伴的名字，因为他的母亲告诫过他得对那件事保持沉默，即使是在对方叫他名字时。她曾说过："当你说出那个名字时，你必须立刻逃跑跑回家。"

这会儿，纳卡提又去和他的朋友滚球了，希望他的父亲终会为他们的房屋建好掩护物。最后，他看到他的父亲坐了下来，他果真完工了。他亲眼看见了，于是喊道："开始吧，啊！风之子！就这样吧，风之子！"他一说出这些话，立刻就向家的方向逃跑。他的朋友开始俯身，然后跌倒了。他躺在那儿用力地踢着湖盆。周围的房屋都被吹走了，丛林消失了，因为烟尘四起，人们什么也看不见。那是风在吹。

风的母亲从她的屋子里出来抓住了他，使他站起来。他反抗她，因为他想继续躺着。但是，他的母亲牢牢地抓住他，让他站了起来。

由于这一切，我们布须曼人习惯说："风好像要躺下了，因为它吹得很猛烈。当风站着时，四周寂静。那便是它运行的方式。它发出的噪音来自它的膝盖，是它的膝盖产生的声音。我原来希望它为我们温柔地吹风，那样我们就可以外出，可以眺望远方，可以看到那边矗立在山背后的河床。因为我们把跳羚赶离了这个地方。它们去了矗立在山背后的干涸的河床。"

9　星辰是怎么来的？

　　狐猴埃博普和榛睡鼠姆宝正在丛林旅行。他们想找一个好地方建农场。他们确实找到了一个。他们砍伐树木，又花了两天时间开垦土地。之后，他们回到了那个还栖息着其他动物的村庄。

　　次日早晨，埃博普说："我们回到我们的新农场修个小屋吧。"

　　他们做到了。埃博普和姆宝各自修了他们的小屋。

　　现在，在开始修建一个新村庄之前，得按照习俗在正式居住的房屋的位置先修一个无墙小棚屋。于是埃博普和姆宝开工，建了一个无墙小屋。之后，他们回到他们的老村庄，休息了两天。

　　到了第三天，他们又去劳动。埃博普和姆宝在他们各自的农场劳动，那天夜里，他们睡在各自建的小屋里，到了黎明又开始干活。夜幕降临，埃博普点了一盏灯，说："我不想在这儿睡。如果我们睡在这儿，我们得饿着肚子睡。我们还是回到老村庄去吧。"

　　他们回去后，他们的妻子为他们做饭。埃博普对姆宝说："过来跟我一块儿吃吧。"于是，他们一起享用食物。

　　过了一会儿，姆宝说："我们去我家吧，也在那儿吃点食物。"于是他们过去了。

　　等吃完了姆宝家做的所有食物，埃博普回家去了。

　　次日早晨，埃博普去叫他的朋友："去拿点芭蕉幼苗种在农场吧。"于是他们收集了一大篮子芭蕉幼苗，然后来到各自的新农场辛勤劳动。

到了中午，埃博普说："我们休息一小会儿，吃吃我们带来的食物吧。"姆宝表示赞同，过了一会儿，他们又开始干活。

大约五点钟时，埃博普喊道："我们回老村庄吧，因为这里实在太远了。"

他们停下手中的活儿，准备回去。可他们还没到家，夜幕就降临了。

次日早晨，他们带了更多的芭蕉幼苗，又辛勤劳动了一天。到了该回家的时候，埃博普问："还有多少芭蕉幼苗没种？"姆宝回答："大约四十棵。"埃博普接着说："我的也还剩约四十棵。"

到了第二天的黎明，他们回到老村庄拿了更多的芭蕉幼苗回新农场种植。埃博普一完工便说："我种完了。"姆宝说："我的也种完了。"埃博普说："我的工作干完了，只需收获时再来这里了。"于是，他们都回到了老村庄，告诉他们的妻子："我们完成了芭蕉的栽种，希望你们明天去种可可芋头。你们试试带着满篮的可可芋头去种。"

女人们答应了，她们收集了足够多的可可芋头，便出发去新农场了。

到了那儿，姆宝的妻子问埃博普的妻子："你觉得我们今天能种完这些吗？"埃博普的妻子回答："是的，我们能。"她们辛勤劳动了一整天，在夜里回到了家，说："我们种完了所有的可可芋头。"埃博普说："好极了，你们干得很好。"埃博普的妻子名叫阿克潘·安温。她和她的姐妹阿肯德姆都是欧巴西·奥索的女儿。她一回到家便开始为她的丈夫做晚餐，煮好食物后便把它们摆上桌，往杯里盛满水，汤匙放在旁边。他们正在吃饭，一个名叫尤莫的仆人跑了进来。他从欧巴西·奥索的村子来，说："我想单独跟埃博普说话。"阿克潘·安温离开了房间，尤莫说："虽然你还在吃饭，但我也只好把你妻子的姐妹阿肯德姆去世的消息告诉你。"埃博普哭得很悲痛，派了一个信使去请他的朋友姆宝。

姆宝一听到这个消息便跑来了，说道："我们能做什么呢？我们开垦了新农场，已开始建新村庄，还没收获到什么食物。我们如何才能得体地举行安葬仪式？"埃博普说："尽管如此，我还是得尽力。"尤莫准备要返程了，埃博普对他说："告诉欧巴西·奥索等我六天，我一定来。"

次日早晨，他对姆宝说："来吧，我们尽力准备一些葬礼需要的东西。"

他们走遍村子，买了他们能找到的食物。埃博普回家对他妻子说："我之前不想告诉你你的姐妹去世的事情，但今天我必须告诉你了。准备好。五天之后我将带你回你父亲的村庄举行丧宴。"听到这话，阿克潘·安温哭得很伤心。埃博普对姆宝说："我们得为丧宴准备棕榈酒，还有献给神的甜酒。我们怎么弄到这些呢？我没钱，你也没钱。"姆宝说："去找找村民们，看看他们谁能借你一点。"埃博普说："好！"他在村里四处奔走，恳求他所有的朋友，可是没有人愿意借给他，尽管那是个大村庄。最后，他去到河边他们常常做棕榈油的地方。附近住着鼹鹿伊库。埃博普告诉了伊库自己的困难，恳求帮助，但伊库说："你的事我很抱歉，但我拿不出什么。"埃博普非常沮丧，伤心不已，准备离开。这时，伊库又说："等一下，我能做一件事。你知道我有'四只眼'，我给你两只，你拿它们去买你需要的东西吧。"

他从头里拿了他常用来照明的两只眼睛。它们闪闪发亮，埃博普知道它们价值连城。他带着它们回了家，展示给他的妻子和朋友姆宝看。姆宝说："从今天起，你就不用烦心了。你拿着它们可以买到所需要的一切。"

第二天早晨，他们把准备的东西——芭蕉和两只闪闪发亮的眼睛拿出来。埃博普、姆宝和阿克潘·安温背上这些东西，出发去欧巴西·奥索的居所。快到村口时，阿克潘·安温放下背上的东西，跑去她的姐妹被埋葬的地方。后者躺在坟墓里，再也起不来了。

埃博普先把他背上的东西放进那个去世的女人曾经居住的屋子，再回来背他的妻子留下的东西。村民们问埃博普："你今天来参加你妻子的姐妹的葬礼。你应该带上棕榈酒和献给神的甜酒，让我们举行丧宴。"埃博普说："我只带了芭蕉。其他需要的东西我想在这儿买。"当时，欧巴西·奥索的村庄正闹饥荒，埃博普把他全部的芭蕉都放在无墙棚屋。第二天，他传信给欧巴西·奥索，请他带他的人来，他好为这些人分配食物。每人得到了一根芭蕉。

欧巴西·奥索说："你们带来的所有东西都吃完了。如果你们不能再给我们一些食物，你就不要带着我的女儿跟你回到你的家乡了。"埃博普找到他的朋友，告诉他欧巴西·奥索所说的话。他问："我可以把那两只眼睛卖了吗？它们值成千上万的芭蕉和许多块布。可如果我现在卖了，那些人那么饥饿，出的价钱会很少。"姆宝说："没关系。看，我会教你如何更智慧地应对此事。你握一只眼睛在手里，她就像一颗闪闪发亮的大石头；但如果你把它放在钵里碾碎，它就不只是一颗，而是许多颗石头，你可以卖掉一些小颗。"埃博普照做了。他将伊库的眼睛碾碎成闪闪发亮的石头，直到它们像光亮的沙子。埃博普和姆宝找来一个黑色帽子，把碎片装进去。姆宝说："去村里转转，看看有没有人卖我们需要的东西。"埃博普去了，他在埃菲翁·欧巴西的家里看见他藏有许多东西——食物和棕榈酒，一坛一坛的棕榈酒和祭祀用的甜酒。他对埃菲翁·欧巴西说："如果你把这些都卖给我，我给你一样能让所有村民向你鞠躬的东西。"埃菲翁·欧巴西说："我不会卖全部，但我愿意卖给你一半。"于是，埃博普又说："很好。我接受你给我的东西，只是你得等我回到我的家乡后，才能打开我同你交换的东西。正如我之前所说：到那时你一打开它，所有的村民都会向你鞠躬。"

丧宴准备好了，人们都很满意。仪式结束后，欧巴西·奥索说："很好，你现在可以带着你的妻子走了。"埃博普对姆宝和阿克潘·安温说："我们回村庄去吧，今晚不能在这里睡觉。"他们回到了家，埃博普派一个名叫埃代的仆人去告诉埃菲翁·欧巴西："你现在打开帽子吧。我回到我的村子了。"

已是夜晚，埃菲翁·欧巴西立刻把村民们全叫来，说："我有样价值连城的东西。"

他们喊道："让我们看看。"

他说："我的东西好极了，你们从未见过。"

他拿出帽子，在众人面前打开。所有闪闪发亮的东西都掉了出来。一股强风吹过，把它们吹散了，散落在整个村子的各个角落，掉在道路上、庭院的地上，每一颗都像一颗小星星。

孩子们到处跑着拾捡它们，把它们聚集起来。白天，他们看不见它们，但在每一个夜晚，他们都要出去寻找这些闪闪发亮的东西。他们把拾捡到的东西都放进一个盒子里。最终，很多碎片都被聚集在一起，它们亮得就像盒子里的一个小太阳。几乎一个月过去了，所有的碎片被聚集在一块儿。他们再也关不上盒子的盖子了，因为盒子太满，一阵大风吹过，又把那些闪闪发亮的东西吹得到处都是。这就是为什么我们有时会看见一个小月亮和它周围许许多多闪闪发亮的东西，有时却看见一个大月亮，但它的周围几乎见不到星辰。孩子们花了一个月的时间又把盒子装满了。

当光亮散落到村庄各处时，埃菲翁·欧巴西派信使对埃博普说：

"你能在你的村庄里看见那些闪闪发亮的东西吗？"那时，大地和天空汇成一片，宛如一座有楼梯的房屋。埃博普走出屋子，仰望头顶蓝色的苍穹，看见黑暗中充满了无数闪烁的小东西。第二天，他找到伊库说："你可以走进一个深洞吗？我想看看你的眼睛。"伊库走进了深洞。埃博普看着他的眼睛。它们非常明亮，就像闪耀在天空中的光亮。

所以，一切星辰的起因都是埃博普，他把伊库的眼睛带到了欧巴西·奥索的村庄，而伊库的眼睛就像星辰。当碎片聚集时，光亮照耀万物。它的光芒最为耀眼时，是孩子们几乎把所有的碎片都聚集在一起，放进了盒子里。

10 第一场雨是怎么来的?

　　很久很久以前，欧巴西·奥索有两个女儿，而欧巴西·恩西有一个儿子。年轻人到了结婚的年纪，欧巴西·恩西传信给欧巴西·奥索说:"让我们交换孩子吧。我把我的儿子送去与你的一个女儿结婚，你送你另外一个女儿到我的村庄，她可以成为我的妻子。"

　　欧巴西·奥索答应了。于是，欧巴西·恩西的儿子带着许多精美的礼物上了天，而天上的少女阿拉下来到大地生活。她带着七个男仆和七个女仆，都是她父亲给她的伺候她的仆人，这样她就不会被别人要求亲自去干活了。

　　一天清晨，欧巴西·恩西对他的新妻子说:"去我的农场劳动吧!"她回答:"我父亲给了我这些仆人，他们会代替我劳动。所以，派他们去吧。"欧巴西·恩西生气地说:"你没听到我给你下的命令吗? 你亲自去我的农场干活。至于那些仆人，我会告诉他们要做什么。"女孩非常不情愿，但还是去了。她晚上回来时已累得筋疲力尽，欧巴西·恩西却对她说:"立即去河边打水来供家用。"她说:"我在农场干活已经很累了，也许可以让我的仆人做这件事，让我休息一下吧!"欧巴西·恩西再次拒绝了，赶她走，她拿着沉重的罐子，来来回回走了好几趟。还没等她打完足够的水，夜幕便降临了。

　　次日早晨，欧巴西·恩西吩咐她做最卑微的活儿，让她劳动了一整天——生火、做饭、取水。那天晚上，她累到筋疲力尽才被允许躺下休息。

到了第三天的黎明，欧巴西·恩西说："去多捡点柴火回来。"女孩还很年轻，以前不经常干活，所以这天当她出门干活的时候，她哭了。她扛着那沉重的柴火回来时还在掉眼泪。欧巴西·恩西看见她回来时在哭泣，便叫住她："过来，到我面前来……我想在我的族人面前让你羞愧……"这时，女孩哭得更伤心了。

第四天，直到中午她才得到食物，而且食物并不够吃。她吃完所有的食物后，欧巴西·恩西对她说："出去割一大捆鱼毒草❶回来。"女孩去丛林寻找这种植物。当她穿过茂密的矮树丛时，脚被荆棘割伤了。她孤独地躺了下来。她痛苦地在那里躺了一整天。当太阳下山时，她感觉好一些了，于是站起身，挣扎着赶回家。

她一进门，欧巴西·恩西就对他说："今天清晨我命令你去收集鱼毒草。你离开了一整天，却什么也没干。"他把她赶到羊圈，说："今晚你就跟这些羊一起睡，不要走进我的屋子。"那一晚，她什么都没吃。次日清晨，一个仆人打开了羊圈的门，发现女孩躺在那里，她的脚已经肿胀溃烂。她走不了路，只好跟那些羊待了五天。后来，她的脚开始好起来。她刚刚能走路，欧巴西·恩西叫住她说："这里有个罐子，拿它到河边去灌满。"她去了。但她一到河边就坐下来把脚伸进凉爽的河水里。她自言自语："我再也不回去了，我宁可一个人待在这里。"不久，一个仆人来到河边。他问她："今天黎明时，你就被派来取水，怎么还没回家？"女孩说："我不会回去了。"仆人离开后，她想：他也许会告诉他们，他们一定会发怒，可能会来杀了我。我最好还是回去吧。于是，她把罐子灌满了水，试着把它举到头上，但它实在太重了。她又把它提到河边一棵树的树干上，跪下来，试着把它

---
❶ 灰叶。

移到她的头上，但罐子掉下来打碎了，有一块尖锐的碎片割下了她的一只耳朵。鲜血从伤口往外流，她又开始哭泣，忽然想到：我的父亲还活着，我的母亲也还活着。我不知道我为什么要留在这里跟欧巴西·恩西待在一起。我要回去找我的父亲。

于是，她出发去找欧巴西·奥索送她来大地的那条路。她来到一棵大树前，看见树上垂着一条长绳，她自言自语："这就是我父亲送我下来的路。"她抓住这条绳子，开始往上爬。她还没爬到一半，就感到非常累了，她的叹息和哭泣声传到了欧巴西·奥索的王国。她爬到中途时，休息了一会儿，然后又继续爬。

最终，她到达了绳子的顶端，看到自己已在父亲的领地上。她疲惫不堪地坐了下来，仍在哭泣。此刻，欧巴西·奥索的一个仆人被派来拾柴火。他碰巧迷了路，来到离女孩休息之处很近的地方。他听见了她那伴着断断续续话语的抽泣，回到村里大喊："我听见阿拉的声音。她正在离这里一英里的地方哭泣。"欧巴西·奥索听见了，但不敢相信，他说："带上十二个仆人，若像你说的那样找到了我的女儿，就带她回家。"他们抵达了那个地方，发现那人确实是阿拉，于是把她带回了家。

她的父亲看见她来了，大喊："带她去她母亲的屋子。"阿贡——奥索的一个妾，烧水为她洗澡。他们准备了一张床，用柔软的毛皮和精美的织物当作被子给她盖上。她在休息的时候，欧巴西·奥索宰了一只小山羊，送去给阿贡，让她为他的女儿备食。阿贡接受了，洗干净山羊，整只放入锅里烹煮。欧巴西·奥索还送来一捆芭蕉和其他水果，这些东西都被整齐地放在女孩面前的餐桌上。他们把葫芦盛满水，杯里倒入棕榈酒，向她敬酒。

用餐之后，欧巴西·奥索带着四个仆人，拿着一个乌木做的大箱子进来了。他吩咐他们把箱子在她面前打开，说："过来，从这个箱子里选点东西。"阿拉选了两块布、三件长袍、四条小缠腰布、四面镜子、四根汤匙、两双鞋、四个煮饭锅和四串珍珠。接着，欧巴西·奥索的仓库管理人埃克皮尼翁走上前，给了她十二只脚镯，阿贡给了她两件长袍、一根做麸麸的棍子和一把木刀。她自己的母亲比其他人富裕，给了她五件长袍，还有五个仆人。欧巴西·奥索说："我们已为你准备好一间屋子，去那里吧，你可以做它的女主人。"他出来后召集了部落的领袖们。这被称为"昂布会"。他对大家说："去把欧巴西·恩西的儿子抓来，割下他的两只耳朵带来给我。然后鞭打他，把他赶回他父亲的村庄，传我的信：'我在我的村庄建了一座大房子，我让你的儿子住进去，我善待他。而我现在知道你是怎么对待我的孩子的。我把你的儿子变成无耳之人，送回给你，以此偿还阿拉失去的一只耳朵和你施加在她身上的痛苦。'"

按照他们接到的命令，"昂布会"的成员割下了欧巴西·恩西儿子的耳朵，带到欧巴西·奥索面前，欧巴西·奥索拿那对耳朵做了一个大大的符咒，掀起了一阵强风，把那男孩驱逐到大地。它载着阿拉受到的痛苦和她因为欧巴西·恩西的残忍而流下的眼泪。那个男孩东倒西歪地走着，一半的视野被滂沱的大雨阻挡。他一边走一边想：欧巴西·奥索言而有信。他以前从未对我做过不好的事情。这都是我父亲的残暴的报应，我不得不承受这一切。他的眼泪和阿拉的眼泪混合在一起，像雨那样朝大地落去。

在此之前，地上还没有雨。在欧巴西·奥索营造那阵狂风，驱逐他的敌人的儿子时，它才第一次降下。

11 死亡的源起

很久很久以前，世界发生了饥荒。一个年轻人在四处寻找食物时，迷失在一片他以前从未去过的丛林。他注意到前方有一个奇怪的巨大物体躺在地上。他走近一看，那是一个巨人的身体，巨人的头发柔软，但不是毛茸茸的，像是白色人种的头发。这副身体的长度惊人，伸展开来有从克拉奇到萨拉加那么远。眼前的景象让年轻人敬畏不已，他刚想撤退，这个巨人发现了他，问他想要什么。

年轻人告诉巨人世界发生了饥荒，恳求巨人给他点食物。巨人答应了，条件是年轻人要侍奉他一段时间。一切就这样说定了。巨人告诉年轻人他的名字叫欧乌奥，也叫死神，随后便给了年轻人一些肉。年轻人以前从未吃过这样的美食，他为这笔交易感到很高兴。他侍奉了他的主人很长一段时间，得到了许多的肉。但是，有一天，他想家了，于是请求他的主人给他放个短假。巨人同意了，要求年轻人承诺再带一个男孩到他这里。年轻人回村后劝说他的兄弟跟他一起去丛林，把他的兄弟献给了欧乌奥。

过了一段时间，年轻人又饿了，他想吃在欧乌奥那里喜欢上的那种肉。一天，他决定回到他的主人那里。他离开了村庄，前往巨人的住所。巨人问他想要什么，当年轻人告诉他想再尝一次那美味的肉时，巨人吩咐他进屋去吃，想吃多少吃多少，但要求他再为自己做事。年轻人答应了，进屋饱餐了一顿，然后去办他主人交给他的差事。这个年轻人侍奉了巨人很长一段时间，他每天都吃得饱饱的。可是，令他感到惊讶的是，他从未见过他的兄弟。他每次问巨人关于他兄弟的事，巨人都告诉他那个小伙子去办事了。

一次，年轻人又想家了，请求回村。巨人答应了，条件是他得为他带来一个女孩，以便与他结婚。年轻人回家劝说他的姐妹跟他一起去丛林，让她嫁给巨人。女孩同意了，带着一个女奴和年轻人共赴巨人的住所。年轻人把两个女孩留下后便回村了。

不久，他又饿了，又想尝尝那肉的味道。他又一次去丛林，找到了巨人。巨人看见那个年轻人时不是特别高兴，抱怨他又一次来打扰自己。但是，他还是准许年轻人走进了他屋子的内室，吃想吃的东西。年轻人照做了，拿起一根骨头正要吃。令他万分惊恐的是，他立马认出了那是他姐妹的骸骨。他看了看周围剩下的那些肉，明白了它们都来自他的姐妹和她的女仆。

他逃出屋子，跑回了村里。他告诉长辈们他所做的事情和他看见的可怕之事。部落立即发出警报，所有人都前往丛林，想亲眼看看他们听说的那恐怖的东西。当他们靠近巨人时，一看见那么一个邪恶的怪物便害怕极了。他们回到了村子，商量怎么做最好。最后，他们决定去萨拉加并放火烧了它，因为那是巨人发梢的所在地。他们这样做了，巨人的头发烧了起来，他们又回到丛林，观察着巨人。

巨人开始打滚，汗流浃背。很明显，他感觉到了灼热。火焰烧得越近，他就翻滚和抱怨得越厉害。最后，火烧到了他的头，他死了。村民们小心翼翼地靠近他，年轻人注意到，巨人的发根处隐藏着魔粉。他抓了一些，叫其他人来看看他发现了什么。没有人能说出这种药可能含有什么，但是有个老人建议把它撒在屋里的那些骸骨上，应该无害。于是，人们采纳了这个建议，令大家惊讶的是，两个女孩和那个男孩即刻死而复生了。

年轻人手里还剩下一些粉末，他提议撒在巨人身上，但这个提议立马引起了一片哗然，人们害怕欧乌奥会复生。于是年轻人表示让步，把它撒在了巨人的一只眼上。瞬间，那只眼睛睁开了，人们仓皇逃跑。可是，哎呀！正是从那只眼睛里跑出了死亡，因为每次欧乌奥闭上那只眼睛，就会有一个人死。对于我们而言，不幸的事情是，他永远在眨眼睛。

12　死亡的由来

　　故事是怎么发生的呢？

　　神创造了人。神心怀怜悯，他说："我不愿让人们全都死去。我希望死去之人可以复生。"于是他创造了人，并把他们置于另一个地域。他自己却待在家里。

　　后来，神看见了变色龙和织巢鸟。他跟他们在一起待了三天之后，看出织巢鸟能言善辩，他的话混合着谎言和实话。谎言很多，实话却极少。

　　神观察过变色龙，觉得他很聪明而且不说谎。于是，神对变色龙说："变色龙，去我安置我创造的那些人的地域告诉他们，虽然他们会死去，即使全都死了，但他们也将复生——每个人都会在他死后复生。"变色龙说："是，我这就去那里。"但他爬得非常缓慢，因为爬得慢就是他的风格。织巢鸟留下来与神待在一块儿。

　　变色龙爬啊爬啊，终于到达了他的目的地。他说："我听说，我听说，我听说……"可他没说他听说了什么。

　　织巢鸟对神说："我想出去一会儿。"神说："去吧！"

　　织巢鸟可是一只鸟，飞得很快，很快就到了变色龙正在对人们说话的地方。变色龙正在说："我听说……"每个人都聚集在那儿聆听。织巢鸟一到，便说："要告诉我们什么？确实，我们被告知，当人死去，就会像芦荟的根一样消失。"这时，变色龙喊道："我们被告知的是，我们被告知的是，人虽然会死，但他们会复生。"

喜鹊打断道："第一个演讲者的话是明智的。"此刻，所有人都离开了，回到了他们的家。故事就是这样发生的。于是，人会变老，死去。他们不再复生。

13 死亡的来源

据说，月亮曾派一只昆虫去给人传信，她说："去告诉他们'我死，虽死犹生；你们也会死，同样虽死犹生'。"

昆虫带着月亮的口信上路了，他在途中遇见了野兔。野兔问他："你去办什么差事？"

昆虫回答："我被月亮派去找人，去告诉他们：她死，虽死犹生；他们也会死，同样虽死犹生。"

野兔说："你跑起来笨拙，让我去吧。"他带着这些话跑掉了。找到人时，野兔说："月亮派我来告诉你们，'我死了，便毁灭消失了；你们死了，也同样毁灭消失，彻底完结'。"

之后，野兔跑回月亮那里，告诉她他对人们所说的话。月亮生气地责备他："你胆敢告诉人们我没说过的事情？"

月亮一边说着这些话，一边拿起一块木头敲在野兔的嘴上。从那天起，兔子的嘴一直是裂开的，而人们却相信了野兔跟他们说的话。

14 疾病是怎么来到阿散蒂的？

这里居住着蜘蛛夸库-安耐西❶。他对天神炎孔潘说："祖父，带上你那只名为克拉·夸梅的羊，你养它是为了要在某个周六将它献祭给你的灵魂。让我把它宰了吃了吧，我可以给你带来一位美丽的女孩作为交换。"

天神把羊给了他，安耐西回到他的村庄，把羊宰了吃了。接着，他来到了另一个村庄。那个村庄没有一个男人——全都是女人。安耐西把她们都娶了，并且和她们生活在那里。

一天，一个猎人来了，看到了他们。他离开后，去告诉天神说："关于安耐西和他得到的那只羊是这样的，他把它宰了并分给了一些女人吃，然后娶了她们。"

天神问："真的吗？"

猎人回答："祖父，是真的。"

于是天神派出几个信使去那个村庄把那里所有的女人都带来。

信使去了，见到了那些女人，把她们全都带到天神面前，除了一个生病的女人。

安耐西说："你这个剩下的女人，我拿你怎么办？你什么事都不能为我做。"

那个生病的女人说："给我一个葫芦瓢。"安耐西拿来了一个葫芦瓢。

---

❶ 蜘蛛安耐西在本故事中敢于挑战天神的权威和掠夺。他因天神炎孔潘要带走他的妻子，便把葫芦里装着的各种疾病洒在部落，疾病因此在部落中传播。

她说："为我沐浴，然后把我用过的水倒进这个葫芦。"

安耐西为她沐浴，把她用过的水倒进了葫芦。她顿时变得非常美丽，部落里没有一个女人像她那么美丽。安耐西又娶了她一次，尽管她已经是他的了。

这时，猎人又来了，他看见了这个女人。他回去对天神说："安耐西愚弄了你，他送给你丑陋的女人，自己却拥有美丽的那一个。"

天神又派信使去安耐西所在的村庄，把那个女人带到他面前。

他们把天神的口信传给安耐西。安耐西说："他不想让我也一起去吗？"

信使说："天神说我们必须把这个女人带给他。"

安耐西说："她就坐在那儿，带她走吧。"

女人被带走后，安耐西把那个葫芦拿来，他曾把那个女人的所有疾病都倒进了这个葫芦。他把自己的一块皮肉伸到葫芦口。然后，又把另一块皮肉伸到另一个葫芦口，再把它递给他的孩子恩提库玛。安耐西敲打着他亲手做的那只鼓，唱道：

> 哟噔得 噔得 噔，
>
> 哟噔得 噔。
>
> 阿索 呀 咿！
>
> 哟噔得 噔得 噔，
>
> 哟噔得 噔。
>
> 你的眼睛红肿无用！
>
> 哟噔得 噔得 噔，
>
> 哟噔得 噔。
>
> 你的双臂外弯！

哟噔得 噔得 噔,

哟噔得 噔。

那是阿索吗?

哟噔得 噔得 噔,

哟噔得 噔。

你的腿是内八!

哟噔得 噔得 噔,

哟噔得 噔。

你的鼻子是脸上的一块疙瘩!

哟噔得 噔得 噔,

哟噔得 噔。

你的脚大如船桨,

就像一个仆人的脚!

哟噔得 噔得 噔,

哟噔得 噔。

你的头好比奶牛的头!

哟噔得 噔得 噔,

哟噔得 噔。

恩提库玛击鼓唱道:

美丽的少女,

美丽的少女!

安耐西的孩子们——阿富多特维多特维❶和恩伊温孔弗维❷跳着舞。乌鸦安内尼急匆匆地跑去对天神说："安耐西跳着适合你跳的舞蹈，那舞蹈却不适合一只蜘蛛。"

天神立刻派信使去把安耐西带来，他想看看是哪种舞蹈。

安耐西说："对于我的这个舞蹈，我们只在自己屋里跳。如果天神同意，我就带鼓来。"

信使们把他的话带给了天神。天神说："那没什么，带他来我的房间里。"安耐西带着鼓进了屋，天神来了后他跳起舞来，他所有的妻子都跳起舞来。

此刻，只剩下那个生病的女人不跳舞。她看见安耐西把他的一块皮肉伸到那个装着她的所有疾病的葫芦上。因此，她不跳舞。这时，天神强迫她跳，于是她也来跳了。当她正要跳舞时，安耐西举起葫芦，拿它打那个女人，随着一声"哚！"，疾病洒得到处都是。

这就是胃痛、头痛、麻风、麦地那龙线虫病、天花、雅司病、肥胖、糖尿病、疯癫在部落中传播的源起。人类原先是没有疾病的。天神是安耐西把疾病带到部落的起因。

---

❶ 又名"肚子像要胀破"。

❷ 又名"细腿"。

15 黄蜂是如何从神那里取到火的？

秃鹰、鱼鹰和乌鸦都没有火，因为大地上没有火。由于需要火，所有的飞禽聚到一起，问："我们可以从哪里找到火？"

有些鸟说："或许从神那里可以。"

黄蜂随即自告奋勇地说："那谁跟我一起去找神呢？"

秃鹰说："我们跟你去，我、鱼鹰和乌鸦。"

于是，他们向其他飞禽辞行："我们去看看能否从神那里取到火。"他们飞走了。在赶了十天的路之后，一些小骨头掉到了地面——那是秃鹰；后来，又有一些小骨头掉到了地面——那是鱼鹰；还剩下黄蜂和乌鸦在继续前行。又过了十天，又有一些小骨头掉到了地面——那是乌鸦。现在只剩下黄蜂独自前行了。又过了十天，他还在前行，时而在云朵上休息。不过，他从未到达过天空的顶点。

神听说了这一消息，来到黄蜂的所在之处。神问黄蜂这是要去哪儿，黄蜂回答："首领，我不是去什么特别的地方，只是来求火的。我的同伴们都在路上牺牲了，尽管如此，我还是坚持赶来，因为我决心要到达神的住所。"

神于是对他说："黄蜂，因为你找到了我，你将是大地上所有飞禽和爬行动物的首领。现在，我赐福于你。你不必生育孩子。当你想要一个孩子的时候，就去麦秆中找找，你会发现一个名叫恩贡瓦❶

---

❶ 在拜拉人的传说中，恩贡瓦是黄蜂的幼虫，发育成熟后会变形为黄蜂。据说黄蜂总是在火炉上筑巢。

的昆虫。你找到他后，把他带进一个屋子。等你到达屋子后，找到人们做饭的火炉，在那儿为你的孩子恩贡瓦建一个屋子。你完工后便让他住进去，留在那里。多日后，你再去看看他。有一天，你会发现他变了，变得跟你一模一样。"

跟今天一样，黄蜂在建屋之前会寻找一个火炉，正如神告诉他的那样。

16 金图在娶到天神之女之前是如何被考验的?

　　金图初来乌干达时，找遍了整个国家都没有找到食物。他带了一头奶牛在身边，只有这头奶牛供给他食物。一个叫南比的女人跟她的兄弟来到了大地，看见了金图。女人爱上了他，想嫁给他，她直接告诉了他她的心意。可是，她不得不跟她的兄弟回到她父亲古鲁和族人的身边，古鲁是天上的国王。

　　南比的亲戚们反对这门亲事，他们说那个男人除了奶牛生产的食物外，其他的什么也没有。他们鄙视金图。但是，南比的父亲古鲁却说他们最好在他同意这门亲事之前考验一下金图。于是他派人去抢了金图的奶牛。好一段时间，金图不知所措，不知道该吃什么，他只好设法找来不同植物的茎叶煮着吃。南比碰巧看见了奶牛在吃草，认出了它，抱怨她的兄弟们想要杀害她爱着的那个男人。她来到地上，告诉了金图他的奶牛在哪里，并邀请他跟她一起回去把牛牵走。

　　金图答应了。他来到天上，惊讶地看到那里的许多人都有房子、奶牛、山羊、绵羊和散落在各处的家禽。南比的兄弟们看见金图跟他们的姐妹坐在她的屋子里，便去告诉他们的父亲。父亲命令他们为金图建一个屋子，再考验考验他，看看他是否配得上自己的女儿。一顿大餐准备好了，食物足够一百多人享用。人们把大餐送去给金图，命令他吃光所有的食物，否则会被当作骗子杀死。他们说:"如果不能吃光这些食物，就证明他不够强大。"接着，金图一个人被关在了屋子里。

他尽力地吃喝，不知道该拿剩下的食物怎么办。幸运的是，他发现屋子里的地板上有个深洞，于是他把剩下的食物和啤酒都倒进洞里，又把洞掩盖起来，这样就没有人能发觉那个地方了。他叫外面的人进来拿走那些篮子。古鲁的儿子们进来了，不相信他吃光了所有的食物。他们找遍了屋子，但一无所获。

他们去他们父亲那里告诉他，金图吃完了所有的食物。父亲表示怀疑，说金图还得被考验。古鲁派人给金图送去一把铜斧，并转达古鲁的话："去岩石那里给我砍来柴火，因为我不用普通的柴火。"

金图带着斧头出发了，自言自语："我该怎么办？我砍岩石，要么斧头的刃会坏要么斧头会弹回。"可是，他检查了岩石之后，发现上面有裂缝，于是他砍下它的碎片，然后带着碎片回去找古鲁，古鲁收到碎片时很惊讶。尽管如此，他仍说他同意这门亲事之前，必须再考验考验金图。

金图又被派去取水。人们告诉他只能取露水，因为古鲁不喝井里的水。金图带上水桶去田里，他把桶放下，开始寻思如何收集露水。他非常困惑，正要转身去取水桶时，却发现里面已装满了水。于是他拿着水桶回去找古鲁。古鲁惊讶不已，说："这个男人真是一个了不起的人，他可以拿回他的奶牛，娶我的女儿了。"

金图被要求从牛群中挑出他自己的奶牛，然后带走它。这个任务比其他任务都难，因为那么多奶牛都像他自己的那头，他怕挑错。正当他为难时，一只大蜜蜂飞来，对他说："我会停在其中一头牛的牛角之上。那头就是你的。"

次日早晨，金图来到指定的地方，他站着不动，看见蜜蜂正停在他旁边的一棵树上。一大群牛被带到他面前，他假装寻找他的牛，实际上是在看蜜蜂的位置，后者还没有动静。过了一会儿，金图说："我的牛不在这儿。"第二群牛被带来了，他说："我的牛也不在这儿。"第三群牛被带来了，蜜蜂立刻飞起来，又停在一头很大的牛身上，金图说："这头是我的牛。"蜜蜂飞到另一头牛身上，金图说："这是我的牛生下的一头小牛。"蜜蜂又飞到第三头和第四头牛身上，金图宣布这些牛都是奶牛待在这里期间生下的小牛。

古鲁为金图的表现感到高兴，说："你是真正的金图，牵走你的这些牛吧。没人能够欺骗你或抢走你的东西，你太聪明了。"他叫来南比，对金图说："带走我这爱你的女儿，娶了她，回到你的家乡去吧。"古鲁又对南比说："你必须在你的兄弟死神瓦伦贝来这里之前跟金图离开，因为他想跟你一起走，你不能带他。他只会给你招致麻烦和不幸。"

南比听从他父亲所说的话，去收拾行李。金图和南比与古鲁告别，古鲁说："确保你没有落下什么东西，不要再回来，因为死神想跟你们走，你们不能带他。"

他们动身回家，带着南比的东西、几头奶牛、一只山羊、一只绵羊、一只鸡和一棵芭蕉树。路上，南比想起她忘了拿喂鸡的谷物，便对金图说："我得回去拿喂鸡的谷物，不然鸡会饿死。"

金图试着劝她，但失败了。她说："我会赶紧回来，不让人看见我回去取它。"

他说："你的兄弟死神密切注意着我们，他会看见你的。"

她不听丈夫的话，回去对她父亲说："我忘了喂鸡的谷物，所以来门口取一下。"

古鲁说："我不是告诉过你，即使你忘了什么东西，也不要回来吗？因为你的兄弟瓦伦贝会看见你，他想跟你走。现在，他要来陪伴你了。"

南比试图偷偷溜走，但瓦伦贝一直跟着她。她与金图会合时，金图看见了瓦伦贝，非常生气，他说："你为什么带你的兄弟一起？谁能跟他一起生活？"

南比很抱歉，金图又说："我们继续赶路吧，看看会发生些什么。"

他们到了地上之后，南比开辟了自己的花园，芭蕉长得很快，她很快就在马尼亚加利亚有了一个很大的芭蕉林。他们幸福地生活了一段时间，有了许多孩子。直到有一天，瓦伦贝要求金图送一个孩子给他做饭。

金图答复："如果古鲁来问我要一个孩子，我该对他说什么？我要告诉他我已经把她给你当厨师了吗？"瓦伦贝默默地走了，但他后来又来要求金图给他一个孩子，金图拒绝送去他的女儿们。瓦伦贝说："我会杀死她们。"

金图不懂他的意思，问："你要做什么？"不久，他的一个孩子病死了，从那时起她们就开始陆续死去。

金图回去找古鲁，告诉他关于他的孩子死去的事情，指责瓦伦贝是罪魁祸首。古鲁答复："我当时不是告诉过你，你和你的妻子必须立刻离开，即使忘带了什么东西也不要回来吗？但你却允许南比回来取谷物。现在，你又让瓦伦贝跟你们在一起生活。如果你遵照了我的话去做，就能摆脱他，不会失去任何一个孩子。"

金图继续恳求古鲁，古鲁派南比的另一个兄弟凯库齐去协助南比，阻止瓦伦贝杀害孩子们。凯库奇跟金图一起来到地上，他们遇见了南比。南比告诉了凯库奇她的悲惨经历。凯库奇说他会叫来瓦伦贝，劝他不要杀害孩子们。瓦伦贝来问候他的兄弟，他们的会面温情亲切。凯库奇告诉瓦伦贝自己是来带他回去的，因为他们的父亲想见他。

瓦伦贝说："也带上我们的姐妹吧。"

可是，凯库奇说他不是被派来带她的，因为她已经结婚了，她必须跟她丈夫在一起。不带上他们的姐妹，瓦伦贝拒绝回去；凯库奇很生气，命令瓦伦贝跟他走。然而，瓦伦贝逃脱了凯库奇的追捕。

很长一段时间，这两兄弟之间都不和。凯库奇想尽办法追捕瓦伦贝，但总是被他溜掉。最后，凯库奇让人们留在家里几天，别让任何动物出来，他会最后再抓捕瓦伦贝一次。他又告诉他们，如果他们看见瓦伦贝，不能大喊大叫。人们有两三天遵照了这些指令，凯库奇看见瓦伦贝来到了天上，正要抓他。这时，有几个孩子正带着山羊去草原。他们看见了瓦伦贝，不由得大声喊叫。凯库奇冲了过去，问他们为什么叫，他们说是因为看见了死神。凯库奇很生气，因为瓦伦贝又跑回了地上。于是，他找到金图，告诉金图他厌倦了追捕死神，想回家了。他还抱怨孩子们把瓦伦贝吓得跑回地上。金图感谢凯库奇的帮助，说他想没有什么可做的了，希望瓦伦贝不会杀死所有人。

从此以后，死神瓦伦贝就居住在地上了。他总是杀人，然后逃到辛戈的坦达之地。

17 基曼诺伊兹之子和太阳与月亮之女

我常常讲述基曼诺伊兹的故事，他有个儿子。孩子慢慢长大，到了结婚的年纪。他的父亲说："结婚吧。"

他说："我不想娶地上的女人。"

他的父亲问："那你想娶谁？"

他回答："哎！如果一定要娶的话，我要娶太阳神和月亮夫人的女儿。"

人们又问："谁能够上天去到太阳神和月亮夫人的女儿生活的地方呢？"

他只是说："当然是我。我想要她。如果她是地上的人，我不会娶她。"

于是他写了一封求婚信交给鹿，但鹿说："我上不了天。"

他又把信给羚羊，羚羊也说："我上不了天。"

他把信给鹰，鹰也说："我上不了天。"

他把信给秃鹰，秃鹰说："我能飞一半的路程，但无法飞完全程。"

最后，他问自己："我该怎么办？"他把信放进盒子里，沉默了。

太阳神和月亮夫人的人经常来地上取水。一天，蛙来找基曼诺伊兹的儿子，对他说："小主人，给我那封信吧，我可以带去。"

小主人却说："走开！连有翅膀的人都放弃了，你怎么能说'我可以带去’呢？你怎么到得了那里？”

蛙说：“小主人，我能胜任。”

于是基曼诺伊兹的儿子把那封信递给蛙，说：“如果你到不了那里，还带着信回来，我会痛打你一顿。”

蛙去到井边，太阳神和月亮夫人的仆人习惯来这里取水。他把信含在嘴里，跳入井里，保持沉默。她们朝井里伸进一个罐子。于是蛙跳进了罐子。她们取好水后把罐子提了上去，不知道蛙已经进了罐子。她们到了天上，放下罐子便离开了。

这时，蛙跳了出来。在她们放罐子的房间里，还有一张桌子。蛙吐出信，把它放在桌上，然后躲在房间的角落里。

不久，太阳神亲自进了储水的房间，看见桌上的那封信。他拿走了，问他的仆人：“这封信哪儿来的？”她们回答：“主人，我们不知道。”他打开信看了。上面写着：“我是地上之人纳·基曼诺伊兹·基亚-通巴-恩达拉的儿子，想娶您和月亮夫人的女儿。”太阳神心想，“纳·基曼诺伊兹生活在地上，而我是生活在天上的人。是谁把信带到了这里？”他把信放进他的盒子，什么也没说。

太阳神读完那封信后，蛙又跳进了罐子。等罐子里的水被倒空之后，取水的女孩们拿着罐子来到地上，她们又到井边，把罐子伸进水里。蛙这时跳了出来，游到水下，藏了起来。女孩们装满罐子后便离开了。

蛙从水下出来，来到他的村庄。但他保持沉默，什么也没说。很多天过去了，基曼诺伊兹的儿子问蛙：“啊，朋友，你把信送到哪里去了？怎么送去的？”

蛙回答：“主人，我把信送到了，但他们还没有回信。”

基曼诺伊兹的儿子说：“啊，老兄，你在撒谎。你根本没去那里。”

蛙说："主人，我再去一次同样的地方，你会看到我去了哪里。"

六天后，基曼诺伊兹的儿子又写了一封信来询问前一封信的情况，上面写道："太阳神和月亮夫人，我写信给你们。我的信送到了，但你们还没有给我任何回信，既没说'我们接受你'，也没说'我们拒绝你'。"他写完后把信封上，叫来蛙，把信递给他。蛙很快到达井边，把信放在嘴里，跳入水中，蹲在井底。

过了一会儿，取水的人来到地上，到达井边，她们把罐子伸进水里，蛙跳进了其中一个罐子。她们装满水后把罐子提上去，顺着一张用蜘蛛丝编织的网爬上了天。很快，她们到了天上，进了一个屋子，放下罐子后走了。蛙从罐子里跳出来，吐出信，放在桌上，自己则藏在角落里。

不久，太阳神走过储水的房间，看见了那封信。他打开看了。

太阳神说："女孩们，你们经常去取水，是你们拿来的信吗？"

女孩们说："主人，我们吗？不是。"

于是太阳神充满了疑问。他把信放进盒子，写信给基曼诺伊兹的儿子："你写信问我关于娶我女儿的事，我同意，条件是你必须亲自带着你的第一份礼物前来，那样我才能认识你。"他把信折起来放在桌上后走了。蛙从角落里出来，拿走了信。他把它放在嘴里，又跳进了罐子，然后保持沉默。

不久，罐子里的水被倒空了，女孩们又来提罐子。她们顺着蜘蛛网爬到了地上。到达井边后，她们把罐子伸进水里。蛙跳出了罐子，蹲在井底。等女孩们装满水返回天上后，蛙离开了水井，很快到达他的村庄。

夜幕降临，他说："现在，我带来了信。"他吐出信，到了基曼诺伊兹的儿子的屋子前，敲了敲门。基曼诺伊兹之子问："谁？"

蛙回答："是我，蛙麦努。"

基曼诺伊兹的儿子正躺到床上，他起身说道："进来。"

蛙进来了，递给他那封信后离开了。基曼诺伊兹的儿子打开信看了。太阳神的话让他很高兴，他自言自语："哎呀，当蛙告诉我说'你会看到我去了哪里'时，他说的是真话。"之后，他去睡觉了。

第二天早晨，他拿来四十个马库塔斯●，写了一封信，说："太阳神和月亮夫人，你们好！这是我的第一份礼物。我留在地上寻找求婚的礼物。在天上的你们，请告诉我求婚礼物的数量。"他写完信后叫来蛙，给了他信和钱，说："拿好这些。"

于是蛙出发了，又照例顺利地来到了天上。取水的女孩们到达储水室，放下罐子后走了。

这时，蛙跳了出来，把信和钱放在桌上，然后躲在房间的角落里。一会儿，太阳神进了房间，发现了桌上的信。他带走了钱并看了信。他告诉妻子从他们的未来女婿那里传来的消息。月亮夫人表示同意。

太阳神说："是谁带来的信呢？我不知道。他的食物该怎么准备？"

他的妻子回答："没关系，我们做好食物，放在那些信放置的桌上。"

太阳神说："很好。"

于是，他们宰了一只母鸡，做成了食物。夜晚来临，他们又做了浓粥。他们把食物放在桌上后关了门。蛙跳到桌上，吃了食物。然后又藏到角落，不声不响。

太阳神又回了一封信，说道："你，我的女婿，我已经收到了你送来的第一份礼物。你要给我一袋钱作为求婚礼物。"他把信放在桌

● 葡萄牙殖民时期的铜币，价值五分（拉美货币）或六分之一美分。

上，离开了房间。蛙出来带走了信。很快，他又跳进罐子睡觉去了。第二天早晨，他又按老办法回到地上。

蛙爬出水井，很快到达他所在的村庄。他走进自己的屋子，静静地等到太阳落山。夜幕降临，他说："现在，我把信带来了。"他很快到了基曼诺伊兹的儿子的屋子前，敲了敲门，基曼诺伊兹的儿子问："谁？"

蛙回答："是我，蛙麦努。"

基曼诺伊兹的儿子说："进来。"

蛙进来递给他那封信后便离开了。基曼诺伊兹之的儿打开信看了看，把它放到了一边。

六天过去了，他准备好了那袋钱，叫来蛙，写下这封信："你们好，我的岳父岳母，我在此附上求婚礼物。很快，我会亲自找一天来带我的妻子回家。"他把信和钱都给了蛙。

于是蛙出发了。蛙像往常那样来到了天上。

这时，蛙跳出罐子，把信和钱都放在桌上，然后躲在角落里。

一会儿过后，太阳神进了房间，发现了信和钱。他都带走了，把钱拿给他妻子月亮夫人看了。月亮夫人说："很好。"

他们宰了一头小猪，做成了食物，放在桌上，关上门。蛙出来吃掉了。他吃完后跳进罐子睡觉去了。

次日早晨，蛙又回到地上，他爬出水井，很快到达他的村庄。他走进自己的屋子，睡觉去了。

第二天早晨，他对基曼诺伊兹的儿子说："小主人，我给了他们求婚礼物，他们接受了。他们为我宰了一头小猪，我吃掉了。现在，你得亲自挑选日子去接新娘回家了。"

基曼诺伊兹的儿子说："很好。"

十二天过去了。

此刻，基曼诺伊兹的儿子对蛙说："我需要找人为我把新娘带来，但我找不到人。问过的那些人都说'我们上不了天'，蛙，我现在该怎么办？"

蛙说："我的小主人，放轻松，我会找到路，为你把她接回来。"

但基曼诺伊兹的儿子说："你办不到。你能带信，但带新娘——你不能。"

蛙又说："小主人，放轻松。不要自寻烦恼。我真的能把她带回家。不要小看我。"

基曼诺伊兹的儿子说："好吧。我就考验考验你。"

于是，他拿了一些食物给蛙。

蛙于是出发了，顺利到达天上。太阳落山，夜晚来临，蛙离开了储水室，出来寻找太阳神的女儿睡觉的房间。他找到了，看见她正在那儿睡觉。他取出她的一只眼睛，接着又取出她的另一只眼睛，然后把它们放在手绢里扎好。他回到储水室，躲在角落睡觉。

第二天早晨，所有人都起床了，只有太阳神的女儿还没起来。他们问她："你怎么不起床？"

她回答："我的眼睛闭着。我看不见。"

她的父母问："会是什么原因呢？她昨天并没有抱怨啊。"

太阳神叫来两个信使，说："去找恩贡博推算一下我那生病的、眼睛不舒服的女儿遇到了什么事。"

信使们立马就出发了，到了人类恩贡博那里，给了他礼物。恩贡博拿出他的工具。来的人并没有告诉他太阳神和月亮夫人的女儿生病的事。他们只说："我们是来请你推算的。"恩贡博看着他的工具，说：

"疾病抓住了你们，病的是个女人。疾病是眼睛方面的。你们是被派来的。你们不是自愿来的。"

信使们说："的确如此。现在告诉我们病因是什么吧。"

恩贡博又看了一下，说："她，生病的女人，还没有结婚。她只是被选中了。她丈夫选定了她，发出了咒语，说'我的妻子，让她来。如果她不来，她就会死'。我说：你们这些来推算的人，去把她带给她的丈夫，她便可以逃脱死亡。"

信使们表示赞同，起身离开。他们找到太阳神，告诉了他恩贡博的话。

太阳神说："好吧。我们先睡觉。明天我们会把她送到地上的。"

蛙在角落里听到了他们所说的话，也去睡觉了。

第二天早上，蛙跳进罐子。取水的人又来拿罐子，到了地上，来到井边。她们把罐子伸井水里。蛙跳出了罐子，藏了起来。女孩们装满水后又上了天。

太阳神告诉蜘蛛："织一张大大的网到地上，因为今天我的女儿将被带到地上。"蜘蛛织好了网。时间过得很快。

蛙这时已爬出水井，很快到达他的村庄。他看见了基曼诺伊兹的儿子，对他说："啊，我的小主人！你的新娘今天要来。"

基曼诺伊兹的儿子说："走开，老兄，你是个骗子。"

蛙说："主人，这是真的。今晚我会把她带来见你。"

蛙回到了井里，保持沉默。

太阳落山，太阳神的女儿被带到了地上，仆人们把她放在井边后便回去了。

蛙从井里跳出，对年轻的女人说："我是你的向导。我们立刻走吧，我可以带你去见你的丈夫。"于是蛙把她的眼睛还给了她，他们出发了。很快，他们走进了基曼诺伊兹的儿子的屋子。

蛙喊道："啊！小主人！你的新娘就在这儿。"

基曼诺伊兹的儿子说："欢迎，蛙麦努。"

基曼诺伊兹的儿子娶了太阳神和月亮夫人的女儿，从此他们生活在了一起。

18 娶了神之女的红嘴蓝鹊

很久以前，红嘴蓝鹊有一个妻子。但是一段时间以后，他去找神，又想娶神的女儿做他的妻子。神回复他说："你请求娶她，但你不能把她带到地上去，你得留在天上。如果你带她去地上，她不可以吃斑马、角马、大羚羊的肉；任何大型动物的肉她都不能吃。如果你想带她去地上，只能让她吃小动物的肉。"红嘴蓝鹊答复："好的，首领。"

于是，红嘴蓝鹊被允许带着神的女儿去了地上。他一到地上就告诉他的第一个妻子这些事情。"神告诉我，他的孩子不可以吃斑马、角马、大羚羊的肉；她不可以吃任何大型动物的肉。"他也把这些事告诉了他的母亲，他母亲说："好吧，我的孩子。"可是，他的第一个妻子内心却非常嫉妒。

一天，红嘴蓝鹊去打猎。他杀了一匹斑马和一只小羚羊。他回家后吩咐他的第一个妻子："你绝不能给神的女儿吃斑马的肉，只能给她吃小羚羊的肉。"他的妻子回答："好的。"

又有一天，红嘴蓝鹊出门散步，他的第一个妻子欺骗了她的同伴——神的女儿，给了她斑马肉，说："吃吧，这是小羚羊的肉。"但她是在骗神的女儿。神的女儿一吃下肉就死了。红嘴蓝鹊一回家便问："我的妻子她是怎么死的？"他的第一个妻子回答："我不知道。"

然而，神在天上看见了她做的事。他说："就是那边的那个人杀死了我的孩子。"

红嘴蓝鹊回到天上，他一到那里便告诉神，说："首领，我的妻子死了。"神回答："你忘记了我给你的命令，我的孩子不可以吃斑马、角马、大羚羊的肉。但是，她在地上时你还是给她吃那些肉。她便死了。"红嘴蓝鹊说："不可能啊，首领。"神说："回去吧。"

　　三十天过去了，神聚拢了一小朵云。他张开嘴巴，发出隆隆声。过了一会儿，他降临到地上，扫开他的孩子被埋葬的墓穴，把她抱出来，送到了天上。然而，神也把红嘴蓝鹊带走了，走到一半路程时神便把红嘴蓝鹊推向地面。他既没有到天上，也没有到地上，只有一些小骨头落在了地上，他死在了半路。这就是红嘴蓝鹊的故事。他是在掉下来的瞬间死去的。

19 螳螂创造了一只大羚羊❶

螳螂曾经做过这样的事：夸盂-阿❷脱下并扔掉了他的一只鞋子。螳螂把它捡起来，浸在水里某个长有芦苇的地方，然后离开了。过了一会儿，他又回来，走到水边看了看，便转身走了，因为他看见鞋子碎片变成的大羚羊还很小。

不久后，他又来了，发现了大羚羊的足迹。大羚羊出水觅食去了。螳螂走到水边，大羚羊正在寻找他要吃的草。螳螂坐在水边等啊等啊，正对着大羚羊的长矛。很快，大羚羊来喝水了。螳螂看见他过来喝水，说："夸盂-阿的鞋子的碎片！"当他的父亲螳螂用颤音对它说话时，年幼的大羚羊走过来了。螳螂用颤音叫他，就同布须曼人捕猎跳羚时的做法一样。

螳螂去找蜂蜜。他回来时把装蜂蜜的袋子放在水边，然后回家了。第二天，太阳还没升起，他便回来取袋子。他靠近时，大羚羊正在芦苇中。他喊："夸盂-阿的鞋子的碎片！"大羚羊从芦苇中站起来，走向他的父亲。螳螂放下袋子。他拿出蜂窝放平，再捡起一些蜂窝碎片，一边往大羚羊身上撒蜂蜜，一边用那些蜂窝碎片搓大羚羊的肋骨，把他抚摸得很舒服。

之后，他离开了，带着袋子去寻找更多的蜂蜜。回来时，他把袋

---

❶ 根据布须曼人的传说，大羚羊是夸盂－阿的鞋子变成的。大羚羊有着动物和人的双重属性，会使用长矛等的碎片武器。

❷ 布须曼传说中的一个神秘人物，生活在彩虹里。

子放在水边后回家了。第二天，他回来捡起袋子，又走到同一个地方叫大羚羊从水中出来："夸孟–阿的鞋子的碎片！"

大羚羊正害羞地站在水里，他朝他的父亲走来，因为他成年了。他的父亲哭泣着抚摸着他。他的父亲又拿蜂窝碎片搓大羚羊的肋骨，抚摸他。他的父亲离开后，大羚羊走回水中，去沐浴了。

螳螂有一段时间没有回来，大羚羊在三个晚上又长大了，变得像一头牛。这一天，螳螂很早便出门。他走到水边时，太阳才刚刚升起。他叫大羚羊，大羚羊便起身走来，地面发出回声。螳螂为大羚羊感到高兴，唱起歌来。他唱道：

> 啊！这里有个人！
> 夸孟–阿的鞋子的碎片！
> 我长子的鞋子的碎片！
> 夸孟–阿的鞋子的碎片！
> 我长子的鞋子的碎片！

同时，他抚摸大羚羊，抚摸着这只公羚羊，然后回家去了。

次日早晨，他叫来小猫鼬，说小猫鼬应该跟他一块儿走，就他们俩。他骗了小猫鼬。他们到了水边，大羚羊这时正在吃草。他们坐在树荫下，大羚羊的长矛就立在树边，他经常在这儿取它。

螳螂想骗小猫鼬，便对他说："小猫鼬，去睡觉吧！"于是小猫鼬躺下了，大羚羊这时过来喝水，因为已是中午，天气热起来了。与此同时，螳螂故意让小猫鼬遮住头，这样小猫鼬便看不见大羚羊了。但是，小猫鼬并没有睡着，他没合眼。

大羚羊走开了，小猫鼬说："嗨！站住！嗨！站住，站住！"
螳螂说："我的同伴，你看见了那边的什么？"

小猫鼬说:"有个人在那边,站在那边。"

螳螂说:"你以为很神奇,可它只是个很小的东西。他是夸孟-阿扔掉的鞋子的一块碎片,不是什么神奇的东西。"于是,他们回家去了。

小猫鼬告诉了他的父亲夸孟-阿这件事。夸孟-阿说小猫鼬必须带他去看看大羚羊。他要看看螳螂抚摸大羚羊后,大羚羊是否真的长得非常壮实。小猫鼬给他父亲引路。螳螂这时在另一个地方,因为他想过些时候再去水边。小猫鼬和夸孟-阿走向正在水边的大羚羊,夸孟-阿看着他,趁螳螂不在把他击倒了。他击倒了大羚羊,并在螳螂来之前把他切碎了。因此,当螳螂到达时,他看见夸孟-阿和其他人站在那里宰他的大羚羊。

螳螂说:"你为什么不能先把我叫来?"他为大羚羊哭泣,责备夸孟-阿手下的人,因为夸孟-阿没有先让他来,让他做那个吩咐他们宰大羚羊的人。

夸孟-阿说:"让祖父走吧。他必须去为我们拾柴火,这样我们便可以吃饭了,这是肉。"

螳螂来了,他说他原本想着夸孟-阿会在大羚羊还活着的时候让他过来;而不是在他不在场的时候杀了他。他们应该等到他来时再杀他。他原本会亲自叫他们杀他的。那样的话他的心里会舒服一些。现在,他的心里不满,大羚羊可是他一个人创造的。

螳螂去拾柴火,他看见一个胆,是大羚羊的胆。他自言自语地说要刺穿它,跳上去。那个胆说:"我会破裂,弄得你浑身都是。"

小猫鼬说:"你在这儿看什么,你难道不拾柴火吗?"

螳螂离开胆所在之处,折下树枝,放在地上。后来他又接着在他发现胆的地方寻找柴火。他朝那个胆走去,又说他会刺破胆,跳上去。

胆又说当他踩上去时它会破裂，弄他一身。他说他会跳，他一旦踩上去，胆就得破裂。

小猫鼬又责备他："能有什么让你一直去那里的？你不拾柴火，却一直往那片丛林去。你在耍花样，不拾柴火。"

夸孟-阿说："你得赶快，你一旦叫了祖父，便示意我们走，因为胆就在那儿。祖父看见它了。你必须赶快。祖父如果有这样的表现，那么他表现得不光彩，他在这件事上捣鬼。你必须保证在叫祖父时，我们可以离开胆所在的地方。"

于是他们把肉装进网里。螳螂这时正脱掉他的鞋放进箭囊里，他把箭囊挂在箭旁。此刻，他们拿着东西赶回家。路上，螳螂说："我的鞋不见了。"

小猫鼬说："你丢了鞋？"

螳螂说："啊，啊，鞋还在我们宰割大羚羊的地方。我得回去取鞋。"

但小猫鼬说："你一定是把鞋放进了箭囊。你得在箭囊里找找，好好找找。"

螳螂在箭囊里找，但只在鞋子的上方找了找。他说："看吧，鞋真的不在里面。我得回去把它捡回来，因为鞋真的在那里。"

但小猫鼬说："我们得回家，我们真的得回家。"

螳螂说："你们可以先回家，我得去把鞋拿回来。"

夸孟-阿说："让祖父去吧！让他回去做他想做的事。"

小猫鼬说："啊！你这个人！我真希望螳螂这次会听我们的。"

螳螂说："你总是这样没完没了！我真得走了，去把鞋取回来。"

螳螂回去了。他跑向那个胆，刺破了它。胆破了，弄得螳螂的头上都是胆汁，他的眼睛变大了，突然看不见了。他摸索着前进，摸索着，摸索着，直到他发现一片鸵鸟羽毛。他捡起羽毛，把它吸起来，用它擦掉他眼睛上的胆汁。

后来，他扔掉了那根羽毛，说："你现在必须躺在空中，你今后得做月亮了。你将在夜里闪耀，用你的光亮为人们照亮黑暗，直到太阳升起为人们照亮一切。人在太阳的照耀下打猎。你必须为人发光，而太阳为人照射。人们在太阳下走动，他们打完猎回家。但你是月亮，你为人发出光芒，然后消失。你消失后又会复生。你就是这样给人们带来光亮的。"

这就是月亮做的事情：月亮消失后又复生，他照亮世界的所有平坦之地。

20 史密斯部落的族长为什么不能创造人类？

很久很久以前，某个国王叫来史密斯部落的酋长瓦鲁卡加，给了他许多铁，说："我要你为我创造一个真正的人，一个能行走、能说话的人，一个有血有脑的人。"

瓦鲁卡加带着铁回到家。他不知道该怎么办，没人可以告诉他应该如何着手创造真正的人。他去找他的朋友，告诉他们国王所说的话，询问他们该怎么做。没人能给他任何建议。他们都知道国王不会接受任何不诚实的人，人们会因为不遵从他的命令而遭到惩罚。

一天，瓦鲁卡加在回家的路上遇见了以前的一个朋友。那人疯了，一个人住在某片荒地上。瓦鲁卡加一直不知道他已经疯了，直到这次遇见他。他们走近彼此，瓦鲁卡加问候他的老朋友，那个疯子问他他从哪里来。瓦鲁卡加想了一会儿，自言自语："我为什么不告诉他我的故事呢？即使他疯了，他曾经也是我的朋友。"于是，他回答："我从一些朋友那里来，我试图向他们寻求建议。"

疯子问他想要什么建议，瓦鲁卡加告诉了他国王的命令，说："我该怎么办呢？"

疯子回答："如果国王让你做这项工作，就去对他说如果他真的想造一个不错的人，他得命令所有人剃光头，烧头发，直到烧掉的头发能形成一千担炭；他得从人们那里收集到一百罐眼泪，并用这些眼泪灭火，不要让火烧得太猛烈。"

瓦鲁卡加回到国王那里，对他说："我的主人，如果你想让我迅速地造出这个人，就命令人们剃光头，燃烧他们的头发，为我收集一千担炭来炼铁成人。此外，让他们收集一百罐眼泪备用，因为柴火形成的炭和井里的普通水对铸造人没有用。"

国王答应了瓦鲁卡加的请求，下令让所有的臣民剃头，并把他们的头发烧成炭，还要收集他们的眼泪。他们全都剃了头烧了发，但所得的炭加起来还没有一担那么多，他们收集的眼泪还不满两罐。

国王看到他努力的结果之后，派人找来瓦鲁卡加，对他说："不要麻烦去造人了，因为我收集不了足够的炭和眼泪累积的水。"

瓦鲁卡加跪下来谢谢国王。他说："我的主人，这是因为我知道你无法获得我要求的足够的头发和足够的眼泪来造人。你要求我做的也是一件不可能完成的事情啊。"

在场的所有人都笑了，说："瓦鲁卡加说的是事实。"

21　蜘蛛是如何读懂天神的想法的？

天神生了三个孩子——埃尚（黑夜）、欧斯拉内（月亮）和欧维亚（太阳）。这三个孩子长大了，天神让他们去各自的村庄。第一个孩子建了他自己的村庄，第二个也建了他自己的村庄，第三个同样如此。他们各自生活在自己的村庄里。

天神最爱太阳。当天神统治那里时，他涂黑了一张凳子，问他的侍从们："谁知道我的想法？"蜘蛛安耐西❶说："我想我知道。"他说这话时，天神让所有的侍从都站起来。安耐西也站了起来，说他要去天神的孩子们各自的村庄。

安耐西上了路，自言自语："我不知道他的想法，却说'我知道'。"他从每只鸟身上拔了一些羽毛，插在自己身上，然后停在天神村庄的一棵树上。人们看见了这只"鸟"，一阵喧闹，听上去像"耶——咿——咿——咿"！天神走出屋子，来到伞树下，自言自语："如果安耐西在，他应该知道这只鸟的名字。我决定任命太阳欧维亚为首领，于是问谁知道我心中的想法，安耐西说他知道。现在，我去拔来那名为'金廷基'的芋头，谁知道它的名字并说出来，我就给他我的黑凳子。那就是为什么安耐西去带我的孩子们来。如果他在这儿，他一定知道这只鸟的名字。"

这只"鸟"飞走了，安耐西拔下身上的羽毛扔掉了。他来到黑夜

---

❶ 本故事中的蜘蛛安耐西是天神的一个侍从，敢于挑战困难，擅长揣摩天神的想法。他在一些非洲部落是神意的象征。

的村庄，对黑夜说："你父亲说你得跟我走。"黑夜答复："好吧，我跟你一起去。"安耐西说："我去找月亮和太阳。"可黑夜对他说："让我先找点东西给你吃吧。"蜘蛛说："呵！"于是黑夜出去拿了一根烤玉米给安耐西。他嚼完玉米后便出发去月亮的村庄。他到达后说："你父亲说你得跟我走。"月亮回复："好吧，我跟你走。"安耐西又说："我还要去太阳的村庄带他一起来。"月亮说："那让我先找点东西给你吃吧。"安耐西说："呵！"于是月亮做了一点芋泥给他吃。之后，安耐西出发了。他到达太阳的村庄后对太阳说："你父亲说你得跟我走。"太阳答复："好吧，我跟你去。但我先给你弄点东西吃。"安耐西说："呵！"于是太阳出去捉了一只羊。他回来时对安耐西说："我原本希望，如果我父亲来这儿，他会看见我正在做的事。无论它是好还是坏，他都能看见。他没有来，但你来了，就好像父亲来了一样。所以，我要把我的羊宰了给你吃。"

于是，他宰了羊，煮好给安耐西吃。安耐西吃完后说："我们去一棵倒下的树那里吧。"他们到那儿后，安耐西对太阳说："你父亲在他家里涂黑了一张凳子。他希望你继承那张黑凳子，所以他拔了一个芋头，如果你知道它的名字，他就会把凳子给你。现在，这个芋头被称为'金廷基'。为了让你不忘记它的名字，我会做一个短鼓，再做个木手鼓来配合它。这样的话，当他们敲击短鼓和木手鼓时，你就忘不了这个词了，因为短鼓会说'斐瑞博摩！斐瑞博摩！'，木手鼓会说'金廷基博摩！金廷基博摩！'。"

他们出发去天神的村庄了。他们先到月亮的村庄带上月亮，再到黑夜的村庄带上黑夜。他们一路都在打木手鼓。当他们到达村庄外边时，安耐西看见了一个人，他派那个人去告诉天神他们回来了。天神召集集会。很快，每个人都到了，他们互相致意。安耐西此刻说："首领吩咐我的差事我办好了，我带他们来了。"天神说："我的孩子们，我派人带你们来的原因是：我涂黑了那边的那张凳子，还在那儿拔了一个芋头。谁看见并命名了这个芋头，我便把黑凳子给谁。因为我最大的孩子是黑夜，先让他先试试。"黑夜说："它叫'波纳'"。人们喊道"耶——咿——咿——咿"。天神又说："我的第二个儿子是月亮，让他给它取个名字。"月亮说："它是名叫'阿散蒂'的芋头。"人们喊道"耶——咿——咿——咿"。天神又说："我的第三个孩子叫太阳，让他来给它命名。"

我忘了说，舞曲现在还在继续："金廷基博摩！金廷基博摩！"

安耐西正在做侧身翻。

太阳站起来，拿着芋头说道："啊！自从我在我父亲身边学走路起，我还很小的时候，他就常常告诉我它的名字，我没忘记，它叫'金廷基'。"接着，部落的人们连着欢呼喝彩了三次："咿——咿——咿！"

他的父亲站了起来，说："你，黑夜，你是年纪最长的，但我告诉过你的话，你竟然允许自己忘记，可见你不重视我的话。因此，我下令，邪恶的事情将在你的时间里发生。而你，月亮，我们散步时我告诉过你的话，你也没有记住。我因此下令，在你的统治下只有孩子们会玩耍。至于你，太阳，你没有忘记我对你说过的话，你听从了我的建议，因此，你将是首领。如果任何人有任何事要解决，让它在你的时间里被听见。但是，家庭事务可以在晚上被听见。

"所以，去走我给你安排的路吧。如果月亮想入侵，时而围绕着太阳的环形彩虹就会环绕着你，这样月亮就不能来触犯你了。另外，如果雨云聚拢，天神的弓就会投在天空。在你下面的孩子们便可以看见我把弓投在天空。这样，河流就不会溢出，不会把他们带走。

"还有一件事。这些话以前被称为'天神的格言'，现在因为蜘蛛安耐西能够读懂我脑子里的这些话，就让它们被称为'蜘蛛的格言'吧。"

动物及其世界

FEIZHOU
MINJIAN GUSHI

22　螳螂与"吞食一切者"

螳螂说："猫鼬，我现在要你去捉一只肥羊来，好让我的父亲为我们宰了它，然后把它挂在屋子附近晾晒。我不喜欢宰割东西，因为我还在痛得打滚，得先让肿胀消失，我才能做宰割之事。然后我要把肉挂在屋子里晾干，因为我也想让羊脂肪晾干，那样女人们便可以熬制它。我们可以拿羊脂油来涂抹我们一直以来嘎吱嘎吱地咀嚼的那些肉干了。斑驴的肉老，不嫩。我想让你去把老羊宰了，把小羊留一小段时间，因为我们一下子也吃不完所有的羊，它们的数量太大了。我还想让我的女儿豪猪明天出趟门，她已经煮了一些肉，并把它晾干后储存好了。那边的人会来跟我一起吃这些羊，我数过这些羊了，我知道它们的数量很大。"

豪猪说："你真的想让我去找那边那个吃灌木林的人吗？他要是来了，会直接在羊圈里吞下这些羊的。你不用想那些灌木林是否会被保留下来，因为我们将和这些羊一样被吞掉。这样一个吞食一切的人——他把他走过的灌木林都吃掉了！"

螳螂对她说："你得去找你的另一位长辈'吞食一切者'，他可以帮我吃掉这些羊，喝掉这些汤。我已经倒掉了一些汤，因为我感到心里很不安。肥肉抓住了我的心，我现在不想喝汤了。我想让那边的老人过来喝光它。然后，我就能与人交谈了，我现在都不跟人交谈。所以，你用麻袋装满煮好的肉，带过去。这样他就会来了，否则他可能会拒绝。"

豪猪又一次反对："人们都不跟那个人住在一起。他独自一人。人们不能递给他食物，因为他的舌头像火一样。他会烧伤人的手。你不用想我们能亲自递给他食物，因为我们只能避到对面的羊群那里。罐子会连同里面的汤一起被吞掉。那些羊也会被以同样的方式吞掉，因为那个人总是这样做。他不常旅行，因为他觉得他的胃太重了。瞧吧，他虽然是我的长辈，可豪猪我还是跟你住在一起，因为我认为他会吞了我，而你不会。不过，我明天还是会去把他找来，他可能会来。到时你就亲眼看看吧。"

第二天，豪猪带着煮好的肉出发了。她来到她的长辈"吞食一切者"的家。她停下来，放下那袋肉，对他说："去吧！你那边的表兄请你去帮忙吃羊肉，因为他的心很不安。他想让你去。我告诉过你了。现在我走在前面，因为我走得比较慢。"

她把麻袋里的肉抖出来，放在灌木林里。"吞食一切者"连肉带灌木林一块儿吞了下去。豪猪扔掉空麻袋，在前面走得飞快。她一边走一边下指令："你得跟着我爬上那个地方。你会看见站在那儿的羊。"她走在前面，非常害怕"吞食一切者"。她先到达了小屋。

螳螂问她："你的长辈在哪儿？"

豪猪回答："他还在路上。看看矗立在那边的那片丛林，你能看见一个影子正从上面滑动。看着树木折断吧，然后找到那个影子。当你看到那个情景时，那儿的灌木林都会消失，因为当他从山后逐渐靠近我们时，他的舌头会先扫除那些灌木林。接着，他的身体会出现。等他到达时，这一路的灌木林都会消失。我们躲藏不了。现在，我想让猫鼬多吃点肉，因为他将再也吃不到那肉了，那边的那个人一来，灌木林会被毁灭，羊也会被吞噬。"

"吞食一切者"跟着豪猪的足迹，一边走一边吃掉灌木林。他爬上来了，终结了沿路的灌木林，他的影子在螳螂的屋子上方滑动。影子落在了螳螂身上，螳螂看着太阳。他问云在哪里，因为太阳似乎正躲在云里。

豪猪对他说："那里没有云，我想让猫鼬为我把这个罐子藏起来，因为他真的感觉到那个人的影子来了。它把我们围了起来，当他来我们这里时，太阳仿佛落山了。他的嘴巴就在那里，把周围弄得黑乎乎的。它不是影子，它是那些灌木进入的地方。"

螳螂看见了"吞食一切者"的舌头。他问豪猪："你长辈手里握着火吗，那边有一团火正发着红光？"

豪猪回答："那是那个人来了，他的舌头是红的。他离得近了，所以你看见了他的舌头。我们要把路让出来，不要亲手递给他任何东西，只是把东西放在地上给他。如果我们亲自递东西给他，他的舌头会烧焦我们的手。因此，我想让达斯帮我把另一只罐子藏起来，这样她还有汤可以喝。现在，她亲眼看见那个胃已经延伸到我们的两边了。我们听不见风，因为他来了；风不吹了，因为他总是在他站的地方形成一个避风之处。他不坐，一直站着；他会先吃光他周围的东西，因为它们的数量很大。他把一层灌木林铺在他的胃下面，他已经装满了一半的胃，但还没有装满整个胃。所以，他还在寻找食物。他是一个要把身体装满的人。如果他四处张望都还找不到食物，他就会吞下这些人，因为他们邀请他来享用食物，却没有给他足够的食物满足他的胃。"

"吞食一切者"到了，螳螂为他摆好了食物。"吞食一切者"迅速吞下了食物。螳螂又把汤倒进桶里，"吞食一切者"连桶带汤一起吞掉了。其中一个汤桶还是滚烫的。螳螂把原本放在袋子里的肉放进桶里，把桶推向"吞食一切者"。后者伸出舌头舔了舔螳螂的手，把它们烧焦了。螳螂迅速缩回他的手臂，跳到一边，撞到了达斯。

达斯说:"螳螂为什么从他请来的那个人那儿跳开?豪猪告诉过他不要亲手递东西,只把肉放在树林里给'吞食一切者'。"

螳螂把肉放进罐子里。他对小螳螂夸孟-阿说:"噢,孩子,为这个罐子生堆火。我的手还燃烧着,让我坐在我表兄烧焦我的地方。你可以感觉到他的呼吸是热的。他的舌头也是热的。"

达斯对他说:"你应该把羊肉舀出来放到灌木林里。"但螳螂不听,他坐着往自己的手上吐口水,以降降温。他舀出了另一桶肉,又把桶推给"吞食一切者"。"吞食一切者"又舔了舔他的手。螳螂跳开,失去了平衡,跌进屋里。他坐起来,舔着自己的手,给它们降温。他对猫鼬说:"啊!猫鼬,给我煮点肉,因为那是豪猪的吩咐,那些桶好像全都消失了。"

但是,猫鼬对螳螂说:"母亲告诉过你一切,但你却不听;还是要请这个大表兄来,人们认识他,却没有一个人邀请他,因为他的舌头像火。"

螳螂叫来小螳螂:"去给我把豪猪藏的肉拿来,你现在看到了,这桶肉已经被吞掉了。你得看看这个胃。"

螳螂拿来两个桶,把里面的肉舀了出来。达斯推了推他,他冲她眨了眨眼。他把一桶肉抛出去,然后又抛去一桶肉。"吞食一切者"的舌头舔了舔他的耳朵,他跌进了屋子。

达斯对他说话,他又冲她眨了眨眼。她说:"啊!螳螂,不要再对我眨眼了!你得喂养你请来的这位表兄。你得给他很多的东西吃。豪猪告诉过你她不想找他来,因为他的舌头总是这样。"

"吞食一切者"吞下了两只桶,舔了舔放在小屋周围的肉,连灌木林一起吞掉了。

螳螂对猫鼬说:"啊!猫鼬,你得去别处煮肉了,把灌木上的肉给我，因为这里的桶都被吞掉了。我要给这个老人一个热锅来吞，如你所见，灌木林都消失了。当风吹来的时候。我将不再坐在树林里烹煮。"

"吞食一切者"退后了，他吞下小螳螂家周围的灌木林，他连同树上的肉也一起迅速地吞了下去。

螳螂对猫鼬说："啊，猫鼬，快去把另一只羊捉来，你得迅速宰了它，你也看见了，灌木林被连肉一起吞掉了。"

"吞食一切者"要水，螳螂提了一整袋水放在他面前。"吞食一切者"的舌头卷起这袋水，他吞下了水，又吞下了一棵荆棘树。

螳螂对小螳螂说："你看，我们别想吃肉了，连荆棘树都被吞掉了，即使它有荆棘。"螳螂又对猫鼬说："啊，猫鼬，去把水袋里的水取来，你看，另一个水袋也被吞掉了。'吞食一切者'正转着他的头在找水。他吞下了其他所有的东西。他似乎还要吞下我们的床。如果他吃光我屋子里的所有东西，我真的只能坐在地上了。"

"吞食一切者"迅速吞掉了豪猪的东西。螳螂对小螳螂说："瞧，那女人的东西已经被吞掉了，她正坐在空地上。所有的羊很快便会被吞掉。"

"吞食一切者"朝羊群看去，他的舌头卷起所有的羊，他迅速吞下了它们。

螳螂喊道："我还没来得及宰它们，这些羊就被迅速吞掉了。哎呀！灌木林消失了，它们被吞噬了！我们现在坐在空地上。哎呀！我现在失去了我带来的东西，我拥有的东西。"

豪猪对猫鼬眨眼："啊！猫鼬，我告诉你，你的弟弟得跳开。如果你父亲还像现在这么勇敢的话，他会被吞噬。而正在说话的螳螂祖父也肯定会被吞噬。"

"吞食一切者"叫出他自己的名字，他是吞——食——者，那个螳螂请来的人。他对螳螂说："啊，螳螂，拿出你邀请我来享用的所有东西，我一个吞食者应该吃的东西。"他往前走了几步，用他的舌头舔舐着螳螂。

但螳螂说："我螳螂邀请了你吞——食——者来我家。你却来毁坏我的东西。你不该问我，不该寻找我请你来享用的真正的食物，因为你吞噬的那些羊就是食物。这里没有其他食物了。"

"吞食一切者"很快吞噬了螳螂，螳螂安静了。小螳螂夸孟-阿跳到一旁，拿起了弓。"吞食一切者"看向夸孟-阿。夸孟-阿跳开，逃跑了。螳螂很安静，因为他在"吞食一切者"的胃里。"吞食一切者"站在夸孟-阿的对面，说他真的要吞下豪猪的丈夫了。即使他很英俊，他也要吞下他，因为他想这么做。他又往前走了几步，很快吞噬了豪猪的丈夫，连同他坐的那张床。"吞食一切者"的胃现在几乎垂挂到了地上。

豪猪哭了，站在那儿叹息。孩子们从远处来了。豪猪问小螳螂："你是个凶猛的人吗？"他沉默了。她又问："你生气吗？"小螳螂还是沉默，因为他生气。她又问她的儿子小夸孟-阿同样的问题。她转身坐下，在火上烧着一支长矛，问她儿子："你生气吗？你要记得'吞食一切者'的舌头像火。我不想你退缩，我担心你的心跟父亲的心一样。"小夸孟-阿坐着不动，他们同意剖开"吞食一切者"。

她把长矛从火上拔出来，它已烧烫，她把它放在弟弟小螳螂的鬓角边。火烧着他的耳朵，他坐着不动。她又继续加热长矛，它变得炽热。她把烧得炽热的长矛伸进她弟弟的鼻子。眼泪慢慢聚集，充满了他的眼眶。她对他说："一个温和的人便是如此，他的眼泪慢慢聚集。"

她又继续加热长矛，把烧得炽热的长矛放在她儿子的耳根。她的儿子坐着不动。她又把矛加热，对她的儿子说："'吞食一切者'的舌头就像这样，我不想你在他面前畏缩，如果你的心像你父亲的心一样。"当矛烧红了，她把它拿出来，放进她儿子的鼻子。她看着他的眼睛，它们是干的。她自言自语："是的，凶猛的人就是这样，那一个是温和的，这一个却是凶猛的。那一个是温和的，他像他的父亲螳螂。他是一个逃跑者。"她对她的儿子说："记住，'吞食一切者'的舌头就像这样。你去找他时候，得坚定地坐着。"

小夸孟-阿和小螳螂愤怒地去找"吞食一切者"了。他们在他躺在太阳下的时候靠近他。他起身站立，等候着。小夸孟-阿对小螳螂说："母亲想让我坐在'吞食一切者'的这一边，而你坐在他的另一边，因为你像你父亲那样用左手宰割，你得用你的左臂拿矛向外。我会坐在这一边，用右臂持矛向外。"

"吞食一切者"用他的舌头烧着小螳螂的鬓角。他朝前走，用他的舌头烧着小夸孟-阿的耳根。他说这个小孩似乎真的非常生气。他又朝前走，用他的舌头烧着小螳螂的耳根。小螳螂坐着不动。"吞食一切者"又朝前走，用他的舌头烧着小螳螂的另一只耳朵。小夸孟-阿紧紧地盯着小螳螂，示意他握紧他的矛，他把自己的矛握得很紧。小螳螂也把矛握紧，因为他之前说过："你割这一边，我割另一边。当人们倾泻而出时，我们得逃。"

他跳上前割"吞食一切者"。小夸孟-阿也割起来。当他们的祖先们倾泻而出时，他们便逃跑了。羊和水桶都倾泻而出。螳螂坐在他的床上。罐子倾泻而出，所有东西都倾泻而出。他的祖父弯着身子，死了。

孩子们说："啊，灌木林，我们让你出来。你要真的变成灌木林啊，你要在你的地方重新生长，你要恢复成你以前的样子。这个地方会恢复，这些羊会在这里漫步。它们会吃草，然后回到羊圈，将同往昔一样。因为现在躺在这里的这个人吃光了灌木林，他将彻底消失，那样人们可以得到干燥的灌木，能够为他们自己取暖。"小螳螂这样说道。他觉得自己真的很像他的父亲，他的言语像他父亲的言语。他的话全都成真了。

此刻，达斯递给螳螂水，对他说："啊，螳螂，你只能喝一点！"

螳螂说："我渴死了，我得喝光这一蛋壳的水。"他狼吞虎咽地喝水，倒在了地上。小夸孟-阿正在一旁等着。

豪猪对达斯说："拿起那边的那根长棍子，你得拍打螳螂的胫骨，让他站起来，你得紧紧抓住他的脸揉搓。"于是，达斯拿起长棍打螳螂的胫骨。他很快站起来了，坐着发抖。

达斯责备他："我让你只喝一点，因为如果你把水咕噜咕噜全吞下，就会像现在这样。可你差不多快喝完了，你简直要杀了你自己，你因此倒下了。"

这时，豪猪给了小夸孟-阿一点水，对他说："啊，小夸孟-阿！你只能喝一点。你润一润嘴巴，然后得赶紧把水放下。你得坐下来擦洗一下自己，因为你刚从胃里出来。一会儿之后，当你觉得自己的身体暖和了，便可以喝很多水。"

小夸孟-阿喝了一点，赶紧放下，并没有一饮而尽。他擦洗身体后又去喝水，这次喝得饱饱的。

他的妻子为他烹煮了肉，那是她之前藏起来的。她之前让猫鼬为她藏了一些。这样，等他们解决了那个"吞食一切者"，他们就能吃上肉了。"我们得在这里吃，因为他躺在那里，我们在那里杀了他。然后，我们走得远远的，去旅行，留他躺在屋外。我们会搬走，寻找一个新家，因为那个人躺在我们现在的家的前面。我们将住在新的屋子里，那是我们的家。"

于是，他们搬到一个新家，离开了那个吞噬人们的人躺着的那个屋子。在新家，他们过着平静的生活。

23 大象与乌龟

大象和雨起了争执。大象说:"你说你滋养了我,可我不理解你是以什么方式滋养我的。"雨说:"如果你说我不滋养你,那么当我离开时,你就会死!"于是雨离开了。

大象说:"秃鹰!掣签为我造雨!"秃鹰说:"我不会掣签。"

大象又对乌鸦说:"掣签!"乌鸦说:"给我掣签需要的东西。"乌鸦抽了签,天果然下雨了。它下在潟湖里,但这些湖后来又变干涸了,只剩下一个潟湖。

大象要去打猎。他对乌龟说:"乌龟,待在水上。"于是,大象去打猎,而乌龟被留在了后面。

长颈鹿来了,对乌龟说:"给我水!"乌龟说:"这水属于大象。"

斑马来了,对乌龟说:"给我水!"乌龟说:"这水属于大象。"

大羚羊来了,对乌龟说:"给我水!"乌龟说:"这水属于大象。"

角马来了,对乌龟说:"给我水!"乌龟说:"这水属于大象。"

高角羚来了,对乌龟说:"给我水!"乌龟说:"这水属于大象。"

跳羚来了,对乌龟说:"给我水!"乌龟说:"这水属于大象。"

豺狼来了,对乌龟说:"给我水!"乌龟说:"这水属于大象。"

狮子来了,说:"小乌龟,给我水!"小乌龟正要说什么,狮子抓住它,打了它一顿。狮子喝到了水,从那时起,所有动物都来喝水了。

大象打猎回来,问:"小乌龟,水在哪儿?"乌龟回答,说:"动物们把水都喝了。"大象问:"小乌龟,我该把你嚼碎还是吞噬掉?"

小乌龟说:"吞噬我吧,如果你高兴的话。"于是,大象把小乌龟整只吞掉了。小乌龟进入了大象的身体,破坏了他的肝、心脏和肾。大象说:"小乌龟,你杀了我。"

于是,大象死了。小乌龟从他身体里出来,爱去哪里就去哪里。

24 蛙与乌姆得赫卢布

　　从前，某个国王娶了另一个国王的女儿，他非常爱她。正因为如此，他的其他几个妻子很苦恼。她生了一个女儿，国王十分疼爱这个女儿。孩子渐渐长成了一个漂亮的小女孩，而国王的其他妻子正对她策划着一个阴谋。她们说："国王不在家，我们去割点须根来。"她们让侍女们不要抱那个女孩。女孩的母亲叫来负责照顾自己的孩子的那个侍女，那个侍女拒绝抱这个孩子。于是孩子的母亲把孩子背在背上，带着她一起走了。

　　在越过一个山谷时，她们坐下来吸鼻烟。女孩母亲绑了一束须根递给女孩，女孩拿着它玩耍。她们又继续去割须根，把它们绑成一束一束的带回家。

　　一回到家，她们便叫来看护孩子的侍女，侍女们都来了。但是女孩的母亲却发现女孩不见了。女孩的母亲问："我的孩子在哪儿？"她们说："是你带着她的啊。"她着急得哭了起来，跑去找她的孩子。但没找到，她只好回来了。

　　这是一件令人极其悲痛的事。其他几个妻子说："怎么样？我们毁了丈夫的宝贝。他爱的那个妻子惊慌失措。"

　　信使被派到国王那里传信，他说："国王，我们在割根须时，你的孩子走丢了。"国王焦虑不安。

　　早晨，另一部族的一个老妇来取水。她听见有东西在"嗒，嗒，嗒"地响。她好奇地说："啊！会是什么呢？"她悄悄地往前走了几步，发现那女孩正坐在地上玩耍。她匆匆赶回家，留下孩子和水罐。她叫来这个部族的王后，说"过来一下"。王后出了屋子。老妇说："我们去河边吧，你会在那里看到点东西。"王后跟着老妇来到了河边，老妇说："看啊，这是个孩子。"王后高兴地说："带她走吧。"老妇带着女孩，她们来到河边，王后说："给她洗洗。"老妇给女孩洗了澡。王后就把女孩背在背上带回家了。

王后为女孩哺乳，因为她刚生了个男孩。王后把女孩养大。她和王后的孩子都学会了走路。她已长成一个大女孩，在一次盛宴上被任命为女孩们的首领。人们宰了很多牛来欢庆这一盛事。

盛宴后，首领们对男孩说："娶这个女孩吧！"男孩很好奇，说："啊！这是什么意思？她不是我的姐妹吗？我们不都是我母亲哺育的吗？"他们说："不，她是在山谷中被发现的。"他拒绝："不，她是我的姐妹。"第二天早上，他们又说："你应该娶她做你的妻子。"他又拒绝了。

又有一次，一个老妇人对女孩说："你知道吗？"她说："什么？"老妇人说："你要嫁人了。"她问："嫁给谁？"老妇人说："你家里的那个年轻人。"她说："啊！这是什么意思？他不是我的兄弟吗？"老妇人说："不，你是我们从山谷带回来被王后抚养长大的。"女孩哭了，感到非常困惑。

女孩带着一个水罐来到河边。她坐下来，忍不住哭泣。她把罐子装满水后便回了家。她坐在屋子里，王后给她送来食物。她不喜欢那些食物，拒绝了。王后问："你怎么了？"她说："没什么。我的头有点疼。"此时已是夜晚，她躺下休息。

第二天早晨，她醒来后又带着水罐去河边。她坐着哭了很久。这时，一只蛙跳了出来，问："你为什么哭？"她说："我身处困境。"蛙说："是什么困扰着你？"她回答："听说我将成为我兄弟的妻子。"蛙说："带上你的那些漂亮的东西、你喜爱的那些东西，到这里来。"

女孩起身拿着水罐回家了。她拿来另一个水罐，把她的东西——她的黄铜棍、U形短裙、带黄铜球花边的裙子、束发带、铜器和珍珠装进罐子。她带着这些东西来到河边，把它们倒在地上。

蛙问："你想让我带你去你自己的部族那里吗？"女孩说："是的。"蛙把她带来的东西先吞下，再吞下她，然后出发了。

路上，他遇到一群年轻人，他们看见了蛙。走在前面的一个年轻人问："过来看看，这有一只大蛙。"其他人说："我们杀了他，扔石子砸他。"蛙说：

> 我只是一只蛙；你们不会杀我的。
> 我带着乌姆得赫卢布去她自己的家乡。

他们放过了他，说："噢！一只蛙怎么会说话，真是个奇迹！我们放过他吧。"于是他们继续赶路。

蛙也继续赶路。过了一会儿，他又遇见了一群人。走在前面的一个人说："啊，快来看，一只巨蛙。"他们说："我们宰了他吧！"蛙说：

> 我只是一只蛙；你们不会杀我的。
> 我带着乌姆得赫卢布去她自己的家乡。

他们继续往前走，蛙也继续赶路。

他碰见几个放牛的男孩，他们也看见他了。国王的一个儿子看见了他。他说："哇！看在国王的孩子乌姆得赫卢布的分上！来宰一只大蛙吧。跑去削点尖棍子，我们可以用它们刺破他。"蛙说：

我只是一只蛙；你们不会杀我的。

我带着乌姆得赫卢布去她自己的家乡。

男孩好奇地说："啊！先生们，我们不要杀他。他引起了痛苦的情感。别管他了，我们继续。"他们放过了他。

蛙继续赶路，又遇见了其他人，这次看见他的是这个女孩的亲兄弟，他说："看在国王的孩子乌姆得赫卢布的分上！这里有一只非常大的蛙。我们用石头打他，然后宰了他吧。"蛙说：

我只是一只蛙；你们不会杀我的。

我带着乌姆得赫卢布去她自己的家乡。

他说："啊！别管他了。他说了一件可怕的事情。"

蛙继续赶路，接近女孩的家了。他进了部落的一片灌木林，把她和她的东西都放在了地上。他帮她整理：用乌冬夸❶给她清洁，给她施涂油礼，然后给她戴上那些饰品。

她带着她的黄铜棍出发了。她穿过部落，走进去，来到了宫殿入口，她来到了她母亲的屋子。她母亲跟着她进了屋子，问："姑娘，你从哪儿来？"她说："我只是在旅行。"母亲说："告诉我吧。"她说："没什么，我只是在旅行。"母亲说："能有你这样的好孩子，女人们肯定很满足。我自己身处困境，我的孩子丢了，我把她留在了山谷。她死在那儿了。"她回答："你为什么把她丢下？因为你不爱她才那么做的吗？"母亲说："不，王后们使我忽略了她。她们不许看护孩子的侍女抱她。"女孩说："不！没有女人能忘记她自己的孩子。"母亲说："那是因为我当时还不习惯抱孩子才发生的。她常常跟侍女在一起。"

---

❶ 一种灌木，它结出的白色浆果经过揉搓可变成糊状或膏状，人们用来清洗身体。

女孩说："是的。你那么做是因为你不爱我。"母亲开始认真地打量她，认出她是自己的孩子。

母亲看着她高兴极了，用各种美的话语赞美她。母亲给她穿上长袍，为她系上腰带，拿出头饰为她戴上，拿出裙子为她穿上。母亲带上自己的侍从出去了。她欢喜得跳起来，欢呼雀跃；她走进部落，欢喜得蹦蹦跳跳。人们惊讶地说："温图姆宾得今天怎么了？她为什么这么高兴？自从她的第一个孩子死了，她就没有高兴过，一直处于悲伤之中。"

支持她的人中有一个站出来说："让我去看看屋子里有什么。为什么我听见王后在用美的话语赞美她死去的孩子？"她进了屋，看见了那个女孩。

她出来后大喊起来："感恩。"

所有的人都出来了。他们跑向屋子，争先恐后地到那儿去。他们聚集在路上，看见了那个女孩，支持这个母亲的所有人都很高兴。然而，其他人就苦恼了，住在另一边的国王的其他妻子们说："啊！这是什么意思？我们以为我们已经杀死了那个孩子。她现在又复生了。我们将和我们的孩子一起惊慌失措。我们孩子的至高地位就要结束了。"

一个信使去传信给女孩的父亲。他到那里便说："啊！国王，你那死去的孩子又复生了。"国王说："噢！你疯了吗？哪个孩子？"信使说："乌姆得赫卢布。"国王问："她从哪儿来？"他说："啊！国王，我不知道。"父亲说："如果不是她，我就杀了你。如果真是她，跑去所有地方大喊一声，人们会聚集所有的大牛并把它们带来。"

他跑去所有的地方大喊："公主来了。赶紧准备好牛。"人们问："哪个公主？"他回答："乌姆得赫卢布，国王死去的孩子。"

他们欢欣雀跃，带着盾，赶着牛，还带上他们为了取悦公主而准备的礼物，因为她死而复生。他们原本已不再期盼，这时却找到了她。他们来了，宰了很多牛，甚至在路上就宰好，为了让年老、生病之人可以吃到，因为这些人去不了公主的家。

国王来了，说："出来吧，我的孩子。让我看看你。"她没有回答。他宰了二十头牛，她出现在路上，站着不动。他又宰了三十头牛，她出来了。国王说："来部落吧，让我们为你跳舞，我们太高兴了。我过去常说你已经死了，但你其实还活着。"她还是站着不动。他又宰了四十头牛，她走进了部落。

他们为她跳了很久的舞。但部落另一边的王后和她的女儿并不高兴，她们没有跟这边的人们一起跳舞。她们不再跳舞。

她的父亲同她一起进屋，跟她一块儿坐下来。他说："宰一头小肥牛吧，我们可以吃肉庆祝，因为你死而复生了。"

人们都在欢庆。女孩回到她在王室中的位置。她的父亲是名副其实的国王。他恢复了他的老习惯，住到了部落。他曾经离开了那里，因为他总是想起他那死去的孩子。她的母亲和她屋子里的孩子们都兴高采烈。

她的父亲问她："你是怎么来到这里的？"女孩说："是一只蛙带我来的。"父亲说："他在哪儿？"女孩回答："他就在树林里。"父亲说："宰点牛，我们可以为他跳舞，他可以来我们家。"于是，他们为蛙跳舞。

他们把蛙带到家里，带他进屋，给他肉吃，他吃了。国王问："你想让我奖赏你什么？"他说："我想要些无角黑牛。"国王准备好很多牛和侍从，说："跟他走吧。"于是他们跟蛙去了他的家乡。

蛙建了一个大村庄，成了一个大首领。他继续宰牛，人们都来向他要肉吃。他们问："你们的首领是谁，谁是建造了这座村庄的人？"

他们说："蛙人。"他们又问："他是从哪儿得到这么大的一个村庄的？"他们说："因为他把我们的公主带回到国王身边，国王因此给了他牛和人。"他们说："那你们是蛙人的手下吗？"他们说："是的，不要用不尊重的话来说他，他会杀了你们，因为他是一个大首领。"

蛙人把很多人置于他的保护之下，那些人看到了蛙人村庄丰足的食物，背叛了他们原先的首领。因此，蛙人有着巨大的势力，成了一个国王。

高地的国王听说"低地的国王有一个美丽的女儿叫乌姆得赫卢布"。他对他的族人说："去看看到底是个什么样的姑娘。"他的族人找到低地国王，对他说："国王，是高地国王派我们来的，我们可能要在你的孩子中挑选一位漂亮的姑娘。"

于是低地国王把她们召集过来。他们最终看上了一位在美貌上超越了其他人的姑娘。他们记得，如果一个国王派人去挑选一位美丽的姑娘，这些人应该认真地看。因为这些人都是国王的眼睛，国王信任他们。他们看得很仔细，这样一来，当他们把姑娘带回家乡时，便不会被责备。人们如果觉得她丑，不像是为一个国王挑选的姑娘，就会大加挑剔，说："你为什么为国王挑选来一个丑东西，以此来羞辱他吗？"那些人的荣誉便会终结，他们光荣的职位也会被免除，因为他们不值得信任。因此，他们因为乌姆得赫卢布的美丽而选择了她，说："只有她最适合做国王的王后。"

没有被选中的那些姑娘感到羞愧，她们的母亲感到羞愧，她们的兄弟也感到羞愧。人们在乌姆得赫卢布的屋子里为她欢庆。欢乐源于乌姆得赫卢布，她在众多的姑娘中显得光彩照人，得到了她们的赞美。大家都说："这真是一个美人！"她的母亲满心欢喜，说："我生我的孩子时做得真棒！"乌姆得赫卢布的其他兄弟姐妹情绪高昂，他们的母亲很久以前就被国王宠爱有加。因为女孩的母亲也得到了乌姆得赫卢布父亲的疼爱，反对乌姆得赫卢布的人就越发憎恨。由于乌姆得赫卢布将国王其他妻子的孩子们比了下去，赢得了另一个部族的国王的倾慕，国王其他的妻子们心里怀着强烈的憎恨。

高地国王的人仔细挑选，选中了乌姆得赫卢布。他们启程去向国王复命。他们回到了家乡，对国王说："国王，我们看到了那位美丽的姑娘。她的名字叫乌姆得赫卢布。"国王说："啊！很好。我们得出发去那里了，带上一千头牛吧。"于是他们出发了。

此时，低地国王正和他的族人坐在部落的荫凉处，说："那边是什么？掀起的尘土都翻腾到天际了。"他们很害怕。他对他的士兵说："准备战斗，我们还不知道来的是什么。"过了一会儿，高地国王和牛，还有他的人出现了。低地国王出去迎接他们。

来的首领说："我是高地国王，我来见乌姆得赫卢布。"于是，他们都进了女孩的屋子，要求国王把乌姆得赫卢布给他们。低地国王听到这话，十分高兴。

他们为高地国王和他的人宰牛。高地国王和他的人跟这位父亲交谈。高地国王说："低地国王，我来找你是因为我非常渴望娶你的女儿。你要是同意，那就好了。我带了一千头牛来。"低地国王同意了，说："好吧。"

低地国王召集了所有的女孩、所有的男人、戴着头环的年轻人，以及青少年们。他把男人们分成几组，让他们侍奉乌姆得赫卢布。他为她的婚礼拿出铜器、珍珠和五百头牛，说："一切都准备好了。带她出发吧。这里有一个官员专门负责指挥婚礼仪式。"

于是，他们都跟着高地国王到达了他的家。他们一出现，人们便热烈欢呼，四面八方都是人，人们喊道："高地国王的王后来了。"他们兴高采烈。

后来，他们退下休息了。第二天早晨，太阳已经升起，天气很热。女孩们、年轻人们和青少年们走进灌木林，坐在那里。跳舞的时间一到，他们便跳起舞来。他们把那个女孩从灌木林的另一边请来，去部落跳舞。

后来，他们结束了舞蹈。女孩拿出铜器，把它摆在国王面前，祈祷说："陛下，永远照料我，因为我现在在你手中，保护我。"

整个婚宴落幕了。他们为国王和王后跳舞。之后，他们结束了舞蹈。早晨，女孩让人宰了十头小公牛，人们吃了牛肉，高兴不已。

礼仪官说："陛下，任务已完成，我想启程回家了。"

高地国王拿出五百头牛，送给乌姆得赫卢布的母亲作为礼物。男人们便回家了。

女孩们留下来，乌姆得赫卢布的父亲让她们留在她身边侍奉她。于是，许多人，包括男人和女人，都留在那里修建她的村庄。

高地国王说："现在，修建王后的村庄吧。她应该跟她的族人居住在那里。"

村庄建好了。高地国王来拜访，人们宰了很多牛。国王去住新村庄。他就是这样娶了乌姆得赫卢布为妻的。

乌姆得赫卢布的父亲的人回到了家，说："啊！国王，我们把所有事情都做得很好。这些牛是送给乌姆得赫卢布的母亲的。高地国王让我们向他的岳父和岳母转达敬意。"

于是，所有人都和平地生活在了一起。

25 毛虫与野兽

　　从前，有一只毛虫趁野兔不在家时，爬进了他的家。野兔回来时，注意到了地上的痕迹，大声喊道："谁在我家里？"

　　毛虫大声回答："我是勇士之子，我的脚镣在古蒂亚勒之战中被解开了。我把朝天犀牛压倒在地，把大象踩成粪土！我是不可战胜的！"

　　野兔离开了，说："像我这样一个小动物如何能对付一个把大象踏成粪土的人？"

　　他在路上碰到了豺狼，请他跟自己回去，和那个占了自己家的大块头谈一谈。豺狼答应了。他们到达后，豺狼大声说："谁在我朋友野兔的家里？"

　　毛虫回答："我是勇士之子，我的脚镣在古蒂亚勒之战中被解开了。我把朝天犀牛压倒在地，把大象踩成粪土！我是不可战胜的！"

　　听到这话，豺狼说："要对付这么一个人，我无能为力。"随后便离开了。

　　于是野兔请来豹子，恳求他去跟自己家里的那个人谈谈。豹子一到现场就咕哝："谁在我朋友野兔的家里？"

　　毛虫同样以应对豺狼的方式回答，豹子说："如果他碾碎过朝天犀牛和大象，他同样也会碾碎我。"

　　豹子也走了。野兔找到朝天犀牛。朝天犀牛一到野兔家便问谁在里面，当他听到毛虫的回答时，说："什么？！他能把我压倒在地！我最好还是离开吧。"

　　野兔又试着找到大象，寻求大象的帮助。但当听到毛虫的回答时，大象说他不想被这个人踏成粪土，于是也离开了。

　　这时正巧有一只蛙经过。野兔问他是否能够让那个征服了所有动物的人离开他家。蛙来到门口，问谁在里面，得到了同样的回答，但是他没有离开，而是走近一点，说："我强壮且善于跳跃，我来了。我的屁股就像柱子，神把我造得令人生厌。"

　　毛虫一听这话便发起抖来，看见蛙正在靠近，他说："我只是条毛虫。"

　　附近的动物都赶来抓住了毛虫，把他拖了出来。他们都嘲笑他惹出的麻烦。

26 瞪羚与豹子

瞪羚对豹子说："现在是旱季，我们应该去砍树，这样一来，当第一场雨来临时，我们的女人们便可以耕种了。"

豹子说："好啊，但我今天去不了，你去吧。"

瞪羚去了，他砍了一整天的树，清理了耕地。第二天，他又一个人去了。

到了第三天，豹子来找瞪羚，请他跟自己一起去种植园。但是，瞪羚说他病了，去不了，于是豹子一个人去了。

第四天，豹子又来找瞪羚，可是他不在家。

豹子问："他去哪儿了？"

"啊！他去另一个地方了。"

豹子每天都来找瞪羚，可瞪羚不是病了就是出村了。豹子一个人几乎干了所有的累活儿。

女人们耕种后，过了一段时间，庄稼成熟了。瞪羚去看种植园。他看到种植园里有那么多的庄稼，想到如果邀请他的朋友们来享用这样丰盛的食物，他们该多开心，他也会非常高兴。于是他叫来所有的羚羊和野外的其他动物，举行了一场盛大的宴会。

不久，豹子心想，他该去看看他的种植园了。他一到那里便惊叫："喂，谁在吃我种植园里的东西，吃光了我的玉米？我一定要设个陷阱抓捕这些小偷。"

动物们在瞪羚的带领下又来了。瞪羚警告他们："小心，豹子一定设了陷阱抓捕我们。"然而，其中一只羚羊还是疏忽了，他掉进了豹子的陷阱。瞪羚说："你看，我告诉过你要小心。我们该怎么办呢？他们都跑了，就剩下我俩了。要解救你，我还不够强壮。"于是他也跑了。

豹子来了，他为他抓到了小偷而感到高兴。他把那只羚羊带回了他的村庄。羚羊哭喊道："老爷，是瞪羚让我来的。不要杀我！不要杀我呀！"

豹子说："我要如何抓捕那只瞪羚？不，我必须杀了你。"于是，他杀了这只羚羊并吃掉了他。

瞪羚听说了豹子的所作所为，感到十分气愤，他向大家宣布，由于豹子是他们的首领，动物们吃他提供的食物合情合理。为他的孩子们提供食物难道不是族长的职责吗？"好吧，好吧，没关系的，他会负责我们的食物的。"

于是瞪羚做了一只鼓，他不断击鼓，直到所有的动物都来了，仿佛来参加一个舞会。瞪羚把他们召集起来，告诉他们得找豹子复仇。

豹子听见了鼓声，对他的妻子说："我们去跳舞吧。"但他妻子说她宁愿待在家里，不去了。于是，豹子一个人去了。他一到那里，其他动物就攻击他，杀了他。舞会结束，豹子的妻子困惑他怎么还没回来。后来，瞪羚把她丈夫的头送到了她面前。她哭得很伤心。

27 豹子、松鼠和乌龟

很多年前，地上闹饥荒，所有的人快饿死了。番薯全部歉收，芭蕉结不出果实，玉米结不出玉米棒，连棕榈果都成熟不了，辣椒和秋葵同样歉收。

完全以肉为生的豹子不在意这些事，尽管一些以玉米和其他庄稼为生的动物开始变瘦，他也不是很在意。

然而，每个人都在抱怨饥荒。豹子为了免去自己的麻烦，召集所有动物开会。他告诉他们，正如他们所知道的，他非常强大，一定不缺食物，饥荒没有影响到他，因为他只以肉为食。周围有很多的动物，他不想饿死。他又告诉所有出席会议的动物，如果他们不想被吃掉，就得把他们的祖母带来给他当食物。等他们的祖母被吃光了，他会以他们的母亲为食。豹子警告他们说，他决心为他自己准备足够的食物，如果祖母们或母亲们没有来，他就会攻击年轻的动物，吃掉他们。参加会议的年轻一代没有什么主见，为了挽救他们自己的生命，便同意给豹子提供他的日常食物。这样一来，许多动物在他们的母亲被吃掉之前还能存活好一段时间。到那时，饥荒可能已经过去了。

第一个带着他那年老的祖母出现的是松鼠。祖母年老体衰，拖着一条患疥癣的尾巴。豹子把她一口吞下了，然后看看四周，他还想吃得更多。他生气地咆哮："这不是我应得的食物，我得马上再吃点别的。"

丛林猫把他的老祖母推到了豹子面前，他怒骂她："把这讨厌的老东西带走。我想要点甜食。"

轮到丛林鹿了，一番犹豫之后，一只可怜瘦弱的老母鹿蹒跚走来，跌倒在豹子面前。豹子立刻吃掉了她。虽然肉令人非常不满意，他还是宣布他那天的胃得到了安抚。

第二天，一些动物带着他们的老祖母来了，最后轮到的是乌龟。乌龟很机智，拿出证据证明他的祖母已死，豹子于是放过了他。

几天后，所有动物的祖母都被吃掉了，他们不得不献出他们的母亲们为这头贪婪的豹子提供食物。此刻，虽然很多年轻的动物不在意抛弃他们的祖母，因为他们几乎不认识他们的祖母，但他们中的许多人却很反对把他们喜爱的母亲送给豹子当食物，反对最强烈的是松鼠和乌龟。乌龟想明白了整件事。每个人都知道他的母亲还活着，她是一个和蔼可亲的老人，对大家都很友好。但是，他也意识到同样的理由帮不了他第二次。因此他让他的母亲爬到一棵棕榈树上，他会供给她食物，直到饥荒过去。乌龟为他的母亲做了只篮子，在上面系上一根长绳。他让她每天放下篮子，他会把食物装在篮子里。绳子很结实，每当他想看望她时，她可以把他拉上去。

几天来，一切都很顺利，乌龟总在黎明时来她母亲所在的那棵树下，把她的食物放进篮子。然后，这个老妇人再把篮子拉上去，享用她的食物。乌龟再以他平常的悠闲姿态离开，去处理他的日常事务。

与此同时，豹子享用着他的日常食物。第一个轮到的是松鼠，他是一只贫穷、柔弱的动物，而且一点儿也不聪明。在祖母们被吃掉后，他被迫送上他的母亲给豹子吃。松鼠非常爱他的母亲，当她被吃掉后，他想起乌龟还没有送上他的祖母或母亲给豹子当食物。因此他决定监视乌龟的行动。

第二天早晨，松鼠正在收集坚果，他看见乌龟缓慢地穿过丛林，于是很快地爬上树，这样他便可以轻轻松松地监视乌龟而不被乌龟发觉了。乌龟到了母亲住的那棵树下，母亲已把篮子顺着绳子放了下来，他把食物放在篮子里后爬进篮子，拉一拉绳子示意一切妥当，接着就被拉上去了，一会儿过后，他又被装在篮子里放下来。松鼠一直看着这一切，乌龟一走，他便从一根树枝跳到另一根树枝，很快到达豹子打盹的地方。

豹子醒来，松鼠说："你吃了我的祖母和母亲，可乌龟还没有给你任何食物。现在轮到他了，他把他的母亲藏在了树上。"

豹子听到这话后非常生气，让松鼠立刻带他去看乌龟的母亲住的那棵树。

松鼠说："乌龟只在早晨去，他的母亲会把一只篮子放下来，如果你清晨去，她会拉你上去，你就能吃了她。"

豹子同意了。第二天早上，松鼠在公鸡打鸣的时候来了，带豹子来到了乌龟的母亲躲藏的那棵树下。老妇人已经把每天供应她食物的篮子放下来了。豹子跑进篮子，拉了拉绳子，但是除了几下猛拉，什么事情也没发生，因为老妇人还没有强壮到能拉起一只重重的豹子。豹子见自己不会被拉上去了，作为一个擅长攀爬的老手，他很快爬上了树。他爬到树顶时，发现了那只可怜的老龟，她的壳那么坚硬，他认为她不值得吃，因此暴跳如雷地把她扔到地上，然后爬下树回家了。

不久，乌龟来到了树下，他发现了地上的篮子，他像平常那样用力拉了拉绳子，但没有得到任何回应。他看看四周，一会儿过后，发现了他那可怜的老母亲破碎的龟壳，她已经死了。乌龟立马明白了，豹子杀了他的母亲。他下定决心将来要一个人生活，不跟其他动物来往。

28 野兔、鬣狗和母狮的洞穴

　　有一次，野兔偶遇鬣狗，提议跟他一起去散散步。他们散完步后便分开了，野兔去了母狮的洞穴，发现关着门。她大声喊道："石头，开门。"石头于是滚到洞口的一边。她进洞后说："石头，关门。"石头回到了它原来的位置。她往母狮储存肥肉的房间走去，走进那个房间吃了个饱，再回到洞口。她命令石头开门，她出去后，石头关闭了洞口。

　　过了一会儿，野兔又觉得饿了，于是返回母狮的洞穴。她在路上遇见鬣狗。他问她从哪儿来，为什么她的嘴巴油腻腻的。野兔不承认她的嘴巴油腻，但鬣狗一再坚持他的说法，她便告诉他只要往嘴上抹灰，嘴巴就会变得像她的一样漂亮。鬣狗照做了，但他的外形没有发生任何改变。野兔又建议他先用水，再用尿清洗他的嘴巴。鬣狗都照做了，但他的嘴巴还是和之前一样干燥。鬣狗说："请告诉我你要去哪儿进餐。"野兔起初并不理会他的要求，说："你无论在何时何地，都是那么愚蠢，肯定会被抓住的。"鬣狗不许别人在他面前说"不"，野兔最终还是同意了带他同行，并告诉他关于母狮洞穴的事。她说："那里有五个房间，第一个储存灰，第二个储存骨头，第三个储存的是老肉，第四个储存的是嫩肉，最后一个储存的是肥肉。"鬣狗喊道："快走吧，带我去那里。"于是，他们出发了。

　　到达洞口后，野兔告诉鬣狗如果他想让洞开门得说"石头，开门"，想让它关闭则说"石头，关门"。鬣狗大喊："石头，开门。"石头滚到了洞口的一边。他们进去后，野兔说："石头，关门。"它便又关上了。

鬣狗从储存灰的房间开始，而野兔径直去了储存肥肉的那个房间。她吃饱后回到洞口，说她要走了。鬣狗不走，因为他还没吃到满意。野兔告诉他出洞的方法后便走向石头，说："石头，开门。"她出洞后，又说："石头，关门。"

现在只剩下鬣狗了，他去了储存骨头的房间，又去了有老肉的房间，吃到他满意为止。他回到洞口，对石头说"石头，关门"而不是"石头，开门"。他重复了好几次"石头，关门"，不明白为什么石头一点反应都没有。

这时，洞的主人母狮回来了，说："石头，开门。"鬣狗听到她的声音，叫道："啊！我真不幸！那就是我想说的话。我多么可怜啊！石头，开门！石头，开门！"

母狮进了洞，说："我是吃了你呢，还是让你做我的仆人呢？"

鬣狗请求做她的仆人，她吩咐他照顾幼狮。母狮给了他一根骨头，吩咐他当自己过了四条河时，他便折断骨头。鬣狗数着母狮的脚步，当他数到她过了四条河时便折断了那根骨头。其中一片碎骨飞溅过来，砸断了幼狮的头骨。鬣狗担心母狮回来后会杀了他，于是找了两只黄蜂，朝幼狮的两个鼻孔各塞了一只，伪装成它被黄蜂蛰死的模样。

母狮回到她的洞穴后休息了一会儿，叫鬣狗带她的孩子来。鬣狗说了谎，编造了几个理由，没有按她的吩咐做，但母狮坚持让他去，鬣狗只好抱起幼狮，把他带到母狮面前。母狮立马就发现幼狮死了，让鬣狗把他带到外面去。他在做这件事时吃掉了幼狮的一条腿。

不久，母狮命令鬣狗去把幼狮带回来，送到她那里，然后再把他送走。鬣狗把幼狮送走时吞掉了他的另一条腿。当母狮第三次叫他把幼狮带给她时，他说鸟吃掉了幼狮的两条腿。后来，他把幼狮彻底吃掉了。

母狮想惩罚鬣狗的罪行，她把他捆在树上，找了几根棍子打他。他站在那里，被捆在树上，有几只正在专心于突袭的鬣狗跟他擦身而过，其中一只看见了他，问他为什么被这样捆着。他回答是因为他拒绝喝里面有苍蝇的油而被惩罚。另一只鬣狗建议他们换地方。在为那只鬣狗松开他身上的绳结后，那只问他的鬣狗把自己捆在树上，而那只被解救的鬣狗却紧跟着突袭的队伍。

过了一会儿，母狮回来了，开始鞭打现在被捆着的这只鬣狗，鬣狗喊道："停！我现在愿意喝了。"

母狮问："喝什么？"她继续鞭打鬣狗。

鬣狗大喊："啊！啊！我愿意喝里面有苍蝇的油了。"

母狮发现这一只并非是那只杀了她的孩子的鬣狗。

次日早晨，鬣狗们从他们的突袭处回来，经过母狮的洞穴，那只杀了幼狮的鬣狗看到地上有些肉，其实是母狮把树皮放在太阳下伪装成肉的。他说："我要去我女主人的屋子，因为我发现这里发生了一场杀戮。"他一到那里便被母狮抓住了，她又把他绑在树上，打死了他。

之后，母狮回到洞口，说："石头，开门。"石头滚到洞口的一边，她进了洞，说："石头，关门。"它便又关上了。

29 野兔恩瓦希西沙纳

野兔是足智多谋的恶作剧精灵，他跟灰羚羊住在一起。一天，他对她说："我们去犁地，种点豆子吧！"于是他们去劳动了。灰羚羊偷了野兔的豆，野兔也偷了灰羚羊的豆，但野兔偷的次数更多。

野兔在他的地里设了陷阱，灰羚羊的腿被夹住了。一大早，狡猾的坏蛋就出门了，他发现灰羚羊被陷阱困住了。他说："你不认为你活该被杀吗？我发现你了。"

灰羚羊喊道："不！不！放了我吧，我们去我家，我会给你一把锄头。"于是他放了她，她给了他一把锄头。

野兔去打包他的豆子，收了他的全部庄稼后准备走了。他对灰羚羊说："再见，我再也不跟你在一起了。你是个小偷！"

不久，野兔就碰到了蜥蜴瓦兰，后者正躺在一个水坑旁边。那是首领的水坑，他们在那里取水，他被命令在那里守卫，查出究竟是谁在不断地搅水，使它变得浑浊。

野兔说："你在这儿干吗？"

蜥蜴说："我在看守水坑，要查出是谁把首领的水弄浑浊的。"

野兔说："我告诉你，我们最好一起去犁一块地。"

蜥蜴说："我怎么犁地？我不能用我的后腿站立，不能用我的前爪拿锄头。"

野兔说："没关系！来就行了。我会把锄头绑在你的尾巴上，你就能优雅地犁地了。"

于是，野兔把锄头绑在蜥蜴的尾巴上，但蜥蜴却不能动弹。野兔跑回水坑喝了个饱，然后把水搅浑了。他尽可能地把水搅浑。之后，他走过蜥蜴的地，尽情地享用他的花生。他在白天最热的时候回来了，说道："喂！一个军队刚刚走过村子。我听说战士们弄脏了水坑里的水。我还听说，他们掠夺了你所有的花生！"

蜥蜴说："放开我！我动不了。"

野兔说："可以，但条件是你不指责我搅浑了水。"

蜥蜴说："可是，是谁告诉你关于那些干坏事的士兵的事情的？"

野兔说："别问我这么多问题。如果你答应我，我就松开你了。"

蜥蜴说："好吧！我安静，把这锄头拿开，它弄疼我了！"

野兔说："听着！我先去给你取点水来。你一定渴了。"

蜥蜴说："不！我不渴。放我走！"

野兔说："如果你不渴，好吧！我不会拿开锄头。"

蜥蜴说："哎呀！好吧，我渴了，赶紧去吧，尽快回来。"

野兔跑到蜥蜴的村庄，拿着他经常喝水的木杯子取了点水，然后又把水搅浑了。他把水递给蜥蜴喝，说："如果有人问你我有没有搅浑水，你得说是你自己做的。如果你不向我保证这一点，我就不放你。"

蜥蜴说："好吧，就这样。"

野兔跑去叫来首领们——大象、狮子和其他动物。他们都来了，问蜥蜴："谁从我们的水坑取水，弄得它浑浊不堪？"

蜥蜴说："是我。"

野兔这个坏蛋说："是的，我发现他犯下了此罪，便给他绑了把锄头，这样他就跑不了了。"

首领们称赞野兔："啊！你一直很聪明！你发现了搅浑我们水坑的坏蛋。"他们随即杀了蜥蜴。

野兔——狡猾的恶作剧精灵，拿着锄头回去找灰羚羊了。她在水坑边站岗，护卫被安排在所有的水坑旁边，以防任何人靠近，因为夜里水还在继续被人弄浑浊。野兔找不到可以喝的东西，便对灰羚羊说："你离水这么近，在这儿干吗呢？"

灰羚羊说："我在看守首领的水坑。"

野兔说："如果你像那样一直待在水坑边，你会变瘦，会因为饥饿而死。听着！你跟我来犁一块地会更好。这样，在饥荒的时候，你就有东西吃了。"

灰羚羊说："我们走吧！"

野兔十分隆重地开始劳动了。他给灰羚羊一把锄头，让她犁地。她说："我不能用后腿站立，不能用我的前腿拿锄头。"

野兔说："让我看看你的前腿。我把锄头绑在它们上面，你就能很好地犁地了。"

灰羚羊尝试了，但她还是做不到。

野兔说："没关系，等一下。"他跑回水坑，喝水解渴后又搅浑了水。他还装了一葫芦的水，把它藏在丛林里。他回去找灰羚羊时说："嗨！你还没有犁地吗？"

灰羚羊说："没有，我做不到。"

野兔说："真是难以置信！一个军队刚从那里路过，他们搅浑了水坑。"

灰羚羊说："不！真的吗？放开我，野兔！"

野兔说："我不放你，除非你发誓说我说的是真的。"

灰羚羊说："好吧！放开我吧。"

野兔跑去拿葫芦给她喝口水，让她保证她会承认是她搅浑了水。之后，他叫来首领们，首领们杀了灰羚羊。

有一个动物比野兔更狡猾，那就是乌龟。她被晋升为护卫，守护水坑。野兔到达那里后对乌龟说："如果你待在水坑边什么也不做，你会因饥饿而死。我们一起去犁一块地会更好。"

乌龟问："我怎么用那么短的腿犁地呢？"

野兔说："啊！那没关系。我会展示给你看怎么做。"

乌龟说："啊？不，谢谢！不必了！"

野兔说："那么，我们去野猪的地里吃点番薯。"

乌龟毫不妥协地说："不要偷窃！"

可是，不久之后，乌龟开始觉得饿了。野兔又一次提议去打劫，这次乌龟放弃了她的顾忌，他们一起去挖番薯。他们在丛林里用干草生火来烤番薯。

野兔说："乌龟，去看看这些地的主人在不在周围，我们不能让他们抓住我们。"

乌龟说："好的，那我们一起去吧。你去这边，我去那边。"

野兔走了，但乌龟没有效仿他的做法，而是躲在后面，她爬进了野兔的麻袋。野兔很快回来了，他往他的麻袋里装番薯，再把麻袋背在背上。为了躲避这些地的主人，他逃跑了，大声喊道："嗨，乌龟！小心！他们会抓住你的！我走了！我跑了！"

为了逃脱抓捕，野兔拼命地跑。乌龟这时正在麻袋里吃番薯，她挑出最好的，吃掉了很多。她吃饱了，说"好满足"。一会儿过后，野兔筋疲力尽，累得躺在地上，又感到饥饿难耐。

他自言自语："啊哈！我能饱餐一顿了！"他找到一个阴凉处，打开麻袋，伸手进去，却拿出了一个很小的番薯。他说："这对我来说太小了。"于是又伸手进去摸到一个大的。"哦嗬！这个最好！"当他把它从麻袋拉出来时，惊讶地发现他的番薯变成了乌龟小姐。

"嗨！怎么回事？是你！"他厌恶地大喊，把乌龟扔在地上。乌龟急忙跑掉了。野兔开始痛哭："我竟然一直背着她！"他感到非常沮丧。

野兔在接下来的旅程中遇见了狮子大王，狮子正被一群侍者围着。他立刻请求宣誓效忠狮子大王，定居在那个村庄。但是，他每天都去偷别人的花生。那些地的主人来看他们的庄稼时都会惊叫"是谁挖了我们的花生？"。

野兔去找狮子大王，说："陛下，你的臣民们不像样，他们有偷窃的习惯。"

狮子说："的确！去看守着，看能不能发现偷窃的人，把他抓起来。"

野兔去地里站岗，但狮子跟在他后面，惊讶地发现了野兔吃花生的行为，说："哈！哈！你告诉我我的臣民不是诚实的人，实际上却是你在做这偷窃之事。"

野兔说："根本不是！我只是在守卫！过来，我给你看你的臣民的脚印，因为我很熟悉它们！"

他们来到一大棵阴凉的芭蕉树下。野兔做了一根长长的卷须，并对狮子说："你觉得我说的不是实话，请坐下来，你很快会看见小偷路过。我为你用蜂蜡做一个王冠来打发时间吧。"

狮子说："好吧，给我做个王冠。"

野兔先把狮子的鬃毛从中间分开，一根一根地仔细打理他颈部两边的毛发，仿佛他正在狮子的头顶为王冠弄出一个位置。接着，他在树干两边的树皮上砸出几个洞，再把狮子的鬃毛穿过洞，一些穿过这边的洞，一些穿过那边的洞。他又用他做的绳子把所有的鬃毛牢牢地拴在树后，对狮子说："我完工了。迅速跳起来，你将看见你的一个臣民正在地里偷窃！"

狮子试着跳起来，但他根本做不到啊！他拼命地挣扎着想站起来，却差点折腾死自己！

野兔跑回村庄，喊道："快来，看看谁在掠夺你们的田地！"他之前撕了很多花生叶扔在狮子的身旁。村民们都赶到了现场。

野兔说："瞧！你们没看见他吗？看我发现他了吧，啊？"狮子一句话也不敢说。

狮子的臣民们砍了大棍棒，把他打死了。他们说："啊！野兔，你真聪明，我们很感谢你！"

村民们走后，野兔把狮子砍成碎片，把狮子的皮披在身上，就这样伪装着去了狮子的村庄，走进王后的屋子。他说完"我不舒服"后便把自己关起来，什么人也不见。他下令说他病了，让仆人宰头牛。后来他又让人宰了第二头牛，然后是第三头。

女人们对他说："你要把你所有的牛都宰了吗？你这是要搬到别处吗？"

野兔说："不，我不想再搬家了。我宰它们是因为我知道我挺不过这场病了。"他把狮子所有的牛、山羊和绵羊都宰了，一只也不留。之后，他问王后："我的钱不是你在保管吗？"

她回答："是啊。"

野兔说："好吧，全拿出来，把它们和我的皇毯、我所有的贵重物品放在村里的广场上。"

狮子皮现在有种令人难受的味道，苍蝇成群成群地叮过来，野兔在里面一点也不舒服。

王后问："你是在抱怨什么？有东西闻着令人恶心。"

野兔说："啊！我只是发发脾气。我得去找个医生。再见了，我马上出发。"

王后说："我的丈夫，那我跟你去吧。"

野兔说："不，没必要，我知道我得去哪儿。"

他来到广场，捡起包着所有的钱和贵重物品的毯子，扔掉狮子皮，撒腿就跑。村民们在后面追他。

野兔来到一个地洞前面，他跑了进去。追他的人拿着一根钩形棍，想把他钩出来。他们试图钩住他，钩住他的腿。他叫道："哎呀，走开！走开！你们只是钩住了树根。"

他们停了下来。过了一会儿，他们又尝试钩他，这次真的钩住了树根。

他大喊："嗨！嗨！小心！你们弄疼我了！你们要杀了我！哎哟！哎哟！"

他们一齐使劲拉，直到棍子断了，他们全都四脚朝天地向后倒去。他们叫道："哼！"最终，他们筋疲力尽地说："啊！我们放弃吧，别管他了！"于是，他们用一捆草封住洞口后便离开了。

南风把草吹进了地洞，野兔自言自语道："我完蛋了！"他想象着他们正在成功地靠近他。他又饿又渴，却不敢离开地洞，猜想着他的敌人们就在旁边。最后，他叫道："可怜可怜我吧，放我走吧，我的好长辈们，我恳求你们！"他小心翼翼地爬向洞口，只看到一捆草。他立即逃跑了，把他所有的财物都留在身后，对它们一点念想也没有了。

他跑啊跑啊，变瘦了，也生了病。他吃草，但这些草却不留在他的肚子里，而是立马就穿过了他的身体。他来到另一只灰羚羊的家，说："说吧，灰羚羊，我们把彼此缝起来怎么样？你缝我，不过不要完全缝住，你懂的！那样我们吃草的时候，草会在我们的肚子里待久一点，我们将得到它更多的养分。"灰羚羊同意了，把野兔部分地缝了起来。而野兔则把她完全缝上了。灰羚羊因为身体肿胀死了，掉进了一个女人的地里，女人捡起她，把她放在她的篮子里，顶在头上，带回村子吃。她把灰羚羊交给丈夫宰割。他先把野兔缝的线拆掉，灰羚羊一下子露出了真容，她跳了起来，飞奔而去。

她遇到野兔，对他说："好啊！我现在找着你了，我再也不会称你为我的朋友了！"

野兔这时正因口渴四处寻找水坑，可还没找到。最后，他来到一个无人看管的水坑。实际上，是乌龟负责这片水坑，只不过她在水里。野兔走近水坑，他说："真幸运！水真凉爽，不错！"他喝饱了水后便欢快地游泳。乌龟猛地咬了一下他的一只腿，又咬了另一只。

野兔叫道："喂！放了我吧！如果你放我走，我保证给你一只山羊！"

他们一起出了水坑，野兔对乌龟说："跟我一起回我的小屋，去取你的山羊。"他们到达了野兔家，但是那里根本没有山羊！什么也没有！野兔什么也没给她。他想起留在地洞里的钱，说："我们去看看变色龙吧。他保管着我的贵重物品，因为他从我这儿借了不少钱。我会四处转转，找找我的兄弟。他知道整件事，会给我作见证的。"说完，野兔跑了。乌龟到了变色龙的住处，说："给我野兔的钱，他说是你保管着！"

可变色龙说："什么！我没有任何东西是属于野兔的！"他往乌龟的眼里吹风，乌龟变得肿胀，最后死了。

这就是结局。

30 兔子大师与浆果

以下就是兔子大师的所作所为。

动物们快渴死了。他们正在挖一口井，可兔子大师拒绝参加，说："我有足够的多汁食物。"

兔子去见鹤。他们决定去收集一种叫摩富林曼宁加或恩科罗恩多的浆果。很快，他们找到了它。于是，他们吃了一些浆果，再把剩下的收集起来，然后各自去森林散步了。

他们各自散着步，但兔子大师想回去了。于是他回去了，并且吃光了所有的浆果。

接着，他找到鹤问："谁吃光了我的浆果？肯定是你，鹤，因为你之前在那里。"

鹤说："朋友，我没看见过它们啊。"

兔子说："现在，你打算怎么补偿我的浆果，我的那些被你吃光的浆果？"他唱道：

> 我的浆果啊！
> 我已经死了，我被吃光了！

天哪！鹤抖掉他的一些羽毛……他问："哪一片最大？"他扔了一片大羽毛给兔子，兔子捡起来带回家了。

他走啊走啊……在路上偶然遇到了一些在跳战舞和相互扔标枪的人。他说："这儿有片羽毛，给你们其中一个戴上。"于是，其中一个人把羽毛插在了他的头上，但一阵风吹来，它被风吹掉了……

这个人说："喂，曼桑杰❶！你的羽毛被吹跑了。"

兔子说："随它去吧，随它去吧，它能值多少钱？"

一些人说："好吧，兔子，我们看上去不像男人吗？"

太阳落山。有人问："他们还你羽毛了吗？"

兔子说："没有。"

于是他唱着：

> 哎呀！我的大羽毛，
>
> 那是我从我兄弟鹤那里得来的，
>
> 鹤吃了我的浆果，
>
> 我在一棵干树上找到的浆果。
>
> 我的浆果！
>
> 我已经死了，我被吃光了。

他们给了兔子一把鱼叉。他带走了。他在路上遇到一些捕鱼人。他说："这儿有一把鱼叉，你们中的一个可以拿它去捕鱼。"

其中一个人拿了它去捕了一条又一条的鱼，直到他击中一条大鱼。鱼叉消失在水里了。天哪！天哪！它坠入水底了。

这个人说："啊！曼桑杰，你的鱼叉不见了。"

兔子说："随它吧。它能值多少钱？"

兔子看见太阳落山了，说道："看样子太阳要走了，可我们兔子还在这里。"

一些人说："让他们先给你你的鱼叉。"

---

❶ 兔子的图腾名。

兔子说："是啊。"

他唱道：

> 我的鱼叉是在打仗时得来的，
>
> 打仗的人丢失了我的大羽毛，
>
> 我从我兄弟鹤那里得来的大羽毛，
>
> 鹤吃了我的浆果。
>
> 我在一棵干树上找到的浆果。
>
> 我的浆果！
>
> 我已经死了，我被吃光了。

他们给了兔子一包鱼，他接受了。

他继续赶路，又遇见一些正在喝没放调料的粥的人。他问他们："你们真的不加调料喝吗？我这有点儿鱼。"

他们把锅架在火上，然后在兔子睡觉的时候吃光了鱼。他醒来后问："你们吃光了鱼？"

他唱道：

> 哎呀！我的鱼被你们吃了，
>
> 我从人们那里得来的鱼，
>
> 他们用高粱秆捕鱼，
>
> 捕鱼人弄丢了我的鱼叉，
>
> 我的鱼叉是在打仗时得来的，
>
> 打仗的人丢失了我的大羽毛，
>
> 我从我兄弟鹤那里得来的大羽毛，
>
> 鹤吃了我的浆果。

我在一棵干树上找到的浆果。

我的浆果！

我已经死了，我被吃光了。

他们给了他高粱。他拿着它走了，遇见了一些正在喝酸牛奶的人。他说："我这儿有些谷物，磨了可以煮清粥。"

他们把它煮成清粥，喝光了……有人问他："他们还你你的高粱了吗，兔子？"

太阳正要落山。兔子说："还我我的高粱吧。"

他们回答："什么？你不是给我们了吗？"

兔子说："我让你们吃它了吗？啊！天哪！"

他唱道：

哎呀！我的高粱被你们吃了，

那是我从人们那里得来的，

他们当时在喝没放调料的粥，

没放调料喝粥的人吃了我的鱼，

我从人们那里得来的鱼，

他们用高粱杆捕鱼，

捕鱼人弄丢了我的鱼叉，

我的鱼叉是在打仗时得来的，

打仗的人丢失了我的大羽毛，

我从我兄弟鹤那里得来的大羽毛，

鹤吃了我的浆果。

我在一棵干树上找到的浆果。

我的浆果！

我已经死了，我被吃光了。

126

他们给了他酸牛奶。他继续赶路，小心翼翼地走着。他看见一些乌云，说："现在，看样子这小乌云要淋湿我了。有人得为此做出补偿。"

他走到一个蚁丘的顶端，小乌云突然出现在他头上。他开始打滑，摔倒在那里。酸牛奶也倒在了地上……他说："我的酸牛奶竟然洒成那样！"

他唱道：

> 我的酸牛奶是从喝浓奶的人那里得来的，
>
> 那些喝浓奶的人吃了我的高粱！
>
> 蚁丘！
>
> 还我我的酸牛奶。
>
> 蚁丘！
>
> 还我我的酸牛奶。

啊！天哪！蚁丘给了他一些带翼的蚂蚁。

他捡起它们，去见狮子，狮子正在守卫动物们的水井。他说："给我点水，我渴了。"

狮子说："没有给兔子的水，你不是拒绝挖井吗？"

兔子说："你知道我有什么吗？"

狮子问："你有什么？"

兔子回答："带翼的蚂蚁。"

狮子说："好吧！给我吃那些蚂蚁吧，在我吃它们时把我绑起来。"

兔子把他牢牢地绑了起来，然后给他吃带翼的蚂蚁。他去喝饱了水，又在井里游了泳。他说："你的水被弄脏了，因为我们是兔子。"他说完便走了。

不久，动物们来喝他们的井水，发现水被弄脏了，问："是谁把我们的水弄得这么脏？"

狮子回答："是兔子。你们没见他把我绑起来了吗？"

动物们说："什么！小兔子竟然绑了这么一个大人物！怎么回事？"

狮子说："他给我带翼的蚂蚁来欺骗我。"

动物们听完这话，都起身去找兔子，向他发射了一枚大炮。轰隆！他完蛋了。

这就是我的小故事。

31 为什么猫奥克拉躺在丝绒垫上，而狗奥克拉曼睡在灶灰里？

据说：这里以前有一个不幸的女人，她每生一个孩子，孩子都会夭折。于是她去询问一个小神，告诉他她想要个孩子。小神说："我将给你一个孩子，这个孩子做的所有事情将让你负债，但有一天，他会补偿你的。"

询问小神的两三天后，女人就怀孕了。她生了一个孩子，他是"蜘蛛故事"里的孩子，因为他很快就长大了。一天，年轻人和他母亲在一起，他说："妈妈，给我沙金去海国的尽头买盐。"

他母亲说："你要多少？"

他说："四磅那么重。"于是他母亲把沙金取来给他。他出发了。

路上，他看见一个男人牵着一条斑点狗。他说："我可以买下它。"

狗主人说："你买不了它。"

年轻人问："多少钱？"

狗主人回答："四磅那么重的沙金。"

年轻人说："那算什么！拿着这四磅重的沙金。"他得到了狗，把它带回了家。

他母亲见他回来了，说："你为什么没有到达你的目的地？"

他回答："我用沙金买了一条狗。"

他母亲叫道："嗬！"

他们在那里一起生活。过了一个月，年轻人说："母亲，给我沙金去做买卖。"

他母亲说："按照你的习惯，你只会再一次浪费这些沙金，你要多少？"

他回答："要五镑那么重的。"

他母亲说："拿去吧。"于是他沿着商路出发了。

路上，他遇见一个抱着猫的人。他说："朋友，我要买下那只总是转危为安的动物。"

猫主人说："我躺在屋里时，老鼠咬我的脚，我因此买下了这只猫。"

他说："我恳求你，让我拥有它吧。"

猫主人说："你买不了它。"

年轻人问："你要价多少？"

猫主人回答："五镑那么重的沙金。"

他说："这就是你说我买不了的原因？！这里有，拿着。"他得到了猫，带着它回家了。

他到家后说："母亲，看我买了什么？"

他母亲说："啊，这就是他们说会发生的事情。"年轻人继续在家待着。

四十天后，年轻人又对他母亲说："母亲，给我沙金去做买卖吧。"

他母亲说："我所有的钱都快花完了，只剩下四镑重的沙金。如果我把它给你，你不会用它去买商品的，这就是这件事的结果。"

他说："听见了。"

次日早晨，万物可见，年轻人拿着他的包出发了。他在路上遇到一个拿着一只鸽子的阿散蒂人。他说："朋友，我要买下你的那只动物。"

阿散蒂人说："我不卖，因为我知道它能为我做什么。"

年轻人说："啊，给我吧。"

阿散蒂人说："你买得起它吗？"

男孩问："多少钱？"

阿散蒂人回答："四镑重的沙金。"

年轻人说："你以为我买不起它吗？拿着。"

男孩把鸽子买回了家，他母亲说："这不比以前好多少。这就是你买的东西？"他回答："不管怎么样，这就是我买的。"

一天，年轻人在家，鸽子对他叫道："过来。"他过去了，鸽子告诉他："在我的村庄，我是个首领。我正要去旅行时，一个家伙抓住了我。后来，你出于善良买下了我。我现在恳求你，如果你把我带回我的村子，我的族人会非常感谢你的。"

年轻人说："你在撒谎。你会逃跑的。"

鸽子说："如果你担心按照我说的做会有什么不好的结果，就在我的腿上系根绳子，然后带我一同出发吧。"

年轻人在鸽子的腿上系了根绳子，让它慢慢地跟在他后面，直到他们到达鸽子的村庄。他们到达了村外，孩子们正在玩弹子游戏。他们一看见鸽子便说："是首领！是首领！"其中一个孩子跑去告诉村庄的另一位首领科伦提，但村民们抓住了他，责备他，说："你让我们想起了我们的伤心事。"另一个孩子又带着同样的消息回去了。另一位首领阿夸姆说："你，首领戈塞，你亲自去看看是怎么回事。"

首领戈塞看了以后回来说："啊！是真的！"于是他们拿着吊床和盛装去把首领鸽子带回家。整个部落都得到了消息——他是如何开启旅行，如何被一个家伙抓住，这个年轻人如何出于善良买下他，以及他今天又是如何被带回家的。

长者和年轻人们都起身感谢这个年轻人。王后带来一罐沙金，所有的长者每人给了他一罐沙金。首领鸽子看了看他的手，摘下一枚戒指送给年轻人。他说："收下这枚戒指，无论你想要什么，这枚戒指都会给你。"

他说："听见了。"他带着戒指回到了他的村庄，把沙金和戒指给他母亲看。

母亲说："欢迎回家，阿库，欢迎回家，阿库！"

以前，当这个男孩挥霍光他的沙金，回到家跟他母亲打招呼时，她常常不理他。他告诉他母亲："你已经看了沙金和戒指，我要去给人们建一个大村庄来居住。"

母亲说："用你的眼睛盯紧了，尽全力去做。"

年轻人出发了，到了灌木林。他滑下戒指放在地上，说："戒指，为我犁了这片森林之地。"它照做了。他说："把你清除的一切堆成堆烧掉。"它照做了。他说："建房子。"它建了许多的房子。他又说："戒指，让人们来入住这些房子。"人们来了。

年轻人让他母亲做了村庄的女首领，他成了国王。

现在，蜘蛛安耐西❶成了他最好的朋友。一天，年轻人正在他的新家里，安耐西来到这个年轻人的村子。他说："啊，小母亲的孩子，小父亲的孩子，你已经变得幸运和成功，不再在乎我或照顾我。但这一切是怎么发生的呢？"

年轻人告诉了他所有的事情。安耐西说："我要回我的村子拿点东西，然后再回来。"

---

❶ 本故事中的蜘蛛安耐西是国王阿库的好朋友，狡猾贪心、善于伪装。他使计意图夺取阿库的神奇戒指，却最终失败了。

安耐西回到他的村子。他对他侄女说:"我把你送去给我那边的朋友,你带这白葡萄酒给他,要做他命令你做的事,你得悄悄地接触到那枚戒指。"

女孩到了年轻人的村子。年轻人对她说:"你先不要回去了,因为你在回去之前得和我在一起待三天。"

女孩说:"听见了。"

现在年轻人和女孩生活在一起。年轻人去洗澡,他摘下戒指,把它放在一张桌子上,女孩拿走了它,带去给她的叔叔安耐西。安耐西把手放在上面,用它建了一个大村子。

年轻人洗完澡后去找戒指,却找不到了。他听说安耐西建了一个比他的村子还要大的村子,于是去询问那边的一个小神。小神告诉他:"安耐西的侄女拿走了你的戒指,给了她叔叔。"安耐西也去找这个小神询问,他得知猫欧克拉和狗欧克拉曼会被派来拿回戒指。于是他取了点药来处理他准备摆放在路上的肉。这样一来,当猫欧克拉和狗欧克拉曼路过时,他们就不可能再往前走。

失去戒指的年轻人告诉猫欧克拉和狗欧克拉曼:"是时候告诉你们我买下你们的原因了,是这样的:属于我的某样东西丢了,他们说它在安耐西的手里,它在他众多盒子中的一个里面。他们说他会把药和肉混合,摆放在路上。你们到那里后不要吃肉,而是跳过它。"

狗说:"猫,你听见了吗?你是会嚼肉的那一个。"

猫说:"啊,走吧,你一直在拿鼻子嗅啊嗅啊!"

两只动物启程了。他们很快就要到放肉的地方了,狗闻到了它的味道。他说:"猫,我胃疼,走不了了。"

猫说:"来吧,来吧!我们继续,手里的差事要紧。"

狗说:"猫,我走不了了。"

于是猫独自前行。狗去了放着肉的地方，吃下了整块肉后躺下了！他无法继续赶路了。猫到了安耐西的村子，躺在安耐西家卧室的天花板上。他躺在那儿，看见一只老鼠经过。老鼠说："别抓我。发生什么事了？"

猫说："我主人的戒指丢了，他们说它在安耐西众多盒子中的一个里面。如果你能去把它拿给我，我就放你走。"

老鼠说："我可以。"

猫说："我一放你，你会跑掉，而不去拿戒指吗？"

老鼠说："如果你愿意，可以在我的腰上绑根绳子。"

猫在老鼠的腰上绑了根绳子。老鼠进入安耐西的房间，在所有盒子中的一个上咬了个洞。他一点一点地在盒子上弄出一个口子，把戒指带给了猫。猫一拿到戒指就走了，在路上遇见了狗。他正躺在猫离开他的地方。猫说："你还躺在这里啊！肉去哪儿了？"

狗说："啊，我没看见啊，或许它的主人把它拿走了。戒指在哪儿？"猫说："它在这儿。"狗说："路上的那条河在发洪水，猫，你过河时走在河底，戒指可能会掉，把它给我吧，你知道的，我从水面渡河。"

猫说："好吧，你来拿。"

他们到了河边，狗跳下河，猫也跳下去了。猫很快就过河了。狗到了河中心，它精疲力尽，正准备深呼吸，戒指就从他嘴里掉进了水里。他过了河，来到猫的所在之处。

猫说："戒指呢？"他说："它从我嘴里掉进水里了。"猫跳进水中，看见一条大鱼经过，便抓住了他。鱼说："有什么事吗？"

猫说："我的戒指掉进河里了。除非你想惹麻烦，否则立马给我找回我的东西。如果你不把它找到，我就立刻杀了你。"

鱼说："我们到河岸去，我把属于你的东西给你。"

他们到达了河岸，鱼吐出了戒指。

猫把它拿给狗看。狗说："长老，我恳求你不要说出发生的事。"猫保持沉默。他们到了家，猫把一切告诉了他的主人："由于狗在路上嚼了肉，他无法继续赶路。当我把戒指取回时，狗对我说因为他从河面过河，我得把戒指交给他。结果他把它掉进了河里。过了一会儿，我才又找回它。"

所有在场的人都说："给予奖赏！"他们高喊："咿！"

首领说："你，猫，无论我吃什么食物，都会撕一点放在你的小盘子里。无论我睡什么毯子，都会给你一点躺上去。至于你，狗，当寒夜降临，你将只能躺在灶灰里，人们只会拿鞭子鞭打你。"

这就是为什么你总是看见猫睡在最好的毯子上，如果你把食物放在地上，他是不会吃的，他只吃盘子里的食物。而狗呢？我们总看见他睡在院子里的灶灰上，你也会看见他在那儿被鞭打，他会叫着"噑！"。

这一切全是猫和狗当时被阿库差遣去取回戒指之事所致。

32 为什么蜘蛛身体的后部变大，而头却变小？

他们说蜘蛛夸库-安耐西**❶**一旦饿了，就会去找肉和蔬菜给自己和妻子阿索吃。他走进一条河，遇见了一些人。他遇见的这些人——原谅我这么说——都是鬼魂。他们站在水里，要把河床舀干以捕鱼。安耐西说："兄弟们，我可以来舀一点吗？"

鬼魂们说："来吧。"

安耐西去了，他看见他们正用他们的骷髅头舀水。他们对安耐西说："你已经看见我们用什么把舀水了。你允许我们拿下你的骷髅头，让你也可以舀水吗？"安耐西说："我允许你为我拿下它。"

鬼魂们真的把它拿了下来，递给他。安耐西和鬼魂们一起努力把河床舀干。他们舀水时，鬼魂们唱起歌来：

我们，鬼魂，我们舀干河床，

舀干来捕鱼，我们用我们的头来舀水。

啊！鬼魂，我们正在舀水。

蜘蛛说："这首歌真美妙，我也可以唱吗？"鬼魂说："唱吧。"他放开了嗓子：

---

❶ 本故事中的蜘蛛安耐西因不长记性，触犯了鬼魂禁忌而受到惩罚，是一个令人忍俊不禁的小人物，具有幽默色彩。

我们，鬼魂，我们舀干河床，

我们用我们的头来舀水。

啊！鬼魂，我们正在舀水。

因为造物者造物，

我们用我们的头舀水吗？

啊！鬼魂，我们正在舀水。

我今天用我的头把水舀干，啊！

啊！鬼魂，我们正在舀水。

安耐西唱完了，鬼魂告诉他："我们舀了水，捕到了鱼，你的那份是满满一篮鱼。拿去吃吧。拿着你的骷髅头，把它安在身上，走吧。但我们特别要说的是——你再次唱那首歌的那一天，你的骷髅头会裂开和掉落。"

安耐西说："你们给了我很多鱼，这是我想要的。至于一首歌，我干吗要唱它？"鬼魂说："好吧，走吧。"

安耐西走了。鬼魂拿着所有东西也走了。他们到达另一边后，又唱起了他们的歌：

我们，鬼魂，我们舀干河床，

舀干来捕鱼，我们用我们的头来舀水。

啊！鬼魂，我们正在舀水。

安耐西听见了这首歌，他也唱起来：

因为造物者造物，

我们用我们的头舀水吗？

啊！鬼魂，我们正在舀水。

他一唱完，他的骷髅头便裂开了，掉了下来。安耐西把它捡起来，抱在胸前，他说："鬼魂，鬼魂，我的头掉了。"

鬼魂听见了，说："那就是安耐西。他不听我们的话，他在叫我们。我们回去听听他说什么。"

安耐西匆忙赶来。他说："啊！神的孩子们！我的头裂开了，掉了下来了。我恳求你们，如果我伤害了你们，请原谅我。你们是对的，但请把我的头放回我的身体吧。"

鬼魂们把安耐西的头安到了他身上，对他说："现在，如果你再唱这首歌，你的头还会掉，但你再叫我们时，我们不会再答应你了。走吧！"鬼魂们又走了。

他们一边走一边唱。安耐西又开始唱，他的头裂开了，掉落了，天哪！他把它捡起来——请原谅我的粗鲁——把它拍在他的肛门上。他跳到了路边。他走进草丛时，草发出"唰唰！"的声音。他说："路啊，救救我！等我富有的那天，我将给你一些财富。"

这就是为什么你看见的蜘蛛头小屁股大，这都源于他不长记性。

33 乌龟的壳上为什么有裂痕？

乌龟先生娶了乌龟太太，他有一个经常来拜访他的秃鹰朋友。乌龟先生没有翅膀，因此无法回访秃鹰，这件事令他很烦恼。一天，他自以为聪明地对妻子说："妻子！"

乌龟太太说："嗨，丈夫！什么事？"

他说："妻子，你没看到我们在秃鹰的眼里变得卑鄙了吗？"

乌龟太太说："怎么卑鄙了？"

他说："卑鄙是因为我不去拜访秃鹰。他总来这儿，我却从未去过他家。他可是我的朋友。"

乌龟太太说："我不觉得秃鹰会认为我们卑鄙，除非我们能和他一样飞翔，却不去拜访他。"

但乌龟坚持说："不论如何，妻子，这很卑鄙。"

乌龟太太说："好吧，伸出翅膀，飞去看你的朋友秃鹰吧。"

乌龟先生说："不，我伸不出翅膀，因为我生来不是那样。"

乌龟太太说："好吧，那你要怎么做？"

他说："我要想个办法。"

乌龟太太说："那你想吧，让我看看你要做什么。"

后来，乌龟先生对他妻子说："把我跟一块烟草绑在一个包里，秃鹰一来，就把包给他，说那是我们用来买粮食的烟草。"于是乌龟太太拿棕榈叶把他裹进包里，放在角落。

秃鹰按以往的时间来访，说："乌龟太太，你丈夫去哪儿了？"

乌龟太太说："我丈夫去远处拜访几个人了，他把饥饿留在了这里。家里一点粮食都没了。"

秃鹰说："没有粮食，那你真有麻烦了。"

乌龟太太说："我们确实有那样的麻烦，只是人类从不知道。秃鹰，你那边没有粮食可买了吗？"

他说："是的，没有了，乌龟太太。"

乌龟太太拿来那个包裹，说："我丈夫留下了这捆烟草，想着你会拿它去为我们买点粮食。"

秃鹰乐意地收下了，返回他高山处的家。当他接近他的村庄时，惊讶地听见了说话声："放开我，我是你的朋友乌龟，我说过我会拜访你的。"

然而，秃鹰因为惊讶而意外松开了他的包裹，把乌龟摔在了地上，噼里啪啦！噼里啪啦！乌龟的壳变成了碎片，他死了。乌龟和秃鹰之间的友谊由此也破裂了。如今你仍然可以看到乌龟壳上的裂痕。

34 为什么有些动物会变成驯养的？

　　从前，所有的牛、绵羊和山羊都栖息在森林里。有一天，天神召集所有的动物到丛林中的某地。他在那儿点起了大火。动物们看见火都被吓坏了，逃回了森林。只有牛、绵羊和山羊没有被吓到。天神对这些动物很满意。他裁定，他们应该总是和会吃他们的肉、喝他们的奶的人生活在一起。

35 蜜鸟是如何掌控蜂蜜的？

起初，蜜鸟和翁鸟住在一起，他们在一个盘子里用餐。蜜鸟比翁鸟年长。他们决定去采蜜，当他们到达蜂窝附近时，蜜鸟说："翁鸟，你要是看到哪儿有蜂蜜，就笑一下。"翁鸟笑了，但他没有看见蜂蜜。当蜜鸟笑时，他是真的看见了蜂蜜。那就是他们的所作所为，他们后来回了家，把蜂蜜留下了。翁鸟悄悄地离开了，他是去偷蜂蜜了。

第二天早晨，蜜鸟说："我们去取我们的蜂蜜吧。"他们看到一块被丢弃的蜂窝。蜜鸟询问翁鸟此事，翁鸟却说："我的兄弟，我没看见那个偷蜂蜜的人。因为自从我们昨天出来，没人返回这里过，并以这种方式毁坏这些蜂蜜。至于我，只有你给我，我才会吃这些蜂蜜。"

蜜鸟不再说话，他们又出门寻找蜂蜜。他们又找到了。蜜鸟比翁鸟先看到蜂蜜，他想考验一下翁鸟，便说："笑一下。"翁鸟说："我没看见蜂蜜，你自己笑吧，我的兄弟。"蜜鸟说："不，孩子，笑吧。"翁鸟笑了，他看见了蜂蜜。蜜鸟于是问他："你看见什么了？"

翁鸟回答："好像有苍蝇在我眼前飞。"

蜜鸟说："你没看见蜂蜜吗？"

翁鸟在骗他，他始终是看得见蜂蜜的。蜜鸟说："我们把树砍了再去取吧。"

翁鸟拒绝了，说："不，你昨天说我偷了蜂蜜，好吧，我是翁鸟啊！我们找点粘鸟胶来，在蜂蜜旁边做个陷阱吧，这样一来，如果我来偷蜂蜜，你就抓住我。"

蜜鸟说："成交。"

他们从人类那里取来了粘鸟胶。当他们到达村庄后，蜜鸟说："我们明天去设陷阱。"不一会儿，蜜鸟悄悄地离开了，他去把粘鸟胶放在蜂蜜旁。

翁鸟自言自语："我偷偷地去吃蜂蜜吧。"但粘鸟胶已经放置好了，然而翁鸟没有注意到。他想坐在蜂蜜旁边，却坐在了粘鸟胶上。他说："我要用我的翅膀挣脱。"但是，他被粘住了。他用他的尾巴挣脱，又被粘住了。他想收回他的右翼，却也被牢牢地粘住了。他试着用胸脯击打，还是被粘住了。他想用他的嘴咬开，却咬到了粘鸟胶。他因为难以呼吸而死了。

蜜鸟到了现场，却发现他已经死了。他嘲笑他："翁鸟，笑一下！"

翁鸟在太阳下被晒干了，蜜鸟说那是偷窃的后果。他说："从今天起，你不用再偷窃了。对蜂蜜的控制权是我的了，我应该得到人们的赞美。至于你，从今天起，你的容身之地将是粘鸟胶的所在之处。你将被人们捕杀。"

他们因翁鸟偷窃的事情分开了，翁鸟属于粘鸟胶的世界，而蜜鸟却至今仍被赞颂。当蜜鸟像这样说话时，他正站在翁鸟的尸体上。他们分道扬镳，即使他们的叫声仍然一样。直到今天，翁鸟还是难逃粘鸟胶和被人捕捉的命运。

36　做牛奶的鸟

　　从前，有一个大村庄，那里生活着许多人。他们靠粮食生存。有一年，这里发生了大饥荒。

　　村里有一个名叫马斯洛的穷人，他和他妻子一起生活。一天，他们去给他们的菜园犁地，犁了一整天。到了晚上，他们和其他犁地的人一样回家去了。一只鸟忽然飞来，停在了菜园旁边的屋子上，它开始啼鸣："马斯洛开垦的菜园，恢复原样。"土地按照鸟的话做了。鸟便飞走了。

　　第二天早晨，马斯洛和他妻子去菜园，发现地像没犁过一样，他们困惑地说："这里真是我们昨天开垦过的地方吗？"

　　他们看到其他人犁过的地的确是犁过的。人们开始取笑和嘲讽他们，说："这是因为你们太懒了。"

　　那天，他们又犁了一天的地。晚上，他们和其他人一样回家了。

　　鸟又来了，它干了同样的事。

　　他们第三天早上回来时，发现地又像没犁过一样。他们觉得这里被施了巫术。

　　他们那天又犁了一天的地。到了晚上，当其他人回家时，马斯洛对他妻子说："你回家去，我留下来找出破坏我们劳动成果的那个东西。"

　　他在菜园前面躺下，就是鸟经常停留的屋子下面。他正在思考，这时鸟飞来了，这是一只非常漂亮的鸟。他欣赏着它，鸟开始说话了。

它说："马斯洛开垦的地，恢复原样。"

他抓住它，说："啊！是你在破坏我们的劳动成果！"

他从鞘里拔出刀，正要割下鸟的头。

鸟说："请不要杀我，我会给你做牛奶喝。"

马斯洛说："你必须先恢复我的劳动成果。"

鸟说："马斯洛开垦的地，出现。"耕地顿时恢复了。

马斯洛说："现在，你做牛奶吧。"他看着它，它立刻就做出了浓奶，马斯洛喝下了牛奶，他很满意地带着鸟回家了。快到家时，他把鸟放进他的包里。

他一回到家就对他妻子说："清洗好家里最大的麦酒罐。"

可他妻子因为饥饿正在生气，她说："你要往那些大罐子里装什么？"

马斯洛说："听我的话就行了，按我的命令做，你会知道的。"

于是她准备好罐子，马斯洛把鸟从包里拿出来，说："做牛奶给我的孩子们喝。"

鸟把所有的麦酒罐都装满了牛奶。

他们开始喝牛奶。等他们喝饱了，马斯洛告诫他的孩子们："不要告诉任何人这件事，即使是你们的同伴也不行。"

孩子们发誓不会告诉任何人。

自此以后，马斯洛和他的家人就靠这只鸟生活。人们看见他和他的家人时很惊讶，他们说："马斯洛家的人怎么这么胖？他那么穷，但自从马斯洛有了菜园以来，他和他的孩子们就变得这么胖！"他们试图跟踪他，观察他究竟在吃什么，但毫无发现。

一天早上，马斯洛和他妻子去菜园干活。中午的时候，村里的孩子们都聚在一起玩耍。他们这天在马斯洛家前面碰了面。他们玩耍时，其他孩子问马斯洛的孩子们："为什么你们那么胖，我们这么瘦？"

他们回答："我们很胖吗？我们觉得我们跟你们一样瘦啊。"

他们不能告诉同伴们原因。其他人继续追问："我们不会告诉别人的。"

于是马斯洛的一个孩子说："我父亲的屋子里有只会做牛奶的鸟。"

其他人说："给我们看看那只鸟。"

他们进了家，从他们父亲藏鸟的神秘的地方把鸟拿了出来。他们像他们的父亲那样命令它做牛奶，它照做了，他们的同伴们喝下了牛奶，因为他们很饿。

他们喝完后说："让它给我们跳舞吧。"于是解开了它身上的绳索。

鸟开始在屋里跳舞，其中一个孩子说："这个地方太受限制了。"于是他们把它带到屋外。当他们正在欣赏鸟的舞蹈，大声欢笑时，鸟飞走了，他们因此沮丧不已。

马斯洛的孩子们说："我们的父亲今天会杀了我们，我们得去追那只鸟。"

于是，他们跟在鸟后面，追了它一天，因为当他们离它还很远时，它会停留很久，而当他们很接近它时，它又一下子飞走了。

犁地的人都回来了，村里的人呼唤他们的孩子，因为他们不知道发生了什么事。马斯洛进屋后找不到他的鸟。他知道发生了什么，但不能告诉其他孩子的父母。他为鸟的事情感到难过，因为他知道他失去了粮食来源。

夜幕降临，孩子们想回家，但天上突然雷声隆隆，下起了暴雨，他们非常害怕。其中一个叫莫塞马尼扬纳马通的勇敢的男孩鼓励大家说："别怕，我能命令一座屋子让它自己建起来。"

他们说："那就下命令吧。"

他说："屋子出现吧！"它出现了，随之出现的还有生火的柴。孩子们走进屋子，生起一笼大火，开始烤他们从地里挖来的野树根。

他们烤着野树根，非常欢乐。突然，一个巨大的食人者出现了。他们听见他说："莫塞马尼扬纳马通，你们的野树根给我一点。"

他们非常害怕，那个勇敢的男孩对女孩们和其他男孩说："给我一点。"

他们给了他一些野树根，他把野树根扔了出去。食人者正吃着，他们逃出去了。食人者吃完野树根后，就来追捕他们。等他靠近时，孩子们又撒了些野树根在地上，当食人者捡起它们来吃时，他们又逃了。

最终，他们逃到了山间，这里树木繁盛。女孩们已经累得够呛，她们全都爬上了一棵很高的大树。食人者追来了，试图用他那又长又锋利的手指甲把树砍倒。

那个勇敢的男孩对女孩们说："我唱歌时，你们必须接着说'树要强壮，树要强壮'！"

他唱起这首歌：

> 愚蠢，
>
> 旅行真愚蠢，
>
> 去旅行，
>
> 把女孩们的鲜血压在一个人身上！
>
> 当我们在烤野树根，
>
> 巨大的黑暗降临到我们身上。
>
> 那不是黑暗，
>
> 那是恐怖的阴暗！

他唱歌时，一只大鸟突然飞来，它在他们头上盘旋，说："抓紧我。"

孩子们抓紧这只大鸟，大鸟带着他们飞走了，把他们带回了村庄。

它到那里时已是午夜，停在莫塞马尼扬纳马通家的门前。

早上，女人走出屋子，把灰撒在鸟身上，她说："这只鸟知道我们的孩子在哪里。"

中午，鸟传信给村庄的首领，说："命令你的族人在所有的道路上铺上毯子。"

首领让人们照做了。鸟带来了所有的孩子，人们高兴极了。

37 人与蛇

从前，一个男人看见几条蛇正在打架。他走近一看，发现其中一条蛇被杀死了。他责怪他们："走开吧。"

其中一条蛇赋予他一种魔力，说："凭借这种魔力，你可以听见所有的声音。老鼠说话时，你会听见；奶牛说话时，你会听见。你会听见一切说出的话语。"男人继续赶路，他来到村庄。

夜里，男人的妻子锁了门，确保所有空间都是封闭的。周围黑漆漆的，她和她丈夫躺下睡觉。一只蚊子来到门边，它查看屋子外围，发现无路可进。蚊子叫道："他们把房门锁得这么严实，怎么进得了？"男人听懂了，笑了。

他的妻子问："你在笑什么？"

他说："没笑什么。"

不久，一只老鼠来了。他查看了房门，发现它锁得很紧，便离开了。他试了试屋檐，进到屋里，四处翻找，想要找点黄油，但没找到。他说："啊！那个女人把她的黄油放在哪儿了？"男人笑了。

妻子又问："你在笑什么？"

他回答："没什么。"

早上，男人去粮仓。他把牛放了出来。到了挤奶的时间，他的妻子去挤奶。她到时，奶牛自言自语："你果然来了，但你今天无法从我这儿挤到奶，我会保留它，因为我的小牛要喝。"男人笑了。

妻子问："你笑什么？"

149

他回答：“没什么。”

妻子离开了那头牛，她回村了。后来，小牛吃了它母亲的奶。

次日，妻子又来挤奶，奶牛又保留了它的奶。下午，女人的孩子因为没喝到牛奶而生病了。她把奶牛带到粮仓，告诉她丈夫这件事。她说：“那头小牛会害死我们的女儿。”

奶牛插嘴说：“什么！我的女儿会害死你们的女儿？”

男人又笑了。

妻子问：“你在笑什么？”

他回答：“没什么。”

太阳快落山了，他的妻子说：“我要离婚。”

她叫来所有人，他们来到她丈夫的屋子，坐了下来。他们对这个妻子说：“你和你的丈夫谈，我们会听着。”

妻子说话了。她对人们说：“我们躺下睡觉时，我丈夫总是毫无理由地笑我。我问他为什么笑，他却向我隐瞒原因。这就是我反感他的原因。”

于是他们问这个丈夫：“你为什么笑你的妻子？告诉我们。”

他回答：“没什么。”

他们又说：“告诉我们。”

他回答：“朋友们，如果我说出来，我会死去。”

他们说：“说出来，朋友，不要隐瞒。”

他说：“哎呀，朋友们，我不会说的，我要是说了肯定会死。”

他们继续逼他，他招架不住便告诉了他们。他对人们说：“这就是我们躺在屋子里时我发笑的原因。过了一会儿，蚊子又说起话来。它说：‘这个把门锁得这么严实的女人是谁？我怎么进得去？’所以我笑了。”

就像他自己说的，他死了。人们哭得很悲伤。一些人给他挖了个坟墓。他们正要埋葬他时，一条蛇急匆匆地赶到那个荒凉的地方。它缠住尸体，把尾巴插入这个死去的男人的鼻子。男人打了个喷嚏，人们惊诧不已，一些人说："它是他的神吗？"

其他人说："干吗要问它是谁？"

男人站了起来，蛇离开了。男人恢复活力以后走遍了荒凉之地，他在一棵树下找到了蛇。蛇说："你为什么要说出来？很久之前，我给你这种魔力时告诉过你，它会让你听见一切。"

男人回答："他们逼我，我就告诉他们了。"

蛇说："啊！"

于是蛇赋予他另一种魔力，说："你会听见正在吃高粱的鸟儿的话。一只鸟如果在地里吃高粱，你将听见它说的话。"

蛇离开了。

男人回到了村庄，他听见了很多话语。当一只鸟在吃高粱时，另一只鸟飞来了，第一只鸟说："不要过来。我们会被看见的。我正在偷偷地吃。这是我的地盘。我们分开吃吧。这片田地很大。"

过了一会儿，另一只鸟回答："什么！我会被发现？"第三只鸟插嘴："你如何逃走？或许他们会发现我们。"

一只鸟喊道："让他离开。"另一只说："我不走。"男人在高粱丛中笑了。

男人一直把那条蛇敬为他的神。

38 大象是如何娶了一个纳马女人，又被她欺骗的？

传说：大象疯狂地爱上了一个纳马女人并娶了她。她的两个兄弟悄悄地来看她。由于害怕大象，她告诉他她想去拾点柴火。她去了，而且把她的两个兄弟藏在柴火堆中。

她说："因为我嫁到了这个部落，我恳求你们告诉我，可以为我宰杀一只膝盖无毛的动物吗（那会是一只完全成熟的公羊）？"她那已失明的婆婆回答："她现在说的东西与古老的东西无关，她浑身散发着纳马女人的味道。"于是女人对她的婆婆说："我是不是应该以传统的方式为自己涂油，把熏香洒在身上？"婆婆说："哼，我儿子的心上人说的东西都与那些古老的传统无关。"

就在这时，大象从地里回来了，他发现女人的两个兄弟来了。他倚着屋子。女人对他说："我以前没按照古老的方式做的事情，现在都在按照传统去做。你什么时候为我宰了那只躺在部落后面的公羊，我什么时候为自己涂油，把熏香洒在身上？"婆婆对她儿子说："她现在说的这些都不是古老的东西，但是满足她的愿望吧。"

于是，那只膝盖无毛的动物被宰了。女人亲自煎烤它。那天夜里，她问她的婆婆："当你半睡半醒时，你是怎么呼吸的？当你睡得很沉时，你又是怎么呼吸的？"婆婆说："哼，今晚要谈的东西可真多。我们睡得很沉时，我们打呼噜或不打呼噜；我们半睡半醒时，我们打鼾，发出'呼吸初——阿瓦巴，初——阿瓦巴'的鼾声。"

在其他人睡觉的时候，女人准备好了一切。他们的呼噜打得很响，睡得很沉。她起身对她的兄弟们说："这些人睡得很沉，我们做好准备！"她的两个兄弟起床出门了，她打开草垫屋❶，带上她需要的所有东西，说："谁要是弄出一点声音，就意味着他想让我死。"于是，一切都是悄悄进行的。她跟着她那两个已经准备好的兄弟，走在羊群中，只给她丈夫留下一头奶牛、一只绵羊和一只山羊。她告诫奶牛："如果你不想让我死的话，即使只剩下你一个，你也不要叫。"同样的话她也对绵羊和山羊说了。他们带着身后的羊群继续赶路。夜里，被丢下的动物们都叫了起来，叫得很嘈杂，仿佛所有的动物都还在那里。大象以为它们真的都还在那里。拂晓时，他起床了，发现他的妻子带着所有的东西走了。他抓起一根棍子，对他母亲说："如果我倒下了，大地会发出'砰'的一声回响。"他开始追捕他们。

他的妻子和她的兄弟们看见他越来越靠近他们了，他们转变了方向，却无法穿过一块挡在路上的岩石。于是女人说："我们的身后跟着一大群人，我祖先的岩石啊，请为我们让道！"岩石从中间裂开了。所有人通过之后，岩石又合上了。

大象很快追来了，他对岩石说："我祖先的岩石啊，也为我裂开吧！"它裂开了，他通过后，岩石又合上了。大象死在了那里。大地发出"砰"的一声回响。他那还在家等待的母亲说："我长子预测的事发生了。大地刚才发出'砰'的一声回响。"

---

❶ 人们在旅途中经常使用的一种简易的小棚屋，呈蜂箱形状，地上一般垫着一层草垫。

39 夸库–安耐西是如何娶到阿索的？

　　从前，有个男人叫嫉妒者阿夸西，他的妻子是阿索。他不愿意让人见到阿索或跟她说话，于是为阿索建了一个小屋让她居住。没有人进过那个屋子。

　　嫉妒者阿夸西不能生育孩子。因此，如果他和他妻子住在镇上，别人会把她带走。天神尼阿美建议那些年轻人说："嫉妒者阿夸西娶阿索已经很长时间了。他还没有让她怀孕生出一个孩子。有能力的人去带走阿索吧，如果他能让她怀孕，他便能娶她为妻。"所有年轻人都尽力地去得到她，但还没有人做到。

　　蜘蛛夸库–安耐西❶一直关注着这些事，他说："我可以去嫉妒者阿夸西的村庄。"

　　天神说："你当真能做到？"

　　安耐西说："如果你给我我请求的东西。"

　　天神说："什么东西？"

　　安耐西回答："治枪伤和中弹的药。"天神给了他这些药。

　　安耐西带上药去了各种各样的小村庄，说："天神吩咐我带药给你们，你们去宰牛羊吧，我回到这里的那天会来取肉。他拿着药在许多小村庄里派发，所有的村民都答应送给他一点肉。

　　一天，安耐西编了一只巨大的棕榈叶篮子，带着它去他分发过弹药

---

❶ 本故事讲述了蜘蛛安耐西娶阿索的经历。他是天神尼阿美的一个臣民，为天神洗礼灵魂，足智多谋，善于诡辩。

的小村庄，收取他们宰下来的牛羊肉。安耐西把肉和棕榈叶篮子顶在头上，前往嫉妒者阿夸西的居所。他到达了嫉妒者阿夸西和他妻子饮水的河流，挑出一些肉放进河里。

安耐西艰难跋涉，拿着满满一篮肉，穿过通往嫉妒者阿夸西家的院子的主入口。阿索看见了他，她说："阿夸西啊！来看看是什么在靠近这里。它会是什么呢？"

安耐西说："是天神派我来的，我太累了，我是来借宿的。"

嫉妒者阿夸西说："啊，你的肉掉了一些在通往院子的主入口。"安耐西说："啊！如果你有条狗，就让他去叼来嚼了吧。"阿索把肉取来，拿给她的丈夫。安耐西说："阿索，为我在火上煮点食物吧。"于是阿索照做了。安耐西说："阿索，你烹煮的是麸麸吗？"

阿索回答："是麸麸。"

安耐西说："食物太少了，去取一个大锅来。"

阿索取来大锅，安耐西说："把肉拿去吧。"这些肉包括了大型动物的四十个后腿和臀部。他说："就把这些扔进锅里吧。如果你的锅够大，我会给你足够的肉，让你吃到掉牙齿。"

阿索煮好了肉，舀出锅，放在桌上，洒了点水，把肉跟其他食物摆在一起。阿索取出她的那一份食物，放在火边，男人们则坐在桌旁。他们互碰了手背，同在一个盘子里吃饭。他们吃了很久，安耐西说："麸麸里没有盐。"

嫉妒者阿夸西对阿索说："去拿点盐来。"

但安耐西说："不用。女人正在吃饭，你却让她起来去拿盐。你自己去拿吧。"

嫉妒者阿夸西正准备去，安耐西从他的包里找出一些泻药，放进麸麸中。他叫住嫉妒者阿夸西，说："回来吧，我带了一些在身

155

上的。"

嫉妒者阿夸西回来了，安耐西说："啊！我吃不下了。我饱了。"嫉妒者阿夸西毫不怀疑地继续用餐。

他们吃完饭后，嫉妒者阿夸西说："朋友，我们和你坐在这里，却还不知道你的名字。"

安耐西回答："我叫'起身向阿索求爱'。"

嫉妒者阿夸西说："我听见了，阿索，你听到这个男人的名字了吗？"

阿索回答："是的，我听见了。"

嫉妒者阿夸西起身去准备一间空闲的卧室，他准备的每样东西都很舒适。他说："起身向阿索求爱，这是你的房间，去睡觉吧。"

安耐西说："我为天神洗礼灵魂，睡在露天的阳台。自从我的父母生下我，我从未在封闭的卧室睡过觉。"

嫉妒者阿夸西说："那你要睡在哪里？"

他回答："如果我睡在这露天的阳台，这样做会使你等同于天神，因为我只在天神的露天阳台睡过觉。这样的话，我就躺在你休息的那个封闭的卧室前面吧。"

安耐西铺好一条睡毯。嫉妒者阿夸西和他妻子去休息了，而安耐西就躺在那里。安耐西溜到卧室门的横木上，拿出他的琴弓，唱道：

> 夸库－安耐西，我们今天将得到些什么，今天。
> 安耐西，天神尼阿美之母恩西亚的孩子，今天，我们将得到些什么，今天。
> 安耐西，天神尼阿美的灵魂洗礼者，今天我们将看到些东西。

他停了下来，放下他的琴弓。他睡了一会儿，听见嫉妒者阿夸西在叫"先祖！"。没有声音回复，除了知了的唧唧声！"先祖！"没有声音回复，除了唧唧声！嫉妒者阿夸西快痛苦死了。药起作用了，他喊道："先祖！"没有声音回复，除了唧唧声！最后，他说："起身向阿索求爱！"

安耐西说："嗯！嗯！嗯！"

嫉妒者阿夸西说："给我开门。"安耐西打开了门，嫉妒者阿夸西跑了出来。安耐西起身走进了房间。

他说："阿索，你没听见你丈夫说的话吗？"

她回答："他说什么？"

安耐西说："他说我必须起身向你求爱。"

阿索说："你不要撒谎。"

于是，他像阿索求爱后便回去躺下了。

那一夜，嫉妒者阿夸西起来了九次，安耐西也找了阿索九次。第二天，天刚亮，安耐西便走了。

两个月后，阿索的肚子变大了。嫉妒者阿夸西问她："你的肚子为什么会这样？或许你生病了，因为你知道的，我虽跟你一起生活，但我不能生育孩子。"阿索回答："你忘记了那个来过这里的男人吗？你让他起身向阿索示爱。他拥有了我，并使我怀了孕。"

嫉妒者阿夸西说："起来吧，我带你走，把你献给他。"他们要去天神的村庄。阿索在路上分娩了。他们最终到达了天神的村庄，嫉妒者阿夸西告诉了天神发生的一切："你派来在我家睡觉的一个臣民拥有了阿索，她怀了他的孩子。"

天神说："我的所有臣民都正在给茅草屋盖屋顶，去指出你说的那一个吧。"他们去了，安耐西正坐在一根横梁上。

阿索说:"他在那儿!"安耐西跑远了一点。

阿索又说:"他在那儿!"安耐西从他坐的地方摔了下来。

那天是星期五。安耐西说:"我洗礼天神的灵魂——你却拿你的手指我,令我摔了下来,满身都是红土。"侍从们立刻抓住嫉妒者阿夸西,让他献祭一只绵羊。嫉妒者阿夸西献祭完绵羊后,对天神说:"这个女人就在这里,让安耐西带走她吧。"于是安耐西带走了阿索。

嫉妒者阿夸西就是这样将嫉妒带到了部落的。

人的世界

FEIZHOU
MINJIAN GUSHI

40 被狮子掠走的年轻人

一天，远古种族中的某个年轻的男人上山打猎。他四处寻找猎物，但不一会儿就感到困倦——他太困了，于是决定躺下来。他一面在一个水坑旁躺下，一面在想他到底是怎么了。很快，他便睡着了。

在他睡觉时，一头被中午的烈日折腾得筋疲力尽的狮子来水坑边喝水解渴。狮子看见了那个躺着睡觉的男人并抓住了他。男人醒来后惊恐地发现他被一头狮子抓住了，他决定最好不要弄出动静，以免狮子咬他或杀死他。他静观狮子的下一步动作，很明显这头狮子以为他死了。

狮子把他带到一棵大树下，把他放在较低的树枝上，他的双腿搭到了树枝之外。显然，狮子觉得如果他立马把这个男人吃掉，会继续口渴，他最好再去水坑边喝点水。

离开前，狮子把男人的头牢牢地卡在树枝之间。

正当狮子要离开时，男人的头微微动了一下。狮子回头看时注意到了男人的这个动作，他感到很困惑：男人的头已经被这么牢地卡在了树枝之间，它怎么还能动呢？或许把他绑得还不够稳当？

就在这时，男人从树上掉下来了。于是狮子又回去把男人的头卡在树枝之间。他这么做时，男人的眼里流出了泪水，狮子把他的泪水舔干了。

男人痛苦地躺在那儿，因为有根棍子卡在他的后脑勺处。他闭着眼睛，脸正对着狮子。他微微转了一下头。对狮子来说，男人仿佛动了。他又舔干了男人脸上的泪水。狮子感到困惑，又踩了踩、压了压

161

男人的头，以确定刚才他的头之所以动是因为身体没有被固定好，而非别的原因。

男人怕狮子怀疑他没死，因此保持着一动不动的姿势，尽管那根棍子刺得他的头很痛。

狮子看到尸体现在被稳稳当当地固定了，终于满意了，走了几步，然后回头看了看。男人微微睁开眼，透过睫毛观察着狮子的动作。

狮子爬上山，正要去山的另一头的水坑那里。

男人轻轻地转了转头，他想看看狮子是否真的离开了。然而，当他这么做时，却看见狮子正在山顶背后窥视。他又回来看了男人一眼，因为他怀疑男人很可能只是装死。这就是他为什么又上山来看一眼。男人躺在那里一动不动，狮子觉得他可以飞快地跑到水坑边喝饱水，再一点也不耽搁地来吃他。狮子已经很饿了，但同时又很渴。

这时，男人静静地躺在那儿观察着狮子下一步的动作。他看见狮子的头和肩终于消失了。在动弹之前，他想百分之百地确定狮子真的走了，不会再从山上窥视。他知道狮子很狡猾，这狮子怀疑过他转头的动作。

男人一动不动地在那儿躺了很久。当他确定狮子真的已经走了，便跳起来跑向另一个地方。他以Z字形的路线迂回地逃跑，以免狮子闻到他的气味，发现他的位置。他知道狮子如果回来发现他不见了，会立即根据他的足迹来搜寻他。

男人来到山顶，他对他的族人们高喊他刚刚被"举起"了——在烈日当空的时候，他被"举起"了❶。除此之外，他没说起别的。他们于是把他们拥有的所有的麋羚皮集中起来，把他卷在里面，因为他刚

---

❶ 此处，"举起"是个暗语，暗示族人不能让他的脚落地，以免留下足迹。

才在烈日当空时被"举起"。他想让他的族人们这样做，因为他确信如果狮子回来发现他不在了，会四处搜寻，把他找出来。狮子的方式就是，无论他捕杀了什么猎物，绝不会扔下它，最后一定会把它吃掉。

人们按照男人的请求这么做了，因为这是他们疼爱的年轻人的请求，他们不愿让狮子吃掉他。他们把他藏得很好，不让狮子抓住他。他们非常爱这个年轻人，保证他们会用茅草堆来掩护他。所有这些事，他们都会去做。即使狮子来了，也绝不让他抓住他们疼爱的年轻人。

人人都出去找树根，他们找到后就把它挖出来，拿回家烤了。

这时，一个布须曼老人出来为他的妻子拾柴，以让她生火煮树根。他看见狮子正走向年轻人逃跑的地方。他马上告诉年轻人的家人这件事，说："你们看到在那边的山顶上，年轻人逃跑的地方，伫立着什么吗？"

年轻人的母亲看了看，惊叫道："你们绝不能允许那头狮子进入我们的屋子！在他靠近之前，你们必须杀了他！"

于是人们挂上弓箭去迎战狮子。他们不断地朝他射箭，但他始终死不了。

另一个女人问族人们："你们是如何射击这头狮子的，怎么会没办法杀了他？"

一个年纪较长的男人说："你看不出这头狮子是个巫师吗？无论我们怎么射击他，他就是不会死，因为他坚持要回他掠走的那个年轻人。"

人们把小动物扔给狮子吃，但狮子只看了看它们，一动不动。

人们一次又一次地射击狮子，但都毫无作用。狮子毫发无伤，还在寻找那个年轻人。过了一会儿，有的说："给我们一些长矛，我们要刺他。"他们开始刺他，其他人则继续射击。然而，狮子在长矛和弓箭的袭击中还是毫发无损，他继续寻找年轻人，因为他舔过年轻人的眼泪。他只想要那个人。

他走进村庄，为了找年轻人，他把茅草屋撕开，撕成碎片。人们恐慌地说："你们没看见狮子不吃我们扔给他的小动物吗？你们难道没发现他一定是个巫师吗？"

一些人说："给这头狮子一个女孩。或许他会吃她，然后离开。"

然而，狮子根本不碰这个女孩。他只想要那个年轻人。人们现在都充满了困惑，因为无人知道怎么才能把狮子劝离。人们从早上起一直在投长矛和射击，到了傍晚，狮子还是毫发无损，他不会死。他还在四处走动，寻找年轻人。

族人们说："我们真的不知道怎么做才能让狮子离开。我们给了他小动物和一个女孩，但他都拒绝了。他只想要他掠走的那个年轻人。"

最后，一些人绝望地说："告诉年轻人的母亲发生的这一切，告诉她虽然她很爱年轻人，但她也不得不把他给狮子，即使他是她心爱的孩子。她自己必须清楚，太阳快要落山，狮子还威胁着我们，他不会走。他硬是要带走那个年轻人。"

那个年轻人的母亲听见了，说："只好这样了。把我的孩子给狮子吧，但你们绝不能让狮子吃他，绝不能允许狮子仍在这里走来走去。你们得杀了他，让这头狮子为我的孩子死。"

年轻人的母亲这样说了，于是人们把年轻人从兽皮中解开，把他给了狮子。狮子即刻就抓住他，把他咬死了。与此同时，人们射击狮子，用长矛刺他。

最后，狮子说他已经准备好赴死了，因为他现在抓住了他一直在找的那个年轻人，他抓住他了。

狮子死了，年轻人和狮子都死在了那里，挨在一起。

41 猎人是如何找他的朋友借钱又躲债的？

　　许多年前，卡拉巴尔❶有一个叫埃菲昂的猎人住在灌木林里。他捕杀了许许多多的动物，赚了很多钱。村里的人都认识他，他最好的朋友是一个叫奥肯的男人，他住在埃菲昂家的附近。

　　埃菲昂非常奢侈，他花了很多钱跟人们吃吃喝喝，最后变得很贫穷。他不得不又外出打猎，但他的好运气似乎抛弃了他，尽管他很勤劳，白天黑夜都在打猎，但还是什么也猎不到。

　　一天，他饿了，于是找他的朋友奥肯借了两百块钱。猎人让奥肯在约定的日子带着上好膛的枪，来他家拿钱。

　　不久之前，他打猎时在森林里认识了一只豹子和一只薮猫，在他过夜的农场认识了一只山羊和一只公鸡。虽然埃菲昂已从他朋友奥肯那里借了钱，他却想不出如何才能在他许诺的日子还钱。最后，他有了一个计划。第二天，他去找他的朋友豹子借了两百块钱，承诺还钱的时间跟承诺奥肯的时间一样。他还告诉豹子，如果他来的时候自己不在，他可以把他在屋里看见的任何东西杀了吃掉。然后，豹子可以等猎人回来，他会还钱的。豹子答应了。

　　猎人又以同样的方式和条件去找他的朋友山羊借了两百块，也分别向薮猫和公鸡借了两百块，并告诉他们如果到时他不在，他们可以

---

❶ 尼日利亚东南部港口城市，在18—19世纪是集市中心和贩奴交易站。

把他们在屋里发现的任何东西杀了吃掉。

约定的那天到了，猎人在地上撒了一点玉米粒，然后就抛弃了他的屋子，离开了。一大早，公鸡刚开始打鸣，他便想起猎人跟他说过的话，于是来到猎人家，但那里一个人也没有。他环顾四周，看见地上有些玉米粒，他因为饿了便吃起来。

这时，薮猫也来了。他在猎人家里没有找到猎人，环顾四周，很快发现正忙着啄玉米粒的公鸡。薮猫从后面轻轻地走近，扑倒公鸡，吃掉了他。

这时，山羊也来拿回他的钱。他没看到他的朋友，于是四处走动，直到他碰到正在专心享用他的鸡肉美餐的薮猫。薮猫没注意到山羊在靠近，山羊因为没拿到他的钱而拿薮猫出气，他撞倒了薮猫，用角顶薮猫。薮猫对此厌烦极了，他想对抗山羊，但又不够强壮。于是他叼起剩下的鸡肉跑进了灌木林。他没有等到猎人回来，因而失去了他的钱。山羊变成了现场剩下的唯一一只动物，他开始哀鸣。声音引起了豹子的注意，他正前来找猎人拿钱。他走近了些，山羊的气味变得很浓。豹子有一段时间没吃东西了，已经很饿了，眼见没有其他人，他悄悄地靠近山羊，越来越近，最后只有一步之遥了。

山羊此时正安静地吃草，没有觉察到任何危险，因为他是在他朋友猎人的院子里。他不时会叫声"叭！"，但大多数时间都在忙着吃嫩草，也挑出他喜欢的那棵树掉下来的叶子吃。突然，豹子跳向山羊，一口咬住他的脖子，把他扑倒了。山羊立刻就死了，豹子开始享用他的美餐。

现在是早上八点，猎人的朋友奥肯吃完早餐，带着他的枪来取他借给猎人的那两百块钱。他一靠近屋子，便听见"嘎吱嘎吱"的撕咬声。他自己也是一个猎人，于是十分小心地靠近，透过篱笆，发现几米以外的豹子正在专心地吃羊。他仔细瞄准豹子开了枪，豹子翻滚在地，死了。

豹子的死意味着猎人的四个债主都被处理掉了：薮猫杀了公鸡，山羊赶走了薮猫，薮猫因此放弃了他的钱；山羊被豹子杀死，豹子又被奥肯杀了。这意味着猎人省下了八百块钱，但他并不满意。他一听到枪声，便从他一直藏匿的地方跑了出来，他发现豹子躺在地上死了，而奥肯站在旁边。猎人开始用强硬的语言责骂奥肯，并问他为什么要杀死自己的老朋友豹子。猎人说他会把整件事报告给国王，国王无疑会按照他认为合适的方式处理奥肯。听到这话，奥肯很害怕，恳求他不要再说此事，因为国王会发怒，但埃菲昂还是很顽固，拒绝听他说话。最后，奥肯说："如果你放下这件事，不再提起它，我会把你借我的那两百块送给你。"这正是猎人想要的，但他还不能马上让步。最后，他同意了，告诉奥肯他会埋葬他的朋友豹子。

奥肯直接走了，没有埋葬豹子的尸体。猎人把尸体拖进屋，仔仔细细地剥了皮。他把豹子皮拿出去，盖上木灰晒太阳，并吃掉了豹子的肉。豹子皮晒得很好，猎人拿它去一个遥远的集市卖掉了，赚了很多钱。

今天，薮猫只要看见公鸡，总会想杀了他，而且堂堂正正地这么做，因为他把公鸡当成猎人从未还他的那两百块的一部分赔偿。

42 聪明的小妇人

传说：某个女孩去寻找洋葱。她来到它们生长的地方，遇见了几个男人，其中一个男人眼睛半失明，只有一只眼睛正常。她在挖洋葱时，男人们帮她挖。当她的袋子装满了，男人们对她说："去告诉其他女孩，她们中的很多人都可以来。"于是她回家把这话告诉了她的同伴们。次日清晨，她们便出发了。有一个小女孩跟在她们后面，其他女孩说："让这个小女孩回去吧。"

她的姐姐反对，说："她自己能跑，我们无须背她，不要让她回去。"

她们一起赶路，来到洋葱地挖洋葱。小女孩看着地上的脚印，对给她们带路的那个女孩说："啊！这么多的脚印从哪里来的？不是只有你独自来过这里吗？"

那个女孩说："我四处走、四处看，当然会留下这么多的脚印。"

可是，小女孩不相信那个女孩一个人会留下这么多脚印。她感到不安，因为她是一个聪明的小妇人。她不时地起身看看周围，偶然发现了一个食蚁兽的洞穴。

她又看看四周，注意到几个男人，但他们没有看见她。她回去继续跟其他女孩一起挖洋葱，什么也没说。劳动间隙，她总是起身看看四周。

其他人问她："你为什么总是四处看，不挖洋葱？多么奇怪的一个女孩啊！"但她还是沉默地继续劳动。她又起身看看四周，看见男人们在靠近。他们一走近，那个独眼的男人便用芦苇管吹出以下话语：

今天鲜血要流淌，鲜血流淌，鲜血流淌！

小女孩懂得这话的意思，她对她的那些正在跳舞的姐姐们说："你们知道芦苇管吹出的这首歌曲吗？"

她们只是说："她真是个孩子！"

她一边和其他人一起跳舞，一边设法把她姐姐的毛皮披肩同她的系在一起。她们一直在跳舞，一片欢声笑语。这对姐妹却找了个机会溜走了。

妹妹问："你知道芦苇管吹出的话语吗？"

姐姐回答："不，我不知道。"

小女孩解释说这首歌曲是在说："今天，鲜血要流淌！"

她们一起走着，小女孩让她的姐姐先走，她在后面跟着，倒退着走，仔细地踩着她姐姐的脚印，这样她们就只留下了一串脚印，而那些脚印朝向相反的方向。她们就这样来到了食蚁兽的洞口。

男人们杀了那些留下来跳舞的女孩。逃出来的那个姐姐听见了她们的尖叫声。她说："天哪！我的姐妹们！"

妹妹问她："如果你现在还留在那里，你认为你还会活着吗？"

此刻，独眼男人想起了那对姐妹，他对其他人说："那两个跟我跳舞的漂亮女孩去哪里了？"

其他人说："他撒谎。他可只有一只眼睛。"但独眼男人坚持说有两个女孩不见了。

于是他们去寻找她们的踪迹，小女孩之前已经把脚印弄得很模糊，以此来迷惑他们。

但男人们最终还是来到了食蚁兽的洞口。他们看见脚印到这里便没有了，他们窥视食蚁兽的洞，但什么也没看见。独眼男人也看了，他看见女孩们在哭，说："她们就在那里！"

其他人又看了看，还是没看见什么，因为女孩们用蜘蛛网盖住了自己。

其中一个男人拿着一把长矛刺进洞的上部，刺中了姐姐的脚后跟。聪明的妹妹拿住长矛，擦掉上面的血迹。姐姐正要哭，妹妹告诫她不要发出声音。

独眼男人又看见妹妹在瞪着他，他说："她就蹲在那里。"

其他人又看了看，还是什么也没看见，说："他只用他的一只眼看东西。"

最后，独眼男人的同伴们口渴了，对独眼男人说："你留在这里，我们去喝水，我们回来时你再去。"

独眼男人被留在了那里，小女孩向他念咒语：

> 你是你父亲的脏儿子，
>
> 你在那里吗？你不口渴吗？
>
> 啊，你是你父亲的脏儿子！
>
> 你父亲的脏儿子！

独眼男人说："我口渴了。"他离开了。

两个女孩从洞里爬出来，妹妹把姐姐背在背上前行。当她们越过贫瘠的、没有树木的平原时，男人们看见了她们，说："她们在那里，在远处。"他们立马跑去追她们。

当他们靠近时，这两个女孩变成了荆棘树，叫作"等一下"。她们身上戴的珠子变成了树上的树胶。男人们吃了这种树胶后睡着了。女孩们把树胶涂在男人们的眼睛上，然后离开了，留下他们躺在太阳下。

　　女孩们已经接近她们的部落了。此时，独眼男人醒来，说："啊！耻辱！你们真是出丑！"

　　其他人说："我们的眼睛被涂上树胶了，你真是出丑，我的兄弟！"

　　男人们清除了他们眼睛上的树胶，去追女孩们，但两姐妹已经安全到家，告诉了她们的父母发生的一切！

　　所有人都很悲痛，但他们只能静静地待在家里，无法去寻找其他的女孩。

43 吸烟者齐姆瓦-姆巴涅

从前，有个名叫齐姆瓦-姆巴涅的男人，他吸烟。有一年，当地干旱严重，烟草长不出来。他对他的孩子们说："我该怎么办呢？我没有烟抽。"

他的孩子们回答："如果你想抽烟，就派我们出去找一点吧。"

于是他派他的八个儿子和三个女儿出门，说："如果你们找到了烟草，把女孩们留给那个送给你们烟草的人吧。"

他们走了很久，差不多走了两个月，但还是没有找到烟草。他们说："我们找不到我们要的东西，最好回家吧。"

在回家的路上，他们遇到两个流浪的男人，于是询问他们关于烟草的事，说："我们在找烟草。我们的父亲很需要它，于是派我们出来，我们担心他会死去。"

流浪者说："好吧。跟我们来，我们带你们去找一个有很多烟草的男人。"

于是他们和流浪者同行，来到了那个男人的村庄。他们遇到了他的儿子，这个人说："你们在找什么？"

他们回答："烟草"。

他问："只找烟草吗？"

他们回答："是的。"

他又问："如果给你们烟草，你们会拿什么交换？"

他们回答："父亲对我们说：如果你们找到那个有烟草的人，把所有的女孩都留给他。"

拥有烟草的男人也叫齐姆瓦-姆巴涅。他听到这话很高兴，为他们宰了一只山羊。第二天早上，他装满了八袋烟草，交给吸烟者齐姆瓦-姆巴涅的儿子们。他派出他的四个儿子和两个女儿，对他们说："你们到了那个想要烟草的男人那里，如果发现他的村庄是个好地方，就把这两个女孩留给他。"

吸烟者齐姆瓦-姆巴涅的八个儿子带着烟草回到家，齐姆瓦-姆巴涅十分高兴，夸奖他们做得很好，为他们宰了一只山羊。他们说："给我们烟草的那个男人也派了他的四个儿子和两个女儿来看看你的居所是否是个好地方。"

他说："很好。"

第二天早上，那四个儿子回家了，把他们的两个姐妹留在了吸烟者齐姆瓦-姆巴涅的村庄。

两个家庭由此成了朋友，相互拜访。

过了一段时间，吸烟者齐姆瓦-姆巴涅说："我老了。带我去我朋友那里，让我能在死之前见见他。"他的孩子们答应了。他们走在前面，他跟在后面，一起到了另一个齐姆瓦-姆巴涅的村庄。

当另一个齐姆瓦-姆巴涅听到问候声和掌声时，他问道："你们是在向谁致意？"

他的一个儿子说："是向被留在这里的女孩们的父亲，那个找烟草的人致意。"

他回答："我不好意思见他，因为我在见到他之前娶了他的女儿们。去告诉他，他的朋友齐姆瓦-姆巴涅病了。"儿子们按照父亲的吩咐做了。

吸烟者齐姆瓦-姆巴涅的长子说："我的父亲也病了。我带他来是因为他想见见那位给他提供烟草的朋友，你说他病了，那现在的情况是两个人都病了。"

另一个齐姆瓦-姆巴涅的儿子说："你说得对。进屋吧。我们明天再看看。"

他们准备了食物，正要拿去给来访者，屋外突然传来哭喊声："父亲死了。"

这时，来访者们也哭喊道："父亲死了，他死在了异乡。"

人们说："我们明天为他们举行葬礼吧。"

次日早晨，村民们对来访者们说："天亮了，去选一个地方来埋葬你们的父亲吧，我们也将为我们的父亲做同样的事。"

但吸烟者齐姆瓦-姆巴涅的儿子们说："别那样说。把他们合葬在一起吧，因为他们是朋友。"

村民们说："有人被合葬在一起过吗？"

来访者们说："你是说人们不被一起下葬吗？据你所知，有过这样的事吗？——某个人去拜访他的朋友，据说'他死了'，他的朋友也死了，两人是同时死去的。你在哪里曾见过这样的事？"

于是他们同意把这两个人合葬。

他们为这两个人挖了一个很深的坟墓，把遗体放了进去。他们先放入村里的这个男人，再放入那个来访者。他们喊道："拿石头来，我们要填墓了。"

他们正要往里面投石头，先被放入坟墓的男人叫道："我没死，把我抬出来，不要往我身上盖石头。"吸烟者齐姆瓦-姆巴涅说："我在上面，我想先出来。"

于是，两人都出来了。

他们宰了一只羊给大家吃。他们把他们的儿子叫来，对他们说：

"我们想告诉你们，我的孩子，不要在你向一个女孩的父亲提亲之前娶她，不要这么做。"

村里的这个齐姆瓦-姆巴涅对他的儿子们说："我想我是聪明的。我没有征求过他的同意便娶了他的女儿，所以我不愿见他。所以，我说自己病了，希望他会回家。"

于是，部落有了这样一个习俗：如果一个男人想结婚，他首先要告诉女孩的父亲他想做的事情，因为在最远古的时期，人们没有做好这件事。

44 戈恩耶克和他的父亲

　　从前，这里举行过一个盛大的舞会，很多勇士和女孩都来参加。一直到晚上，人们才散去。每个勇士选了一个或几个女孩陪他回家。

　　其中有个男人长相英俊、体格健美，带了三个姐妹走。出发时，他问女孩们她们想去哪儿，她们告诉他，她们想陪他去他的部落。他说路途遥远，但她们说没关系。

　　他们走了一段路程之后，慢慢接近那个部落了。女孩们看到地上散落着一些白色的东西，便问勇士它们是什么。他说那是他的绵羊和山羊。当她们到达目的地时，女孩们才发现那是人骨。她们进了勇士的屋子，惊讶地发现他独自居住。

　　实际上，这个勇士是个吃人的恶魔，之所以无人知道是因为他把他的尾巴藏在衣服下面。他甚至吃了他母亲，把她的尸骨扔进草丛里，并用那堆草丛做床。

　　女孩们一进屋，勇士便出门了，把女孩们留在那里。床下传来声音，问她们是谁把她们带到了这里，这让女孩们惊诧不已。她们说是勇士，刚才那个声音又让她们打开床垫。女孩们揭开最上面的一层草，那里露出了白骨。那个声音是从白骨中发出的，它告诉她们她是勇士的母亲，他变成了一个恶魔，吃掉了她。女孩们问白骨她们该怎么办，那个声音说："勇士很快就会回来，给你们带来一只绵羊。接受它。他会再出去，关上门。你们在墙上凿个洞，逃出去。如果他问你们是不是在敲东西，你们就说你们在宰羊。"

一切都像那个声音预料的那样发生了，女孩们在墙上凿了一个洞，逃了出去。她们到了路上，其中一个女孩突然想起她忘记了她的珠子。她的姐妹们让她去取回，她们会等她。她跑回了屋子，但碰到了勇士，他问她他是该吃了她，还是娶她为妻。她感谢他让她选择，说她选择嫁给他。

　　他们在一起生活了很长时间，女人为这个恶魔生了一个儿子，他们给他取名戈恩耶克。自打戈恩耶克出生，他就总是陪伴他的父亲去森林里找人吃。男人和男孩都吃人，他们带着山羊和绵羊回家给那个女人吃，带奶牛给她挤奶。

　　一天，女人的一个姐妹来部落看望她。她来时，戈恩耶克和他的父亲都不在家。两个女人坐着聊天，一直聊到很晚，来访者该离开了。她起身离开时，天气变了。戈恩耶克的母亲对她喊道，如果下雨，不要去平原中央的树林，因为她的丈夫和儿子回家的路上习惯在那里休息。然而，女人急匆匆地走了，没有留意她的姐妹的告诫。过了一会儿，天下起雨来，她跑到平原中央的树林，爬上了一棵猴面包树。不久，戈恩耶克跟他的父亲来了，正好站在这棵树下躲雨。他们的出现让她想起她姐妹的话，她顿时惊慌失措。

　　戈恩耶克仰望大树，说它有点古怪，但他父亲说那只不过是因为雨下得很大。不久，戈恩耶克发现了那个女人，他叫道："我的肉来了。"女人被迫爬下了树，她生下了一对双胞胎。

　　戈恩耶克捡起孩子，说："我要让我母亲为我烤了。"

　　雨停了，两人回到了家，戈恩耶克让他母亲为他烤了这两个孩子。女人立刻就知道她的姐妹被杀死了，她把两个孩子藏在一个地洞里，烤了两只老鼠。等它们烤好后，戈恩耶克走到火边，从石头上拿起肉，一口吞下了，但嫌弃它们太小了。他母亲假装非常生气，向她丈夫抱怨他们的儿子所说的话。男人让她不要介意，因为他总是说谎。

女人喂养了两个孩子，他们渐渐长大了。一天，她让丈夫给她带一头牛来，她想宰了吃。戈恩耶克听见了，立即竖起耳朵说："一个女人能吃下整头牛，这真让我觉得好笑。我想这事跟我带来的那两个孩子有关。"戈恩耶克和他的父亲找了一头牛，把它带回家。他们宰了这头牛，把肉留给女人，便去森林里散步了。

他们一离开，女人便让孩子们从地洞里出来，给他们牛肉吃。他们吃到太阳落山，她又把他们送回他们藏匿的地方。

戈恩耶克和他的父亲不久便回来了。戈恩耶克很敏锐，他发现了地上的小脚印。他说："我很好奇，这么多的小脚印是什么？它们肯定不是我的。"他母亲坚称那是她自己或家里的两个男人留下的。她得到了丈夫的支持。戈恩耶克对他母亲的态度让男人很生气，他杀了戈恩耶克并吃了他。但是，戈恩耶克又立刻复生了，喊道："瞧！我又活过来了。"

随着时间的流逝，孩子们长大了。有一天，他们的姨妈问他们是否知道一同住在这个部落里的人实际上是恶魔和食人者。她还问，如果她能从她丈夫那里拿到武器，他们能不能把戈恩耶克和他的父亲杀死。孩子们回答他们能，但又问女人，如果她丈夫问起她为什么要武器，她会怎么说。她告诉他们，她会说她想要武器是为了保护自己，以对抗任何可能前来的敌人。

戈恩耶克和他父亲回到家，女人问丈夫是否可以给她弄来两只长矛、两个盾和两把刀。她说："我总是一个人在这里，如果敌人来了，我希望能够对抗他们。"戈恩耶克说他从未听说一个女人想要男人们的武器，他觉得这个请求跟他曾带回来的那两个孩子有关。尽管戈恩耶克反对，男人还是为他的妻子带来了她请求的武器。当他把它们给她时，她取来一件牛皮，让两个男人躺在地上，她在他们身上展开牛皮，用木钉钉在地上。她告诉他们，如果她准备好了，会喊一声，如果敌人真来了，他们可以协助她。她把牛皮牢牢地钉在地上，问他们出得来吗。戈恩耶克发现了一个洞，爬了出来，他母亲让他再进去一次，她钉好了。她提高嗓门叫来孩子们。孩子们从他们藏匿的地方出来，杀了戈恩耶克和他的父亲。

戈恩耶克死时对他的父亲说："我没告诉过你吗？你却说我撒谎。"

孩子们杀了两个恶魔，带着他们的姨妈去他们母亲的部落了。

45　走失的妹妹

　　很久很久以前，有一对兄妹在一起生活。女孩叫瓦彻拉，哥哥叫瓦姆维。他们母亲死的时候留下了很多山羊，瓦姆维白天照顾这些山羊，晚上离家外出，因为他非常英俊，而且有很多朋友。

　　一天，瓦姆维回到家来，瓦彻拉对他说："两个男人昨天来过，如果你离开，留下我一人，他们就会把我带走。"他说："你在胡说八道。"她坚持说："我说的是真的。如果他们来带我走，我会带上一葫芦像脂肪那样的树液。我会让它沿路滴着，以便你能找到我的踪迹。"那天傍晚，瓦姆维把羊牵回了家，瓦彻拉准备了丰盛的饭菜和稀粥，但晚饭后瓦姆维还是走了。他第二天早上回来时，发现家里空空如也，正如他的妹妹所说：她被带走了。他看见了她洒落的树液，于是翻山越岭地寻找她，他不时地听见她从对面山坡发出的喊声"跟着踪迹来"。

　　第二天，树液开始生根，长成了小植物，但他还是没看见他的妹妹。于是他回家放牧去了。他把羊牵出来，让它们觅食。他傍晚回家时，没人给他准备食物。如果他自己准备食物，又没人照看那些羊。他宰了一只山羊吃。吃完后，他又宰了一只，直到所有的羊都被宰光了。他又宰了一头又一头的牛来吃。它们让他存活了很长一段时间，因为这些牛都很大，可是最后它们还是被吃完了，他想起了他的妹妹。

　　现在，标记着她当时去向的那些小植物都长成了大树，瓦姆维走了一个半月，最后来到了河边。两个孩子正在那里取水。他对小的那个孩子说："给我喝点你葫芦里的水。"但孩子拒绝了。大一点的孩子对小一点的孩子说："给这个陌生人一点水喝，因为我们的母亲说过，你要是看见一个沿着树林走来的陌生人，那便是她的哥哥！"于是，瓦姆维和孩子们来到他们的家，他在外面等着。瓦彻拉出来了，他立刻就认出了她。可是，她没认出他，因为他不像以前那样用褐石和脂肪作饰品了。他进了屋，她给了他一点食物，不是盛在好容器里，而是放在碎陶片中。他在屋里的地上而不是在床上睡觉。

第二天，他带着孩子们把鸟从地里赶出去，当他扔一块石头时，说："飞走吧，小鸟，就像瓦彻拉那样飞走，一去不回。"很快，另一只鸟又飞来了，他又扔一块石头，说着同样的话。这样持续了一个月。

孩子们听见了，其他人也听见了，他们说："他为什么叫'瓦彻拉'这个名字？"他们告诉了他们的母亲。最后，她来到地里，在草丛中等着，听见他说话，说："这肯定是我的哥哥瓦姆维。"她回家后派了一个年轻人去把瓦姆维带回来，她说："他是我的哥哥。"但瓦姆维拒绝了，他说："我住在我妹妹的房子里，但她不用罐子给我装食物，而是用碎陶片。"他是不会进她家的。于是年轻人回去把她哥哥所说的话带给了瓦彻拉，她说："带着十只山羊再去一次，请求他回到我的身边。"瓦姆维又拒绝了，年轻人又回家了。瓦彻拉说："带十头牛给我的哥哥。"瓦姆维还是没来，瓦彻拉给他先是送去了十头奶牛，后来又送了十头，但瓦姆维还是不来。于是瓦彻拉告诉她的丈夫她是如何找到她哥哥的，他又是如何不跟她和解的。她的丈夫说："再给他送去更多的动物。"于是瓦彻拉送了十头奶牛，后来又送了十头，现在瓦姆维除了收到瓦彻拉起先送他的山羊和牛之外，已经收到了四十头奶牛。瓦姆维的心软了，他走进他妹妹的屋子。她宰了一只山羊，用肥肉涂抹他的头发和肩膀，说："我之前没认出你，是因为你不像以前那样打扮了。"

瓦姆维跟他的妹妹和解后，要求她给他八个妻子。于是瓦彻拉的丈夫派人去找他的亲属，他们带来了山羊。瓦姆维换来了八个女孩，有的花了三十只羊，有的花了四十只羊。其他亲属都来了，他们在瓦彻拉家附近为这八个妻子建了八个屋子。此后，瓦姆维和他的妻子们便住在他妹妹家附近。

46　女人与槭树的孩子们

　　从前，某个女人没有丈夫，她烦恼了很多天。一天，她自言自语："为什么我这么烦恼？因为我既没有孩子也没有丈夫。我要去找巫医，让他给我几个孩子。"

　　她找到巫医，告诉他她虽然年纪越来越大，却没有丈夫和孩子。巫医问她究竟想要哪个，是丈夫还是孩子，她说她想要孩子。

　　巫医告诉她，带上三个煮罐去找一种结着果实的槭树，把果实装满罐子，放在她的屋子里，然后去散步。

　　女人认真地按照巫医的指示去做。她采果实，装罐子，然后把罐子放在家里，再去散步到晚上。

　　刚一靠近部落，她就听见了声响，问自己："我为什么听见部落里有孩子的声音？"她走近一看，发现她的屋子里全是孩子，而她的所有工作都完成了。男孩们放牛，女孩们把屋子打扫干净，勇士们在空地上唱歌跳舞，小孩子们等着问候她。于是她变成了一个富有的女人，和她的孩子们快乐地生活了多日。

　　然而，有一天，她责备孩子们是槭树的孩子。他们沉默了，不跟她说话。当她去拜访她在其他部落的朋友时，孩子们回到槭树那里，又变成了果实。她回到自己的部落时，发现屋子空了，她失声痛哭，再一次去拜访巫医，责备他悄悄地带走了她的孩子们。

　　巫医告诉她，他不知道她现在该做什么，她提议去看看槭树，他让她试试看。

她带着她的煮罐来到树下，爬上树。但当她刚碰到果实时，他们都睁着眼睛瞪着她。她惊诧万分，爬不下来了。她的朋友只好赶来帮她爬下来。

从此，她再也不去槭树那里寻找她的孩子了。

47 待在树杈上的女孩

以下是一个女人的所作所为：

她住在灌木林里，从来不出现在别人面前。她跟她唯一的女儿生活在一起，她女儿常常在树杈上编篮子，以消磨白天的时光。

一天，母亲离家外出去打猎，一个男人出现了，他看见女孩像往常那样在编篮子，说："竟然在这里！灌木林里竟然有人！那个女孩真是个美人！他们留她一个人在这里。如果国王娶了她，他其他的妻子岂不都要让位？"

他回到村庄，径直来到国王的居所，说："陛下，我发现一个美丽的女孩，如果你把她叫来这里，你拥有的所有妻子都会匆匆离开。"

第二天早上，人们被召集起来，他们磨了斧头，出发去灌木林。他们看见那个地方时，那个母亲已经出去打猎了。

她去打猎之前为她女儿煮了粥挂好了肉，之后才开始她的行程。

人们说："让我们砍倒女孩坐着的那棵树吧。"

于是他们举起斧头砍树。女孩立刻开始唱歌：

母亲，回来！

母亲，有个男人在砍我们乘凉的树。

母亲，回来！

母亲，有个男人在砍我们乘凉的树。

砍树！我坐在上面吃饭的那棵树倒了。

它倒下了。

母亲仿佛从天而降的回到那里，唱到：

你们这么多人，我要把你们缝起来。

用大针，

缝起来！缝起来！

他们立刻就倒在了地上……女人只留下一个，让他回去报信。

她说："去报信吧。"那个人去了。

他回到村庄，村民们问："发生什么事了？"

他说："我们去的那个地方！一切都糟透了！"

他来到国王面前，国王问："发生什么事了？"

他说："陛下，只有我回来了，其他人都完了。"

国王说："天呐！那些人全死了！如果真是这样，明天带上更多的人去那边的村庄。明天早上让他们去把那个女人给我抓来。"

他们睡饱了觉。第二天一早，男人们磨好斧头，去了那个地方。

他们发现女孩的母亲不在，粥是煮好的，肉也被挂在树上……

"拿斧头来。"他们立刻来到那棵树下。但歌声已经响起：

母亲，回来！

母亲，有个男人在砍我们乘凉的树。

母亲，回来！

母亲，有个男人在砍我们乘凉的树。

砍树！我坐在上面吃饭的那棵树倒了。

它倒下了。

母亲突然出现在他们中间，唱道：

> 你们这么多人，我要把你们缝起来。
> 用大针，
> 缝起来！缝起来！

他们死了。女人和她的女儿捡起斧头……

国王得到消息后惊叫："啊！今天让所有怀孕的女人生下他们的孩子。"

女人们一个接一个地生下她们的孩子。很快部落里便有了一群孩子。

这群孩子离开了，发出杂乱的声音。

女孩看见了他们，说："现在可不是开玩笑的时候了。来了一支红色的军队，他们身上还带着脐带。"

他们看见她正在树杈上。

女孩想："让我们给他们一点粥喝。"

她把粥涂在孩子们的头上，但他们不喝。

最后出生的那个孩子爬上那棵树，拿了女孩正在编织的篮子，说："现在给我一把斧头。"

女孩又一次喊道：

> 母亲，回来！
> 母亲，有个男人在砍我们乘凉的树。
> 母亲，回来！
> 母亲，有个男人在砍我们乘凉的树。
> 砍树！我坐在上面吃饭的那棵树倒了。
> 它倒下了。

母亲来到人群中，唱道：

你们这么多人，我要把你们缝起来。

用大针，

缝起来！缝起来！

但是那支军队已经在拉那个女孩。他们把她系在他们的脐带上，是的，系在他们的脐带上。母亲继续念咒语：

你们这么多人，我要把你们缝起来。

用大针，

缝起来！缝起来！

没有用！军队已经在地里了，尖叫声传到了神的居所，孩子们很快回到了他们的村庄。

女孩的母亲说："你带走了我的孩子，我必须告诉你们一件事。她不能用钵碾磨东西，不能在夜里去取水。如果你们让她去做这些事情，就要小心了！我会知道在哪儿可以找到你们。"

女孩的母亲回到了她在灌木林中的居所。

第二天，国王说："我们去打猎吧。"他对他母亲说："我的妻子不能用钵碾磨东西，她只能编篮子。"

国王去了空地，他的其他妻子问她们的婆婆："她为什么不能用钵研磨东西？"

她们命令女孩用钵碾磨东西，女孩说："不。"

她们把一篮高粱摆到女孩面前。

婆婆亲自拿走了钵里面的粮食，其他女人轮流往钵里放入高粱。

女孩磨啊，磨啊，同时唱着：

碾磨！我在家从不碾磨，

188

我在这儿碾磨，以庆祝我的婚事。

　　哎哟！哎哟！

　　如果我碾磨，我便去神那里。

　　她开始陷入地里，但仍继续唱着：

　　碾磨！我在家从不碾磨，

　　我在这儿碾磨，以庆祝我的婚事。

　　哎哟！哎哟！

　　如果我碾磨，我便去神那里。

　　她的下半身已经陷入地里了，只有上半身还在地面。现在，她胸口以下的身体陷入地里了。她继续唱着：

　　碾磨！我在家从不碾磨，

　　我在这儿碾磨，以庆祝我的婚事。

　　哎哟！哎哟！

　　如果我碾磨，我便去神那里。

　　她脖子以下的身体都陷入地里了。此刻，钵自行在地上碾磨着高粱。最终，女孩消失了。

　　人们再也看不见她，而钵仍在自行碾磨着高粱。

　　女人们说："我们现在怎么办？"

　　她们叫来一只鹤，说："去把消息告诉她母亲。但先让我们知道你会说什么。"

　　鹤说："瓦瓦尼！瓦瓦尼！"

　　她们说："这话没有什么意义，回去吧，我们找乌鸦来。"

　　乌鸦被叫来，被问道："你会说什么？"

乌鸦说："呱！呱！呱！"

女人们说："乌鸦不知道怎么说。去吧。鹌鹑，你会怎么做？"

鹌鹑说："夸鲁鲁！夸鲁鲁！"

女人们说："鹌鹑也不知道该怎么做，我们叫鸽子来吧。"

她们说："鸽子，让我们听听，你会对她母亲说什么？"

她们听见：

咕咕！咕！

养育太阳的她已离开，

养育太阳的她。

犁地的你啊。

养育太阳的她已离开，

养育太阳的她。

她们说："去吧，你知道怎么做，就你了。"

女孩的母亲听完鸽子的话便前往村庄。她用一个碎陶片盛着药，还用动物们的尾巴拍打空气。

路上，她遇到一匹斑马：

斑马，你在做什么？

酋长的妻子死了。

啊，天呐！你也将死去！

斑马死了。女人继续赶路，遇见人们在犁地：

你们这些犁地的人，在做什么？

酋长的妻子死了。

啊，天呐！你们也将死去！

他们也死了。女人继续赶路，又碰见一个正在拍打兽皮的人：

你这个正在拍打的人，在做什么？

酋长的妻子死了。

啊，天呐！你也将死去！

她到了那个村庄：

让我拉走，让我拉走

酋长的牲畜。

牲畜们，起来。

让我拉走畜群。

让我拉走，让我拉走

酋长的牲畜。

牲畜们，起来。

让我拉走畜群。

她听见钵仍在那个女孩的头顶响着。

她喷洒了药物，后来又喷洒了一次。

女孩慢慢从地下出来，一点一点地，她的头冒出来了，然后是脖子，歌声又传来：

碾磨！我在家从不碾磨，

我在这儿碾磨，以庆祝我的婚事。

哎哟！哎哟！

如果我碾磨，我便去神那里。

女孩完整地出现在地面上。她走了出去。

故事讲完了。

48 一个未出生的孩子是如何为他 母亲的离世复仇的？

　　某个男人娶了一个妻子。现在，她沉浸在怀上孩子的喜悦中，可是当地正闹着很严重的饥荒。

　　饥荒已经极其严重，一天，男人在他妻子的陪伴下，拖着脚步缓缓走向她母亲的家，希望在那儿能得到一点食物。他们碰巧在路上看到一棵树，树顶结了许多野果。他说："妻子，我们去那儿吃野果吧。"

　　女人反对，说："我怀着孩子，你竟让我去爬树！"

　　他说："那样的话，你就不要爬树了"。

　　丈夫自己爬上了树，摇了摇树枝，女人捡起掉在地上的果子。他说："不要捡我的果子。你刚才可是拒绝上树的！"

　　她说："天哪！我只是把它们从地上捡起来而已。"

　　他担心自己的野果，急匆匆地从树上下来，说："你已经吃了一些了。"

　　她说："啊？我当然没吃。"

　　他手拿长矛刺他的妻子，她当场就死了。

　　他用双手捡起他的野果，坐下来吃，留那个女人平躺在地上。

　　突然，他撒腿就跑。跑啊！跑啊！跑啊！一刻不停，他跑到一座小山的斜坡上。

　　他找了个地方睡觉。他在那里看不见他丢下那个女人的地方。

在此同时，那个女人子宫里的孩子爬了出来，拖着他的脐带。他先是四处看看，寻找他父亲的去向，然后开始唱道：

　　父亲，等等我，
　　父亲，等等我，
　　这个离开子宫的小孩。
　　他是那个靠母亲养育的人？
　　离开子宫的小孩……！
　　那双眼睛是多么的肿胀啊！
　　等一等离开子宫的小孩。

这歌声让男人不由得颤抖……"那边，那边来了一个在说话的东西。"他听着，盯着那个方向，"那个孩子跑来追我，我已经杀了他的母亲。他被留在了子宫里。"

愤怒令他失去理智，他杀了那个小孩！然后重新开始赶路。小孩的身体还在原地，说："小孩，站起身来！……小孩，站起身来！"

很快，小家伙又站了起来，唱着这首歌：

　　父亲，等等我，
　　父亲，等等我，
　　这个离开子宫的小孩。
　　他是那个靠母亲养育的人？
　　离开子宫的小孩……！
　　那双眼睛是多么的肿胀啊！
　　等一等离开子宫的小孩。

父亲停了下来："又是被我杀了的那个孩子！他复活了，正追来，现在，让我等等他。"

他躲了起来，等着小孩，手里拿着长矛。小孩来了，与他父亲所在的位置还有一段距离。小孩一来，他便迅速拿长矛刺小孩！他找了一个洞，用铲子把小孩扔进洞里，在入口处堆上树枝。

之后，他全速逃跑！全速！……

最后，他跑到了部落，他死去的妻子的母亲生活的地方。

他坐下来，他妻子的弟弟和弟媳们都面带笑容地来了，说："好啊！好啊！你们来了！"

他说："我们来了。"

人们为他和他怀孕的妻子准备了一个屋子。

他的岳母从远处问他："好吧！我的女儿现在在哪儿逗留呢？"

他说："我把她留在家里了，我独自来恳求一点食物，饥荒到处肆虐。"

他岳母说："来里面坐吧，孩子的父亲。"

他得到了食物，开始吃起来。他吃完后居然去睡觉了。

与此同时，孩子从洞里挣扎出来，依旧带着他的脐带，唱道：

父亲，等等我，

父亲，等等我，

这个离开子宫的小孩。

他是那个靠母亲养育的人？

离开子宫的小孩……！

那双眼睛是多么的肿胀啊！

等一等离开子宫的小孩。

路上的人都听到了："那个在模模糊糊地说着话的东西，它是什么？似乎像个人……他是谁？男人，它看上去像你在路上杀死的一个孩子……此刻，我们看到了你的坐姿，你似乎只有一半身体是坐着的。"

"我们看不清他……他不可能是那个孩子，母亲啊，他被留在了家里。"

男人站起身来，有些颤抖。他的孩子正飞速赶来！他离得已经很近了，嘴巴张得大大的，唱着：

父亲，等等我，

父亲，等等我，

这个离开子宫的小孩。

他是那个靠母亲养育的人？

离开子宫的小孩……！

那双眼睛是多么的肿胀啊！

等一等离开子宫的小孩。

每个人都很惊诧，他们说："来了一个红色的小东西。他身上还挂着脐带。"

男人站在屋里，四周寂静！

孩子连走带爬地来了，嘴巴张得大大的，但离他外祖母的屋子还有一段距离。每个人都注意到他："就在那儿！"外祖母看向那条路，注意到那个小东西正在流汗，他跑得飞快！此时，歌声又响起：

父亲，等等我，

父亲，等等我，

这个离开子宫的小孩。

他是那个靠母亲养育的人?

离开子宫的小孩……!

那双眼睛是多么的肿胀啊!

等一等离开子宫的小孩。

天哪! 他几乎是跳进他外祖母的屋子的……他跳上了床,唱道:

父亲,等等我。

父亲,你来了吗?

这个离开子宫的小孩。

是的,你毁了我的母亲。

那双眼睛是多么的肿胀!

等一等离开子宫的小孩。

于是他外祖母问男人:"这个孩子唱的是哪一种歌? 你难道真的杀死了我的女儿? "

她又说道:"把他围起来! "他已经被他们控制住了。他妻子的弟弟们把他绑了起来。接着……所有的长矛都飞向一个方向,人人都说:"你这个男人今天杀了我们的姐姐……"

他们把他的尸体扔向西边。外祖母把她的小外孙抱了起来。

49 如果有人善待你，你也应该善待他

从前有只雌鹰，她在散步时遇到一个腿疼的老妇人。鹰说："天哪！这可不是一般的疼痛。患上这种疼痛，你再怎么辛苦地尝试都没有用，你还能走路吗？"

老妇人说："啊，只能走一点点。"

鹰说："你们这些人啊！今天，如果我帮助了你，你明天会做坏事来回报我的。"

老妇人说："啊！我不会那样做的。"

鹰说："如果你不会那样做，我就帮助你。"鹰停顿了一下，然后说："先闭上你的眼睛，然后再睁开。"

于是老妇人先闭上眼睛，然后再睁开。

鹰接着说："看看你疼痛的地方。"

老妇人弯腰看看——疼痛的地方一点痕迹都没有了。鹰又让她闭上眼睛。当她再次睁开眼时，看见森林里的地都被犁好了。

鹰说："再闭上眼。"

老妇人闭上眼，再睁开眼时，看到那里建起了坚固的房子。鹰又让她闭上眼，这回她睁开眼看见的是一个大村庄。这村庄真大啊！

鹰说："老妇人，它是你的了。"

老妇人说："谢谢，谢谢！我感谢你！我应该给你什么作为答谢呢？"

鹰说："我什么东西都不要，只想要那棵矗立在那边的丝绵树。"

老妇人说："你要的这件东西——它不算什么——拿走吧。"

于是鹰飞走了，停在那棵树上，筑了一个鸟巢，把她刚下的两颗蛋放到里面。她孵化了那两颗蛋，然后去为她的孩子们觅食了。

老妇人的孙子跟她住在一起，他开始呜咽："埃布！埃布！"

老妇人问："怎么了？"

孩子说："让我吃了鹰的孩子吧。"

老妇人说："我去哪儿给你弄鹰的孩子？"

小孙子又开始哭了："呜咽！呜咽！"

老妇人问："怎么了？"

孩子说："让我吃了鹰的孩子吧，因为我不吃到一只就会死。"

老妇人说："啊！我的孙子因为吃不到鹰的孩子就会死？去拿斧头，砍倒那棵丝绵树，把鹰的孩子们带来给我。"

村民们到了那里，斧头砍树的声音响起："乒乒！乒乒！乒乒！"树正要倒下之时，鹰的较大的一个孩子跳了起来，站在鸟巢边大叫了一声。他在呼唤他的妈妈：

> 桑戈❶，鸟儿咿！
>
> 桑戈，鸟儿，鹰的孩子！
>
> 桑戈，鸟儿咿！
>
> 桑戈，如果她去觅食，赶紧回来！
>
> 桑戈，鸟儿咿！
>
> 桑戈，噢！噢！

鹰听见她的孩子在哭喊，"啪"的一声振翅飞起！她来了，说："桑古里❷！"几乎快要被砍断的丝绵树又矗立起来了，那些刚才砍它的人都被鹰吞噬了。鹰把她带来的食物喂给她的孩子们。她跟他们告别，

---

❶ 咒语的语言。

❷ 咒语的语言。

说："我走了。如果那个老妇人来带你们走，便让她带走你们吧。"

老妇人说："去砍倒那棵树，把那些动物带来给我的孙子吃。"

他们又去到那里。"乒乒！乒乒！乒乒！"树正要倒地之时，鹰的一个孩子蹦了出来站在鸟巢边，呼唤他们的妈妈：

> 桑戈，鸟儿咿！
>
> 桑戈，鸟儿，鹰的孩子！
>
> 桑戈，鸟儿咿！
>
> 桑戈，如果她去觅食，赶紧回来！
>
> 桑戈，鸟儿咿！
>
> 桑戈，噢！噢！

他一直呼唤他们的妈妈——可是没有得到回应。此刻，树"扑通"一声倒在了地上。

他们带走了鹰的孩子，给了老妇人一只。最后剩下的那只飞走了，停在一棵高大的瓦瓦树上。老妇人把她烤的第一只小鹰递给了她的孙子，后者把他跟她正在享用的烤芭蕉放在了一起。

不久，鹰来了。她来到她的孩子们掉落的那棵树那里，看见她的其中一个孩子正坐在那里。她问他发生了什么事，他告诉了她一切。鹰去到老妇人的村庄。她到了那里，看见老妇人的孙子正在吃她的一个孩子。她说："老妇人，我祝贺你。"她从老妇人的屋子出来，在村子外面施魔法。她说："桑古里！"所有人都消失不见了，她又说了一遍"桑古里"，所有的房子立刻倒塌了，一座不剩。"桑古里！"村庄瞬间变成了森林。"桑古里！"老妇人的疼痛又回来了。鹰说："老妇人，你看到了。"

这就是为什么老人们说"如果有人善待你，你也要通过善待他来回报，不要恩将仇报"。

50 杀了她丈夫的另一个妻子的女人

从前，有个男人分别娶了一个很好的妻子和一个糟糕的妻子。那个糟糕的妻子准备了毒药，害死了丈夫——这个地方的主人——的另一个妻子。

她快要离世时，人们说："我们把她埋在村里吧。"

那个心中有愧的女人说道："不，不要埋在村里。即使是埋在村后也不行。我为失去了我的同伴伤心不已。"

哀悼持续了很长时间。

最后，首领说："让他们吃点食物吧，否则他们会饿死。"

女人们一听这话，说道："让我们去地里干活吧。"

于是她们纷纷去了地里。然而，那个心中有愧的女人去了粮仓，拿出了几根玉米。她朝那个死去的女人喊道："来打玉米。"她一边说，一边把那个死去的女人从坟墓里挖出来。那个死去的妻子从坟墓里出来，她剥去玉米壳，把玉米粒筛干净后拿到磨石上，再用一块较小的石头敲打玉米棒。

这时，那个活着的妻子正在棚屋里煮粥。她搅拌好粥后说道："来吃点食物吧。"

进屋！她的同伴不会那样做的。活着的妻子说道："那就去碾玉米吧。你这个傻子。"

那个死去的女人走到磨石边碾玉米，一直唱着：

夫人，你先是让我交给你一些小东西。

罗斯夫人，让我交出一些小东西。

罗斯，我把丈夫留给了你；

是的，这把我分成了两半。

罗斯，我把贝壳留给了你；

是的，这把我分成了两半。

罗斯，我把孩子们留给了你；

是的，这把我分成了两半。

罗斯，我把仆人们留给了你；

是的，这把我分成了两半。

罗斯，我把棉织品留给了你；

是的，这把我分成了两半。

罗斯，我把家禽留给了你；

是的，这把我分成了两半。

罗斯，我把珍珠鸡留给了你；

是的，这把我分成了两半。

罗斯，我把篮子留给了你；

是的，这把我分成了两半。

罗斯，我把炉火留给了你；

是的，这把我分成了两半。

罗斯，我把一切都留给了你；

是的，这把我分成了两半。

你让我把一切的一切都交给了你。

在村民们回来前，她便消失了。

次日，人们又去了地里。那个活着的妻子也去了，不过很快便回来，又去粮仓取粮食。突然，她奔向那个她埋葬她同伴的地方，说道："现在，就是现在！来碾粮食吧，太阳要落山了。"她把死去的女人挖了出来。

死去的女人一直不停地打着粮食。打完后，她把粮食拿到磨石那里，像往常一样用另一块石头敲打它。

活着的女人说："跟我来吧！来吃点食物。"

死去的女人回答："不，我不想吃。食物不是我想要的东西。"

活着的女人说："好吧！那些会盯着你看一整天的人在哪里呢？你很早之前就死了。"她继续说道："天哪，吃饭！那是你不会去做的事情……那么就去碾粮食吧，哎呀，太阳是那么的刺眼。"

死去的女人俯身开始碾磨，唱道：

> 夫人，你先是让我交给你一些小东西。
>
> 罗斯夫人，让我交出一些小东西。
>
> 罗斯，我把丈夫留给了你；
>
> 是的，这把我分成了两半。
>
> 罗斯，我把贝壳留给了你；
>
> 是的，这把我分成了两半。
>
> 罗斯，我把孩子们留给了你；
>
> 是的，这把我分成了两半。
>
> 罗斯，我把仆人们留给了你；
>
> 是的，这把我分成了两半。
>
> 罗斯，我把棉织品留给了你；
>
> 是的，这把我分成了两半。

罗斯，我把家禽留给了你；

是的，这把我分成了两半。

罗斯，我把珍珠鸡留给了你；

是的，这把我分成了两半。

罗斯，我把篮子留给了你；

是的，这把我分成了两半。

罗斯，我把炉火留给了你；

是的，这把我分成了两半。

罗斯，我把一切都留给了你；

是的，这把我分成了两半。

你让我把一切的一切都交给了你。

这时，大家都离开田地，回到了村里。

第二天早上，人们说道："让我们去地里吧。"那个活着的妻子去过地里后，又在烈日当空前回来，去了粮仓。之后，她的同伴又像往常那样打完粮食后，把它放到磨石上开始碾磨，一边唱着跟前几天唱的同样的歌曲。

次日，天刚破晓，人们又说："现在让我们去劳作吧。"但是这一次，许多人躲在草丛里。然后，你可以想象他们的惊诧！他们看见那个活着的妻子去了粮仓，拿出玉米后把那个死去的女人从坟墓里掘出来。看到这一切后，他们说："现在很清楚了，正是这个女人杀害了她的同伴。"

接着，他们又看见那个死去的女人打粮食，她俯身碾磨时说道："让我开始碾磨吧。"他们听到了那首歌曲："你先是让我交出给你……"天哪！他们个个震惊不已。

死去的女人说："现在，让我离开这磨石吧。"

他们抓住了那个谋杀者……她喊道："放开我，先得调查审判。"

然而，他们直接挖出了一棵毒草，将它与水混合后强行让她喝了下去。正在此刻，那个死去的女人消失了。

好了，我的小故事结束了。

51 试图杀害女主人的女仆

从前，有一个叫阿克潘的男人。他是伊比比奥国奥库镇的人，非常倾慕一个名叫埃姆的姑娘，她也住在伊比比奥。他想娶她，因为她是她的部落里最美的女孩。

过去的风俗是，父母要为他们的女儿们尽可能多地要求东西作为聘礼。因为她们结婚后如果和她们的丈夫相处不好，又不能赎回自己，就会被当作仆人卖掉。

阿克潘给了埃姆很多东西作为聘礼，她在待嫁屋里等候着适于嫁娶的时刻到来。阿克潘告诉他的岳父母，一旦他们的女儿准备好，他们就必须把她送到他的身边。他们允诺了。

埃姆的父亲是个富人。七年过去了，埃姆走出待嫁屋，前去找她的丈夫。埃姆的父亲同时还看见了另一个美丽的女孩从待嫁屋出来，她的父母想把她当作仆人卖掉。埃姆的父亲买下了她，并把她赠予他的女儿作为她的侍女。

第二天，埃姆的妹妹表示很想跟埃姆一块儿去阿克潘家。在征得她们母亲的同意后，她们一起出发了，女仆则带着埃姆的父亲给女儿的一大包衣服和礼物。她们从住的地方赶到阿克潘家，足足走了一整天。当到达小镇外时，她们走到当地人常去饮水的一处泉水旁边。那里禁止任何人沐浴，但埃姆对此毫不知情。女人们脱下了衣服，在泉水边沐浴。泉水有个深洞，通往水神"莫可名状"❶的家。女仆知道这个水神"莫可名状"，想着如果她能把她的女主人带到那儿沐浴，她的女主人就会被水神"莫可名状"带走，那么自己就能代替女主人嫁给阿克潘了。

于是她们走到泉边，准备沐浴，等接近水源时，女仆把她的女主人推进了水里，埃姆一下子就不见了。

埃姆的妹妹哭了起来，可是女仆说道："你如果还哭，我就马上杀了你，把你的尸体像扔你姐姐一样扔进洞里。"她让这个孩子永不得向任何人提起所发生的事情，尤其不能告诉阿克潘，因为她要代替埃姆嫁给他。假如那个孩子告诉别人她所看到的一切，她会被马上杀死。之后，女奴让那个孩子背起包袱，继续赶往阿克潘家。

当她们到达时，阿克潘对女仆的相貌非常失望，因为她并不像他所期待的那样漂亮。但是，他毕竟七年未见过埃姆了，并没有怀疑这个姑娘不是他为之花费大量聘礼的真正的埃姆。于是他召集他的族人们来庆祝和享用美食。族人们来时感到很惊讶，问道："这就是你用了那么多的聘礼迎娶，又常常跟我们谈起的美丽女人？"阿克潘回答不了他们。

女仆有一段时间对埃姆的妹妹非常残忍，想让她死，那样的话自己在丈夫身边的位置就更牢固了。她每天都打那个孩子，总是让她提最大的水桶去泉边取水。她还让她把手指放进火里当柴。到了吃饭的时间，女仆便拿一根燃烧着的木柴，从上到下地烫那个孩子的身体。阿克潘问她为什么那样虐待那个孩子，她回答说那个孩子只是她的父亲给她的一个仆人。

---

❶ 一般是指一些未被理解的、神秘的自然力量，通常具有魔力或神力，可能是小神或者掌控着药草、金属、水力等人们生活中的重要资源的超自然力量。

小女孩每次带着重重的水桶来到河边取水，都没有人帮她提起来，因此她无法把桶举到头顶。她不得不在泉水边待很长时间，最后只好呼唤她的姐姐埃姆来帮她。

　　埃姆一听到她的妹妹哭着喊她，她便求水神"莫可名状"允许她去帮忙。他告诉她可以去，但帮完忙后必须立马回到他身边。每当小女孩看见她的姐姐，都不想离开她，请求她让自己跟着一起去水洞。小女孩告诉埃姆她是如何被女仆残忍地对待的，姐姐则告诉她要耐心等待，报仇的日子迟早会到来。

　　见过她的姐姐后，小女孩高兴地回到了阿克潘家。她一进门，女仆便问："你取水怎么用了这么长时间？"还从火炉里拿起一根棍子烫伤了小女孩，那天也没让她吃饭。

　　这样的情形持续了一段时间。一天，小女孩又去泉边取水。等所有人走后，她哭着喊她的姐姐，但埃姆很久都没有来。来自奥库镇的阿克潘的一个猎人朋友躲在附近，看着那个水洞。原来，水神"莫可名状"告诉埃姆她不能去了。小女孩哭得那么伤心，埃姆最终劝服了水神"莫可名状"让她去找她的妹妹，并许诺会很快回来。当她从水里出来时，夕阳落在她闪耀的身体上，她是那么的美丽动人。她帮妹妹把水桶举上了头顶，便又消失了。

　　猎人为他看见的一切感到惊讶，他回去后告诉了阿克潘水里走出过一个美丽的女人，她帮小女孩举起了水桶。他还说他相信，他在泉水边看见的那个姑娘才是阿克潘真正的妻子——埃姆，一定是水神"莫可名状"掳走了她。

　　阿克潘决定去了解一下发生的事情。清晨，猎人来找他，他们一同来到河边，藏在水洞附近的森林里。

　　当阿克潘看见埃姆从水中走出，他一下子就认出了她。他回到家，思量应该如何把埃姆从水神"莫可名状"的手里救出。他的一些朋友建议他去找一个常给水神"莫可名状"献祭的老妇人，询问她怎样做最好。

他找到老妇人，她要求他带给她一个仆人、一头白山羊、一块白布、一只白鸡和一篮鸡蛋。到了盛大的"莫可名状"节来临，她会带上这些去找水神"莫可名状"，代表阿克潘将这些东西献祭给他。献祭仪式做完的第二天，水神"莫可名状"会把埃姆还给他，她到时会带埃姆来找阿克潘。

于是阿克潘买了仆人，给了老妇人她所要求的所有其他东西。等到献祭日的那天，他跟他的猎人朋友一起观看了老妇人的献祭仪式。仆人被捆起来送到洞口，老妇人呼喊水神"莫可名状"，然后把仆人推进洞里。她又把鸡蛋和布放在山羊和鸡的上面，都扔了进去。做完这些，他们便回家了。

次日，天刚破晓，老妇人来到水洞所在的位置，发现埃姆正站在泉水边。老妇人告诉埃姆自己是她的朋友，将带她去找她的丈夫。老妇人把埃姆带回自己的家，把她藏在屋里，然后通知阿克潘来自己的家，并提醒他要格外小心，别让那个女仆知道。

于是阿克潘悄悄地从后门离开家，来到了老妇人的家，一路上没有遇见任何人。

埃姆一看见阿克潘便询问她的妹妹。阿克潘派他的猎人朋友去泉水边把她的妹妹带来。猎人看见那个孩子正提着她的水桶去取早上要用的水，便带着她一起来到了老妇人的家。

埃姆拥抱了她的妹妹后，让她回阿克潘家，做点什么事情惹恼那个女仆，然后尽快跑回老妇人家，那个女仆无疑会追来。她会在屋子里遇到他们，会看见她以为她已经杀死的埃姆。

208

小女孩按吩咐行事，一进屋就对那个女仆喊道："你知道自己是个邪恶的女人，一直在虐待我吗？我清楚你只是我姐姐的仆人，你会得到应有的惩罚。"接着，她尽可能快地跑回老妇人的家。那个女仆听见小女孩的话，气急败坏地从火炉里拿起一根燃烧着的棍子，追赶她。小女孩前脚跑进屋，后脚女仆拿着燃烧的火棍就追了进来。

埃姆走了出来，站在女仆面前。女仆一下子就认出了她的女主人，她以为自己已经杀死了她，吓得一动不动地站在那儿。

他们全都回到了阿克潘的家。阿克潘问女仆为什么冒充埃姆、为什么试图杀害她。女仆意识到自己已被发现，便闭口不言。

人们被召集起来庆祝阿克潘找回自己的妻子。他们来了以后，阿克潘把那个女仆的所作所为告诉了他们。

后来，埃姆对待那个女仆就像后者曾经对待她的妹妹那样。她让女仆把自己的手指放进火炉，并用火棍烫女仆。她还让女仆用头在一棵已被挖空的树上捣碎麸麸。过了一段时间，女仆被捆在树上，饿死了。

自那以后，当一个男人娶一个女孩时，他会看着她走出待嫁屋，并亲自把她带回家。这样的话，那些发生在埃姆及其妹妹身上的邪恶之事也许就不会再发生了。

52 聪明人和傻瓜

我们来讲另一个故事，开始吧！

"走吧！"

"让我们开始！"

"走吧！"

聪明人和傻瓜是兄弟俩。他们习惯外出打猎，以保证他们的父母有食物可吃。一天，他们一起走进红树林沼泽，去查看咬上树根的鱼，沼泽这时正在退潮。傻瓜看见一条鱼，射死了它。聪明人也射击了，但没有瞄准目标。他随即跑向傻瓜，问道："傻瓜，你有没有射杀到什么？"

傻瓜说："有啊，聪明人，我虽然是个傻瓜，但我射杀了一条鱼。"

聪明人说道："是的，你确实是个傻瓜，我开枪时射中了这条鱼，但它又游向了你的方向，所以你以为是你射杀的这条鱼其实是我的。嘿，快给我。"

傻瓜把鱼给了聪明人。他们回到小镇，聪明人对他的父亲说："父亲，你儿子猎到了一条鱼，但是傻瓜一无所获。"

母亲清洗烹煮好了鱼，父亲和聪明人把它吃了，什么也没留给傻瓜。

聪明人和傻瓜又去打猎了。傻瓜开了枪，第一枪就射中了一条大鱼。

聪明人说："你没听到我的枪响吗？"

傻瓜回答："没有。"

聪明人又问："没有？瞧，这条就是我射杀的鱼。"

傻瓜说："好吧，把它拿去吧。"

他们到家后把鱼交给他们的母亲。她煮好后，聪明人和他的父亲吃掉了鱼，什么也没留给傻瓜。他们正在享用鱼肉时，一根鱼骨卡在了父亲的喉咙里。聪明人叫傻瓜去请医生。

傻瓜说："不，我不能去。我感到有些事会发生。"他唱道：

> 每天你吃着我的鱼，
>
> 你叫我傻瓜，
>
> 还要让我饿死。

聪明人说道："你眼见我们的父亲正在痛苦，怎么还能唱歌？"

但是傻瓜继续唱着：

> 你吃着，吃饱喝足；
>
> 一根鱼骨卡在你的喉咙；
>
> 现在你的生命临近完结，
>
> 鱼骨仍旧卡在你的喉咙。
>
> 聪明的兄弟，你猎杀了鱼，
>
> 何曾给傻瓜吃点？
>
> 没有！现在他快死了，
>
> 或许你宁愿，
>
> 你已给傻瓜吃过了。

傻瓜继续唱着，父亲死了。邻居们赶来他的家中，问傻瓜他的父亲都死了，他怎么还在歌唱。

傻瓜回答他们："我们的父亲造了我们两兄弟，一个是聪明人，一个是傻瓜。傻瓜猎到了食物，他们吃了，却什么也不留给傻瓜。所以就算他们痛苦时他在唱歌，他们也不该责怪他。他们在饱腹时，他在挨饿。"

人们衡量了整件事情，表明支持傻瓜的态度后便离开了。

父亲死了，他因为没有分给傻瓜食物而受到了公正的惩罚。

谁吃了过于油腻的鱼，他一定会消化不良。

我的故事讲完了。

明天，你可以去砍棕榈树了。

53　老人和他的妻子的贪婪

　　从前，有一个老人和他的邻居们生活在一个部落里。这个老人有一个妻子和一个小孩。他们养着一头精壮的牛。

　　一天，他自言自语："我要怎么宰我的牛呢？"他大声地对他的妻子说道："亲爱的！我将召集男人们来并告诉他们我要搬家。我们能自己宰我们的牛。"

　　他的妻子同意了。晚上，老人吹响他的喇叭，示意邻居们他有事要告诉他们。他的邻居们纷纷赶来，他告诉他们他想搬家，因为这里的空气不适合他。次日早上，他给他的驴子装上鞍，将他的家畜与其他的家畜分开，出发了。他的妻子抱着孩子同行。

　　他们走了一段路后停了下来，就在休息的地方建起牛栏。

　　次日，天刚破晓，老人问他的妻子他们为什么还没有宰他们的牛。女人回答："我的丈夫啊！我们怎么宰得了这头牛啊？得考虑两件事：第一，我们没有放牧人；第二，我抱着孩子呢。"

　　于是老人说："啊，我知道我们要做什么了。我会刺伤牛颈，然后让你来剥皮，我抱着孩子去放牧。你剥完皮后，烤点肉，我回来时要准备好。"

　　老人宰了牛，然后拿起他的弓箭，把孩子背在背上，赶着家畜去放牧了。

　　下午，孩子睡着了，老人把他放在草丛里，去把家畜赶回来，它们走得有点远了。但是，当老人回到起初留下孩子的地方时，他找不到孩子了。于是他决定放火烧草丛，心想：当火烧到孩子那里时，他会哭，我就跑到那个地方，在他被火烧到前抱起他。

他用火棒点起火，火苗烧到了孩子所在的地方。他跑了过去，却发现孩子已经死了。

老人早上曾留下他的妻子剥牛皮。她剥皮剥到牛的垂肉时握刀的手滑了，刺到了她的眼睛。她躺了下来，这时鸟却飞来把肉都啄食光了。

孩子被烧死后，老人赶着家畜回到牛栏。他刚到大门对面，便听见他的妻子在哭泣："啊！我的眼睛！"于是他问她是谁给她传了消息。

她问道："什么消息？"

他回答："孩子被烧死了。"

女人大喊道："啊，我的孩子！"

老人问她牛肉在哪里，妻子告诉他牛肉被鸟啄食光了。他顿时大哭："啊，我的肉！"

他们哭得很伤心，老人哭道："啊，我的肉！"女人则哭道："啊，我的孩子！啊，我的眼睛！"

看看这些人啊。他们正是因为贪婪才招致惩罚。他们失去了孩子和牛，女人还失去了眼睛，他们只得惭愧地回到之前的家园。

54 反驳是如何在阿散蒂出现的？

　　从前，有个名叫"讨厌被反驳"的人。他独自建造了一座小屋并生活在那里。动物们叫小羚羊去拜访他。小羚羊和"讨厌被反驳"一起散步，在一棵棕榈树下坐了下来，树上掉下一些棕榈果。小羚羊说："'讨厌被反驳'酋长，你的棕榈果成熟了。"

　　"讨厌被反驳"说："这是棕榈果的天性。它们成熟时，总是三球一起成熟。它们一成熟，我便把它们砍下来熬煮，提炼棕榈油，能熬出满满的三桶。然后，我带着油去买了一个阿卡泽老妇人。这个阿卡泽老妇人生下了我的外祖母，我的外祖母生下了我的母亲，我的母亲又生了我。我的母亲生我时，我已经站在那里了。"

　　小羚羊说："这一切，都是你撒的谎。"

　　"讨厌被反驳"捡起一根棍子打中小羚羊的头，杀死了它。

　　接下来另一只羚羊来了。"讨厌被反驳"和它一起散步，然后坐在棕榈树下休息，发生了同样的事。于是，剩下的其他动物都分别来找了"讨厌被反驳"一次。最后，蜘蛛夸库-安耐西❶来了。他背上衣服和包，出发去"讨厌被反驳"的部落。

　　他问候道："酋长，早上好。"

　　"讨厌被反驳"回答："好啊，你要去哪儿？"

　　他回答："我来拜访你。"他拿来凳子，放在棕榈树下。

---

❶ 本故事中的蜘蛛安耐西是一个劝导者的人物形象，他通过说了更难以令人信服的谎言，使"讨厌被反驳"认识到自己的问题。

"讨厌被反驳"说："给安耐西做点食物吃吧。"

食物在一旁煮着，安耐西和"讨厌被反驳"坐在棕榈树下。树上掉下一些棕榈果，安耐西捡起来放进包里。他一直捡满了整个包。食物被端上来了，安耐西吃完了它。一些成熟的棕榈果又掉了下来，安耐西说："'讨厌被反驳'酋长，你的棕榈果成熟了。"

"讨厌被反驳"说："这是棕榈果的天性。它们成熟时，总是三球一起成熟。它们一成熟，我便把它们砍下来熬煮，提炼棕榈油，能熬出满满的三桶。然后，我带着油买了一个阿卡泽老妇人。这个阿卡泽老妇人生下了我的外祖母，我的外祖母生下了我的母亲，我的母亲又生了我。我的母亲生我时，我已经站在那里了。"

安耐西说："你没有撒谎，你说的是真的。就我来说：我的农场里长着一些秋葵。它们成熟时，为了把它们拉下来，我连起一根长约193米的带钩的杆子，但就算是那样，我也还是够不着它们。于是，我躺下来用我的隐私部位去拉它们。"

"讨厌被反驳"说："哦，我知道了。明天我去看看。"

安耐西说："当然可以。"

安耐西回家了，一路上嚼着他采集的棕榈果，嘴巴吐着壳。第二天早晨，万物开始可见，"讨厌被反驳"便出发去安耐西的村子。要知道安耐西前一天回家时，对他的孩子们说："那个'讨厌被反驳'会来这里，他来时如果问起我，你们一定告诉他我昨天说了要去某地，我的隐私部分碎在七个地方，我得带着它去找铁匠修补，由于铁匠不能一下子修完，我得去照管照管。"

过了不久，"讨厌被反驳"来了，问道："你们的父亲去哪了？"

他们回答："哎呀，父亲昨天去某个地方了，他的隐私部分碎在了七个地方，他得带着它去找铁匠修补，由于铁匠不能一下子修完，他得去照管照管。你，酋长，你没看见路上的血迹吗？"

"讨厌被反驳"回答："是的，我看见了。那你们的母亲去哪了？"

安耐西的孩子说："母亲也不在家，她昨天去了河边，她没及时抓住她的水桶，就把水桶掉进河里了。于是今天又回到了河边。""讨厌被反驳"什么话也没说。

安耐西回来了，说："做点食物给'讨厌被反驳'吃。"孩子们去烹煮食物，他们只用了一点河鲈鱼，却放了大量的辣椒，把汤做得非常辣。做好后，他们把食物摆在"讨厌被反驳"面前。"讨厌被反驳"吃了起来，辣椒使他很痛苦：他想死。他问安耐西的一个儿子："蜘蛛，哪儿有水？"

安耐西的儿子说："啊，我们桶里的水有三种不同的类型。最上面的属于这里的酋长，我父亲的另一个妻子的在中间，我母亲的在桶底。我只能舀我母亲的水给你，如果我舀的时候不格外小心，就会引起部落纠纷。"

"讨厌被反驳"说："你这个淘气的小孩，你说谎。"

安耐西立马说道："打死他吧。"

"讨厌被反驳"说："他们为什么要把我打死？"

安耐西回答："你说你讨厌被反驳，但你自己又反驳别人。这就是他们非得把你打死的原因。"

于是，他们把"讨厌被反驳"打死了。

这就是在今天的部落里，很多讨厌被反驳的人终会被发现的由来。

55 为什么一个人不要揭露另一个人的来源？

从前有一个猎人，他常常在早上起床后去丛林狩猎，以便获取一点食物来享用和做买卖。

一天，他在丛林里听到灌木猪科科特正在呼唤他的亲戚："阿萨莫阿！"

阿萨莫阿回答："我在这儿，兄弟，我在这儿。"科科特又喊道："去农场干活的时候到了。我们去铁匠那里找他铸点铁，给我们切割的工具加个刃。这样一来，如果我们要砍树，就能如愿了。"

科科特呼唤着他的兄弟。猎人俯身蹲下，躲藏起来，他听见了所有的对话。科科特的兄弟问："我们去哪个村打铁呢？"

科科特回答："我们去一个叫'蹚过河流'的村子。"

他的兄弟说："哪天去？"

他回答："星期一。"

猎人听见了这所有的安排，离开丛林回家了。他到家后告诉"蹚过河流"村的首领这个消息。猎人对村子的首领说："让孩子们去砍柴，把灌木猪捉来。到了星期一，灌木猪会幻化成人去丛林，我们捉住他们后把他们绑在木头上。"

孩子们果真去丛林砍柴并捉住了灌木猪。村子的首领让铁匠为他打出铁钩环。铁匠问首领："你要的全部铁钩环我必定打出来，你要拿它们做什么？"

首领告诉了他那件事——一个猎人从丛林回来之后报告说，星期一某些野兽会幻化成人，去铁匠的铸铁屋铸造工具。铁匠赶紧迅速打好了铁钩环。首领收集好木头和钩环，便让村里的传讯者敲铁锣，喊道："星期一，无论男女，任何人哪里都别去。"

到了星期一早上，一个老妇人对猎人说："去野兽们会被剥皮和放置的地方，磨些辣椒、盐和葱。你带着辣椒去并用它擦抹。等野兽们到了那里，我们捉住他们，到时总有一些逃脱的野兽会拿起它们的兽皮套在身上，那么辣椒就会辣痛他们，他们便会扔掉兽皮，再次变成人。"

猎人来到丛林并躲藏起来。他听见灌木猪在喊："科科特阿萨莫阿，星期一到了，我们走吧。"这时，所有人都来了。他们剥了灌木猪的皮，把它们放在地上。其中一只猪是精通药草的巫医，他拿起自己的兽皮，把它放在了别处。猎人看着他们，让他们走开。他拿走所有的兽皮，并在上面涂上他们捣碎的辣椒，然后把兽皮放进河里，让河流把它们带走。可是，巫医的兽皮没跟其他的兽皮放在一起，猎人并没有看见。

猎人回了家，首领把铁匠的铸铁屋附近的人都召集到他家。这些人到达首领家后问："你为什么召集我们？"

首领说："你们曾经是我的族人，现在你们去了别的地方定居。今天你们回来了，这就是我说你们必须回来的原因，因为我不会允许你们再离开。"

这些人对首领说："你所说的话我们听见了。但我们知道猎人告诉了你这一切关于我们的事情。这没有关系。我们会和你一起生活的，尽管我们知道你说的是假话。无论如何，那都没有关系；我们谢谢那个猎人。我们会和你一起生活的。但是我们禁忌一件事，即你泄露我们的来源，或者你的任何一个族人泄露我们的来源。如果发生了那样的事，我们会背弃承诺，在破坏你的部落后离开。"

到了首领召集他们的时候，巫医和其他的几个人逃跑了。巫医拿着他的兽皮逃跑了；但是其他人回来了。这是因为他们找不到他们的兽皮。首领同意了野兽们提出的条件，于是人类和野兽和谐地生活在了一起。

不久，村里的男人娶了野兽们的女人，并生下孩子。一天，一只野兽和一个村民打了起来。村民对野兽说："离开这里，像你这样的动物属于灌木猪部落！"他的话音刚落，所有野兽的眼睛都红了，他们去首领家问他："我们曾跟你说过的可能现在变成了现实，你要怎么办？"

首领先让他们离开，叫来引起争端的那些人。首领仔细调查了事情，裁决野兽应放弃控诉，他说他们来了这么长时间，这还是第一次有人提到他们的来源。

但是野兽们说："我们不同意。"

首领说："你们不听，你们以为这个人说的是谎话。你们难道不是灌木猪吗？"

野兽们说："啊！我们听见了。"

于是，野兽们和"蹚过河流"村的人打了起来。野兽们毁坏了村子，只剩下十个村民。这些人请求原谅，并承认野兽们是有道理的。野兽们听见后告诉这些人："一件已经约定过的事是不难理解的。现在如果你们要和我们一起生活，我们禁忌我们的来源被提起。如果你们再想到或提起它，我们会要你们指出我们来的那个丛林，我们会回到那里。"

人们说道："我们永不再做那样的事。我们做过的事已经导致部落被毁；我们永不再做那样的事。"

于是，他们敲响奥达乌若锣❶并公开盟约，此后，每个人都不该揭露另一个人的来源，以免导致部落被毁灭。

❶ 非洲的一种锣，部落的传讯者敲响此锣传达首领的命令和通知人们重要的消息，此锣也被用于部落的一些重要仪式。

56 为什么一个女孩应该嫁给她被许配的人?

从前,有一个名叫克瓦博阿索的未婚女子。无论他们要把她婚配给谁,她都说:"我不想要他。"他们将她许配给一个猎人,她说:"啊!这个男人身上有虱子,我不想要他。"

一天,她去农场,说是要去砍大蕉。她拿起一把刀砍在大蕉上,忽然看见小精灵们正坐在大蕉上。他们爬下来,要抓克瓦博阿索。他们说:"你就是那个要被许配给别人时,摇头,摇头,再摇头的人。"小精灵们抓住她,说道:

> 来,让我们捏她。
>
> 我们捏她,啊!
>
> 我们捏克瓦博阿索。
>
> 来,让我们捏她。
>
> 我们捏她,啊!

这时,他们原本为克瓦博阿索婚配的那个猎人听见了克瓦博阿索的声音,他说:"我去看看是什么事,我不曾做过什么坏事,自然也不会遭遇坏事。"他到那儿后看见了克瓦博阿索,小精灵们正在捏她。于是猎人朝着小精灵们开了一枪,其中一个倒在了地上。

小精灵中最年长的一个对其他小精灵说:"他喝了棕榈酒,喝醉了;就让他在那边待着,我们接着捏她。"猎人又开了一枪,另一个小精灵倒在了地上。最年长的那个又说:"这个胆大的家伙喝了棕榈酒,喝晕了；别管他，让他待在一旁。"猎人射死了其他所有的小精灵，除了那个最年长的。最年长的那个对猎人喊道："过来吧，来啊！我不会对你做什么的。"

猎人来到克瓦博阿索身边。最年长的精灵说："看看那边我的屋子里，你会看见治疗枪伤的药，还有你射出的所有子弹。带走属于你的东西，还有克瓦博阿索。但在你走之前，去砍点香蕉。你一边走，一边扔掉它们，这样的话其他的精灵醒来抓你时，便会停下来捡香蕉，一根接一根地捡，可那时你已经跑得远远的了。"

于是，猎人去砍了香蕉，带着克瓦博阿索一起逃跑。他到达路口时扔了一根香蕉。回家的一路上，他都是这么做的。当他们就要到家时，看呐！精灵们正在后面追他们。他扔了仅存的那根香蕉，精灵们捡完香蕉后又追过来了。猎人把克瓦博阿索还给她的亲人后，便回到了自己的家。

传讯者说："克瓦博阿索说她请村子的首领说情，现在她愿意嫁给你。"

猎人说："我谢谢你把首领的话传给我，但我不能娶那个女孩，因为我的身上还是有虱子。"

这就是为什么长者们说"当他们将你许配给一个人时，就嫁给他，因为你不知道也许哪一天，当你需要人帮助时他会来救你"。

57 为什么孩子先被鞭答？

他们说从前发生过一场大饥荒，蜘蛛安耐西❶、他的妻子阿索和他的孩子们恩提库玛、恩伊万孔弗维（细腿）、阿弗多特维多特维（肚子快要爆了）和提孔奥科诺（大头）建了一座小屋并生活在那里。每天，蜘蛛都要去取食物——野番薯。他们把番薯煮来吃。

一天，蜘蛛安耐西来到丛林，看见那里有一个美丽的盘子。他说："这个盘子真美丽。"

盘子说："我的名字不是'美丽'。"

于是蜘蛛问道："那你叫什么？"

盘子回答："我叫'装点东西吃'。"

安耐西说："装点什么让我瞧瞧。"于是盘子装满了棕榈油汤，安耐西全喝光了。

他问盘子："你的禁忌是什么？"

盘子回答："我讨厌弹塞和小葫芦瓢。"

安耐西把盘子带回家，把它放在天花板上，然后便去丛林觅食了。阿索煮好食物后叫来安耐西。他说："啊，你们才是真正需要食物的人。至于我，我是一个老人。我拿食物有什么用呢？你和这些孩子才是真正需要食物的人。如果你们吃饱了，我的耳根也就清静了，听不到你们的哀叹了。"

---

❶ 本故事中的蜘蛛安耐西是一位家长，借用魔法之物惩罚他顽皮的、爱搞破坏的孩子。

他们吃完了食物，安耐西走到棚屋后面，坐在放着盘子的天花板上。他说："这个盘子真美丽。"

盘子说："我的名字不是'美丽'。"

于是安耐西问道："那你叫什么？"

盘子回答："我叫'装点东西吃'。"

安耐西说："装点什么让我看看。"于是盘子装满了花生汤，安耐西全喝光了。每日，他一起床便这样做。

恩提库玛发觉他的父亲虽然不跟他们一块儿用餐，却并没有变瘦。于是他观察他的父亲，想看看后者究竟有什么法宝。他的父亲去丛林后，恩提库玛便爬上天花板，他看见了那个盘子。他把母亲和兄弟们也叫上来。恩提库玛说："这个盘子真美丽。"

盘子说："我的名字不是'美丽'。"

恩提库玛问道："那你叫什么？"

盘子回答："我叫'装点东西吃'。"

恩提库玛说："装点什么让我瞧瞧。"于是盘子装满了棕榈油汤。

这时，恩提库玛问盘子："你的禁忌是什么？"

盘子回答："我讨厌弹塞和小葫芦瓢。"

恩提库玛对阿弗多特维多特维说："去把这些东西给我拿来。"

阿弗多特维多特维把那些东西拿来了，恩提库玛拿着弹塞和小葫芦瓢分别碰了碰盘子，这两样东西全都掉到地上了。

安耐西带着野番薯从丛林回来了。阿索煮好了番薯，叫安耐西来吃。

他说道："也许你们没听见我说的话——我说：每当我带食物回家时，你们可以分享，因为你们需要食物。"阿索和她的孩子们去用餐了。

安耐西洗完澡后爬上天花板。他说："这个盘子真美丽。"寂静无声！他又说："这个盘子真美丽。"寂静无声！安耐西说："啊！一定是因为盖着它的这块布不漂亮，我要去拿那块图案是奥约科❶的布给它盖上。"他下去拿奥约科图案的布，穿上他的拖鞋，然后又爬到天花板上。他说："这个盘子真美丽。"寂静无声！"这个盘子真美丽。"仍然寂静无声！他环视了一下房间，看见了弹塞和小葫芦瓢。

安耐西说："这不是一样东西，也不是两样东西的问题——是恩提库玛。"安耐西打碎了盘子，从天花板上下来。他把奥约科图案的布放起来后便去了丛林。路上，他看见一样名叫姆佩瑞的美丽东西，是一条鞭子挂在那里。他说："啊，好极了！这样东西比上一样东西更美丽。这条鞭子真美丽。"

鞭子说："我不叫'美丽'。"

他问道："那你叫什么？"

鞭子回答："我叫'阿比瑞迪亚布拉达'或者'甩扬鞭'。"

安耐西说："甩几下让我瞧瞧。"于是鞭子"嗖嗖嗖"地打在他身上。安耐西哀嚎道："哎呀，哎呀！"

一只鸟停在附近，它对安耐西说："说'要冷静温柔，现在要冷静温柔'。"

于是安耐西跟着说："要冷静温柔，现在要冷静温柔。"

鞭子便不再鞭打他。安耐西把鞭子带回家，把它放在天花板上。

阿索做好了食物，喊道："安耐西，来吃吧。"

他回答："因为你还在地上，或许你的耳朵没有洞，听不见我说过的话——我不吃。"安耐西爬上天花板，静静地坐着。不久后，他又爬

---

❶ 今加纳的一个地名，也指阿散蒂人。

下来，躲藏在某处。

这时，恩提库玛爬上高处。他说："啊，我的父亲又带东西回家了！"恩提库玛喊道："母亲、恩伊万孔弗维、阿弗多特维多特维快来，父亲这次带回来的东西远胜过上一件！"他们于是都爬上了天花板。恩提库玛说："这样东西真美丽。"

鞭子回应："我不叫'美丽'。"

他问道："你叫什么名字？"

鞭子回答："我叫'甩扬鞭'。"

他说："甩几下让我瞧瞧。"于是鞭子打在他们所有人的身上，狠狠地鞭打他们。

安耐西站到边上喊道："要冷静温柔，现在要冷静温柔。"安耐西拿起鞭子，把它割成几小段，撒落在四处。

这就是鞭子进入部落的由来。这就是为什么当你告诉你的孩子一些事情但他不听从时，你便鞭打他。

58 为什么长者说不应重提睡毯秘密？

他们说从前天神恩因孔朋·克瓦米开垦了一大片农场，种植秋葵、葱、豆子、茄子、辣椒和南瓜。菜园里的野草越长越茂密，荨麻也长了起来。天神敲锣宣告他的农场里野草生长过度，谁可以在不挠痒的情况下除草，便可以前来迎娶他的女儿阿本娜·恩克罗玛。去的第一个人被荨麻刺痒时试图挠痒，他们赶走了他，去的第二个人也试图挠痒，同样也被赶走了。去的所有人都试图挠痒，全都失败了。

蜘蛛夸库–安耐西❶说："我来吧，我能做到。"天神的农场位于路边，那条路是人们每周五去集市时常走的路。蜘蛛知道这一点，所以常在周五去清除杂草。他锄草时，路过的人们都跟他打招呼，说："你加油啊，酋长蜘蛛！"

他会回应："谢谢，朋友。"

他们会接着说："一片过去无人能清理的农场——你是说你在那儿锄草？"

蜘蛛会回答："啊，我是为了一个女孩才让自己如此精疲力竭的。她的一只手臂就像这样。"当野草刺痒他时，他会揉搓他的手臂，这么做能让他摆脱焦躁。另一个人经过那里，为他加油鼓劲，他又会拍拍被刺痒的位置。比如他的大腿痒，他会说："那个单身的女孩！他们说她的大腿像这个样子。"他会揉搓他自己的大腿。

---

❶ 本故事讲述了蜘蛛安耐西是如何说服他的妻子不要揭穿他的秘密的，说明了人与人之间应互相尊重，不应借对方以往的秘密或丑事来嘲弄彼此。

228

就这样，他清除了农场里所有的野草。他去告诉天神他是如何做到的。天神问传讯者："他真的完成了？"

传讯者回答："是的。"

天神又问他："他挠痒了吗？"

他回答："没有，他没有挠痒。"

于是天神把阿本娜·恩克罗玛许配给了安耐西。

一天夜里，安耐西和他的新娘正要休息，新娘问他："所有人当中怎么就你能够清除父亲农场里的野草？一个那样的农场——每个去尝试的人都折回了！为什么你能清除？"

安耐西说："你当我是傻瓜吗？我经常锄地，每个路过的人都对我说：'安耐西，你是在清理其他人都不能清理的这片农场吗？'我会用手拍拍我身上发痒的地方，向那个人宣称你的大腿就像一头水牛的大腿，美丽有光泽。这就是我能够完成的原因。"

这时，天神的第九个孩子阿本娜·恩克罗玛说："我要去告诉我的父亲。"阿本娜·恩克罗玛从安耐西身边拿走了她的睡毯，在房间的另一头躺下了。

安耐西的眼睛红了，他很伤心，他拿起他的琴，一边拨弄着琴弦，一边唱着：

> 阿本娜，天神的第九个孩子，
>
> 这不是一件值得争吵的事情。
>
> 让我们把它当作睡毯秘密。
>
> 她说："不！"她与我起了争执，
>
> 可是还有人会与我起争执。

安耐西躺下了。但他躺了一会儿便又起身。他喊道："阿本娜·恩克罗玛。"除了蝉鸣声，四周寂静无声！安耐西说："我找到你了！"

他拿了一个小葫芦瓢盛满水，把水倒在阿本娜·恩克罗玛的睡毯上。之后，安耐西便躺回去了。他躺了一会儿后说道："好啊！阿本娜·恩克罗玛，这是什么！你把睡毯弄湿了，你这不知羞耻的家伙！你一点儿也不美。等天一亮，我就去告诉大家。千真万确——他们都说——不论谁去你父亲的农场，他都会说：'一个弄湿……的女孩！我竟要去为那么一个人清理一个长满荨麻的农场。'"

阿本娜·恩克罗玛对他说："我恳求你，别那么做，让这事就这么过去吧。"

可是，安耐西却说："我不会就这么算了，因为是你先不放过我的事情的。你说你会告诉你的父亲。我说'别那么做'；可你却说'不'。正因为如此，我不会让这事就这么过去。"

阿本娜·恩克罗玛说道："忘记我的事情吧，也忘记我提起的你的事情。我会让它就这么过去，因为如果你不放过我的事情，我的双眼会因羞愧而失明。"

于是安耐西说："我听见了。因为你是如此希望的，那么就让它成为睡毯秘密吧。事情到此结束。"

这就是长者们总说"不要重提睡毯秘密"的由来。

59 为什么你的亲属请求与你同行时，你应当让他陪伴你？

　　从前，有一个女人，她生了三个儿子。其中最小的一个患了雅司病❶。

　　兄弟中最年长的一个请求他们的妈妈给他们沙金，他们好拿去做买卖。他们中年龄最小的一个说他也想去，但他们表示他不该跟着一起去。但是，母亲却说他必须和他们一块儿去。她给年龄较大的两个儿子价值五英镑的沙金，给最小的儿子的沙金价值两英镑。天一破晓，他们便出发了。

　　两个哥哥走在前面，让那个孩子跟在后面，那个孩子走得很慢。两个哥哥遇见了一个手里拿着鱼的人。拿着鱼的人对他们说："买下吧！"

　　他们回答："继续往前走，你会遇到一个孩子，让他买下。如果他拒绝买下，就把他带回他的母亲身边。"

　　那个拿着鱼的人往前走了走，果然遇到了那个孩子。他说："我遇到的两个比你年长的人说你将买下这条鱼。"

　　孩子说："我的那些哥哥们都不买，我非得买下？"

　　那个人说："他们说如果你不买，我就得打你并把你送回你母亲身边。"

　　孩子问："多少钱？"

---

❶ 一种热带皮肤病，属于接触性传染病，可导致皮肤严重肿胀，常有痛感和痒感。

那个人说："价值两英镑的沙金"。孩子付过钱后收下了鱼。

他继续走着，在一个村口赶上了他的哥哥们。他们煮了蔬菜，却一点肉也没有。孩子说："我买了一条鱼。"他们把鱼放进了汤里。他们做好食物后，两个哥哥给了他鱼头。孩子正要夹开它，却看见里面有纯金。于是他把它系在他的衣服上。

次日，万物刚可见，两个哥哥又出发了，他们在路上遇见一个人，他携带的东西的最上面蹲着一只公鸡。他一见这两个较年长的兄弟便说："买了这只公鸡吧。"

他们回答："继续往前走，你会遇到一个孩子。让他买下它，如果他不买就打他并把他送回他母亲身边。"

那个人果真遇到了那个孩子。他说："你的哥哥们说你要买下这只公鸡。如果你不买下它，我就要打你并把你送回你母亲身边。"

孩子回答："过来吧，拿走我所拥有的。"那个人把公鸡交给了他。

不久，他们来到一个村子。整个村子找不到一只公鸡来打鸣。次日，天刚蒙蒙亮，属于那个孩子的公鸡打鸣了。村子的首领说："孩子，给我这只公鸡吧，我买下它。"

孩子说："价格是价值五英镑的沙金。"首领付了钱。

次日，万物刚可见，他们又出发了。

路上，两个哥哥碰见一个抱着猫的人。他说："买下这只猫吧。"

两个哥哥说："拿着它往前走，你会遇到一个孩子，让他买了它。假使他说他不买，你就打他并把他送回他母亲身边。"

那个人往前走了一会儿，遇到了那个孩子。他说："你的哥哥们说你会买下这只猫。如果你不买它，我就得打你并把你送回你母亲身边。"

孩子问："多少钱？"

那个人说："价值五英镑的沙金。"

孩子付了钱。他继续赶路，在另一个村子那里赶上了他的哥哥们。

在这个村子里，每当村子的首领设法睡觉时，老鼠就咬他的脚。带着猫的孩子来到这个村子后去了首领家，猫捉住了那里的老鼠。首领说："我将从这只猫的所有者那里买下它。"

孩子说："它是我的。"

首领问："多少钱？"

孩子说："价值五英镑的沙金"。首领把沙金放入孩子的手中。

第二天，万物刚可见，他们再一次出发了。两个哥哥走在前面，他们在路上遇到了窃贼，这些窃贼偷了某个首领的遗体。窃贼们说："你们必须买下这具遗体。"

他们说："搬着它往前走，你会遇到一个孩子。把遗体给他，让他买下。如果他说他不买，你们就打他并把他送回他母亲身边。"

窃贼们往前走了走，果真遇到了孩子。他们说："你的哥哥们说你要买下这具遗体。"

孩子说："啊！我买一具遗体做什么？我搬不动它。不管我怎么处理它，它都对我毫无用处。"

窃贼们说："你的哥哥们说如果你不买它，我们就得打你并把你送回你母亲身边。"

孩子问："多少钱？"

他们说："价值五英镑的沙金。"

孩子付过钱后接管了那具遗体，并把它放在丛林里。

他继续赶路，来到一个村子。他走进一户人家乞求食物。屋子的主人说："没有。"

孩子说："祖父，我恳求你！"

房子的主人说："这个孩子为什么这样烦扰我？我们的首领死了。

我们正在禁食。已经第八天了，我们尽力寻找，还是找不到他的遗体。"

这时，坐在附近的一个老妇人说："给他一点食物吧。"

这时，一个女人递给孩子食物。孩子吃完后说："这个屋子的主人，我看见过首领的遗体。昨天在我赶路的途中，一些窃贼让我花价值五英镑的沙金买下了它。"

那个女人跑了出去。快啊！快啊！快啊！她跑得急急忙忙。她告诉村里的长辈们这一消息。他们带着那个孩子出发，孩子向他们指示遗体的所在之处。他们妥善地埋葬了遗体，并说："现在你将继任首领。"于是，孩子成了那里的首领。

他的两个哥哥听说了他的事情，赶来与他认亲。然而，那个孩子却说："走吧！我不认识你们！走吧！"他让他的仆人们赶走他们。

这就是为什么我们说"如果你要去哪里，如果比你年纪小的弟弟说他要跟你去，就带上他一起吧"。

60 高大的少女乌恩图姆宾德

乌西库鲁米国王的女儿乌恩图姆宾德说："父亲，我明年要去伊鲁兰格。"她的父亲说："任何东西去了那里都没有再回来：它永远地去了那里。"她第二年又来了，说："父亲，我要去伊鲁兰格。母亲，我要去伊鲁兰格。"她的父亲说："任何东西去了那里都没有再回来：它永远地去了那里。"又过了一年，她说："父亲，我要去伊鲁兰格。"她说："母亲，我要去伊鲁兰格。"他们说："去了那里的东西没有再回来的：它们永远地去了那里。"但是，父亲和母亲最终还是同意了乌恩图姆宾德的请求。

乌恩图姆宾德召集了一百个少女站在路的这边，一百个少女站在路的那边。她们启程了。路上，她们遇到了几个商人。女孩们站在道路两侧，说："商人们，告诉我们这里最漂亮的女孩是谁，因为我们是两个婚礼队伍。"商人们回答："乌廷卡巴扎娜，你很美；但你不能与国王的孩子乌恩图姆宾德媲美，她像是一片茵茵绿草，像可以烹调的肥肉，又像山羊的苦胆。"乌廷卡巴扎娜的婚礼队伍杀死了这些商人。

她们来到伊鲁兰格河。她们原本戴着手镯和胸前饰品、项圈，还穿着镶有铜珠的裙子。她们现在全都摘下了这些饰品，还脱下了裙子并把它们放在伊鲁兰格河的岸上。她们走入河流，两支婚礼队伍都在河里嬉戏。过了一会儿，一个小女孩先出来，发现岸上的东西都不见了，没有项圈也没有胸前饰品，没有手镯也没有镶有铜珠的裙子。她说："快出来，这里的东西不见了。"所有人都出来了。乌恩图姆宾德问："我们怎么办？"其中一个女孩说："我们祈求吧。东西是被伊斯库库玛得乌拿走了。"另一个女孩说："你，伊斯库库玛得乌，给我我的东西，我便离开。是国王的孩子乌恩图姆宾德害我招致的麻烦。她说'男人在大河里沐浴；我们的第一辈父亲就是在那里沐浴的'。是我带来了祖鲁国王的这群人马吗？"伊斯库库玛得乌给了她裙子。另一个女孩接着恳求伊斯库库玛得乌说："你，伊斯库库玛得乌，还我我的东西，我便离开。是国王的孩子乌恩图姆宾德给我招致的麻烦，她说'男人在大河里沐浴；我们的第一辈父亲就是在那里沐浴的'。是我带来了祖鲁国王的这群人马吗？"整个婚礼队伍一个接一个地做了同样的事，只剩下国王的孩子乌恩图姆宾德。

婚礼队伍里的人说："乌恩图姆宾德，恳求伊斯库库玛得乌吧。"她拒绝了，说："我永远不会恳求伊斯库库玛得乌，我是国王的孩子。"伊斯库库玛得乌抓住她，把她扔进了河里。

其他的女孩哭了很久之后，回家了。她们到家时说："乌恩图姆宾德被伊斯库库玛得乌掠走了。"她的父亲说："很早以前，我就告诉过乌恩图姆宾德；我不让她去，说：'去了那里的东西没有再回来的：它们永远地去了那里。'看吧，她果真永远地去了那里。"

国王集结由青年男人组成的军队，说："去把伊斯库库玛得乌抓来，他杀了乌恩图姆宾德。"军队来到河边，在水里碰见了伊斯库库玛得乌。他已经站在了岸上。他大如巨山，吞下了整支军队，然后去往国王的部落；他来了，吞下了所有的男人和狗；他吞下了他们，整个部落，连同家畜。他吞下了部落里的两个孩子：他们是双胞胎，两个漂亮且受宠的孩子。

但是这两个孩子的父亲从屋子里逃了出来；他拿起两根棍棒，说："我将是杀死伊斯库库玛得乌的那个人。"他拿着他那巨大的长矛前行。

路上，他遇到一头水牛，说："伊斯库库玛得乌去哪里了？他带走了我的孩子们。"水牛回答："你在找乌诺玛邦格，奥-戈尔-伊明加。往前！往前！我的话千真万确！"他又遇见了一头大象，说道："我找伊斯库库玛得乌，他带走了我的孩子。"他说："你是在找乌诺玛邦格，奥-戈尔-伊明加，奥-恩斯巴-齐马肯贝。往前！往前！我的话千真万确！"他后来遇见了伊斯库库玛得乌本人：这个男人看见他蹲在地上，大如巨山。他说："我在找伊斯库库玛得乌，他带走了我的孩子们。"蹲在地上的伊斯库库玛得乌说："你是在找乌诺玛邦格；你是在找奥-戈尔-伊明加；你是在找奥-恩斯巴-齐马肯贝。往前！往前！我的话千真万确！"男人将长矛刺进山土，伊斯库库玛得乌死了。

于是，所有家畜、狗和所有的男人，还有乌恩图姆宾德，都出来了。她一出来便回到她的父亲乌西库鲁米国王——乌斯洛科洛科的身边。乌斯比灵瓦纳国王的儿子乌恩斯拉图要娶她为妻。

乌恩图姆宾德去她新郎的部落捍卫自己的位置。她站在部落的上部。他们问她："你来嫁给谁？"她回答："乌恩斯拉图。"他们又问："他在哪儿？"她说："我听说乌斯比灵瓦纳国王生了一个王子。"他们说："不是这样的；他不在这里。他确实生了一个儿子；但他长成男孩时，走丢了。"王子的母亲哭诉道："这个年轻女子听说了什么？我生了一个孩子，但他走丢了，再无其他！"女孩留了下来。那个国王问："她为什么留下来？"人们说："让她走吧。"国王又说："让她留下吧，我还有儿子在这里，她会成为他们的妻子。"人们说："让她跟王子的母亲住在一起吧。"王子的母亲拒绝了，说："为她单独建一个屋子吧。"于是乌恩图姆宾德让人给她建了个屋子。

屋子一建好，王子的母亲便带来了酸牛奶、肉和麦酒。女孩说："你为什么放这些东西在这里？"她回答："在你来之前，我便常常放置这些东西了。"女孩沉默了，她躺了下来。夜晚，乌恩斯拉图来了；他拿出酸牛奶，吃了肉，喝了麦酒。他待了很长时间后出去了。

早晨，乌恩图姆宾德打开酸牛奶：她发现有一部分已被取出；她打开肉，发现它被吃过了；她打开麦酒，发现它被喝过了。她说："啊，王子的母亲曾把这些食物放在这里。会有人说我偷吃的。"这时，王子的母亲进来了。她打开食物，问："是谁吃了它们？"她回答："我不知道。我也是刚刚才看到它们被吃过了。"她说："你听见那个男人的声音了吗？"她说："没有。"

太阳落山。她们吃了那三种食物。一只羊被宰了。屋子里又放上了肉、酸牛奶和麦酒。天黑了，乌恩图姆宾德躺下休息。乌恩斯拉图进来了，他摸了摸那个年轻女子的脸，她醒来了。他问："你在这里做什么？"她回答："我是来成婚的。"他问："嫁给谁？"她回答："嫁给乌恩斯拉图。"他又问："他在哪儿？"她回答："他走失了。"他说："既然他走失了，那你嫁给谁？"她说："只嫁给他。"他问："你难道知道他会回来？国王还有其他的儿子，你为什么不嫁给他们，却在此等待一个走失的男人？"他接着说："吃吧，我们吃肉。"女孩说："我还不想吃肉。"乌恩斯拉图说："不要这样，你的新郎在我的族人吃肉之前，就把肉给了他们，他们也吃了。"他说："喝吧，有麦酒。"她说："我还不想喝麦酒，因为我尚未让人为我宰山羊。"他说："不要这样。你的新郎在我的族人为他宰杀任何东西之前，就把麦酒给了他们。"早晨，他又走了；他一直在说话，女孩却看不见他。一直以来，他都不让女孩点灯。他出去了。女孩起身去摸索柳条门，说："让我摸摸，我都关上了门，他是怎么出去的？"她发现门仍然是关着的，她自言自语："那个男人要去哪儿？"

王子的母亲早上进来了，问："我的朋友，你在跟谁说话？"她说："没有，我没跟人说话。"她们吃了食物。新的食物被第三次放入屋子。他们准备了麦酒、肉和酸牛奶。晚上，乌恩斯拉图来了，他摸了摸那个年轻女子的脸说："醒来。"乌恩图姆宾德醒了。乌恩斯拉图说："从脚到头地摸一下我，你就会知道我长什么样。"女孩摸了摸他，发现他的身体是光滑的，她抓不住他的手。他说："你是否想让我叫你去点灯？"她回答："是。"他说："那给我一点烛花吧。"她递给他一点烛花。他说："让我从你手中抓一撮。"他抓了一撮，闻了闻，吐了口唾沫。唾液说："你好，王子！你这个黑色的人！你大如巨山！"他又抓了一撮烛花，吐了口唾沫。唾液说："你好，首领！你大如巨山！"他说："点灯吧。"乌恩图姆宾德点了灯，看见一具闪闪发光的身体。她又害怕又好奇，说："我从未见过这样的身体。"他问："到了早上，你会告诉谁你看见的东西？"她回答："我会说我什么也没看见。"他又问："你的婆婆，她生了乌恩斯拉图，她一直因为他的消失感到忧伤，你又会对她说什么？她会说什么？"她回答："她哭泣着说'我想知道是谁吃了那些食物，我会看到那个吃了那些食物的男人吗'。"他说："我要走了。"女孩问："你在孩童时期走失之后，一直住在哪里？"他说："我住在地下。"她问："你为什么离开了？"他回答："我离开是因为我的兄弟们，他们说他们会往我的气管里放一撮土；人们传说我是将来的国王，他们嫉妒了。他们说：'为什么他这么年轻就能当国王，我们这么老了都还只是臣民？'"

他对女孩说："去叫你那饱受折磨的婆婆来。"王子的母亲和女孩一起进了屋。王子的母亲哭了。她说："我能说什么？我只能说'确实是我那走失的孩子，他有一副光滑的身体'。"于是他问："你会对我的父亲说什么？"她说："我会说'让整个部落酿麦酒吧'。"

王子的父亲问："酿麦酒做什么？"王子的母亲回答："我要去看

看族人；因为我曾是王后，由于我没有孩子，才被废黜的。"于是，麦酒酿好了。人们笑着说："她派人给我们送麦酒。她要做什么，她可是已被抛弃和废黜了？"麦酒准备好了，人们汇集一堂，士兵们进入部落；他们拿着盾，全都在那里。王子的父亲看了看说："我现在要看看这个女人要做什么。"

乌恩斯拉图出来了。人们都被他身体的光辉弄得头昏眼花。他们惊叹："我们从未见过这样一个男人，他的身体并不像寻常人的身体。"他坐了下来。他的父亲惊叹不已。人们开始欢庆。乌恩斯拉图的盾声声回响，他跟所有的国王一样伟大。乌恩图姆宾德获赠一条豹尾；她的婆婆则获赠一条山猫尾。欢庆一直持续着，乌恩斯拉图重回他的国王宝座。故事结束了。

人及其命运

FEIZHOU
MINJIAN GUSHI

61 草原上的奇迹创造者

　　从前，有一对男女先后生下一个男孩和一个女孩。有人支付了迎娶这个女孩的聘金，她便嫁人了。父母对儿子说："我们有一个牛群要交给你。你是时候娶妻了，我们会为你挑选一位漂亮的妻子，她的父母将是诚实之人。"

　　然而，儿子坚定地拒绝了。他说："不，别麻烦了。我不喜欢这里的任何一个女孩。如果我非得娶妻，我要亲自选择我想要的。"

　　父母说："随你吧，不过如果你今后不快乐，那可不是我们的错啊。"

　　男孩离开了故乡，走得很远很远，去了一个无人知晓的地方。最后，他来到一个村子，在那里看见了一些年轻女孩，有的在碾玉米，有的在做食物。他悄悄地做了选择，并自言自语："那边的那一个是我喜欢的。"他去跟村里的男人们打招呼："长辈们，你们好啊！"

　　他们回应："你好，年轻人！你想要什么？"

　　他说："我想看看你们的女儿，因为我想娶妻。"

　　他们说："好啊，好啊，我们会指给你看的，好让你选择。"

　　于是他们让他们的女儿都从她身边走过，他向他们表明他想要哪个女孩。那个女孩马上就同意嫁给他了。

　　那个女孩的父母问："我们希望你的父母来拜访我们，把聘礼带给我们。"

　　年轻人说："不，根本不用。我随身带着我的聘礼。收下吧，这些就是聘礼！"

他们接着说："那么我们相信，他们会亲自来把你的妻子带到你身边。"

女孩的父母同意了年轻人的提亲，但他们又把女孩带回屋子，教导她要举止文雅，说："善待你的公婆，勤劳地照顾好你的丈夫！"他们把他们一个年龄小些的女儿给了这对年轻夫妻，让她帮助他们料理家务。但是，女孩拒绝了。于是，两个、十个、二十个女孩都被送到她面前，让她挑选。所有被赠予她的女孩都先被检视了一番。

她坚持说："不，我不想要她们。不如给我部落的水牛，我们的水牛是草原上的奇迹创造者。让他侍奉我吧。"

他们问："你怎么能要他？你知道的，我们的生计依靠他。他在这里得到悉心照顾，在一个陌生的部落你要拿他做什么呢？他会饥饿，会死，到那时我们所有人都将跟他一起死去。"

在离开父母之前，女孩带了一个罐子，里面装着一包药草根、一个用来放血的牛角、一把用来切割的刀和一葫芦肥肉。

她跟她的丈夫出发了。水牛跟着他们，但只对女孩一人可见。男人看不见水牛。他没有怀疑这位草原上的奇迹创造者竟然跟着他们。

他们一到男人的村子，便听到了欢呼声："好啊，好啊！"

长者们说："看看你。你终究找到了一个妻子！你不想要我们推荐给你的那些女孩。那好吧。你实现了你的意愿。可是，如果你今后有了敌人，你将没有权利抱怨。"

男人带着他的妻子到地里，指给她看哪些是他的田地，哪些是他母亲的田地。女孩仔细地观察着一切，跟着他回到了村子。路上，她说："我把我的珍珠落在了地里，我得马上回去找。"她实际上是想去看看水牛。她对水牛说："这里是田地之间的分界线。待在这里！那边还有你可以藏身的森林。"

水牛回答："你说得对。"

每当女孩需要水时，她只是走到开垦好的田地，把水罐放到水牛面前。水牛带着它跑到湖边，装满水后带回给他的女主人。每当她想要柴火时，水牛会进入丛林，用他的牛角砍树，带给她她所需要的柴火。

村里的人对这一切感到非常惊讶。他们说："她的力气真大啊！她总是立马就从水边回来；一眨眼的功夫，她已经拾好了一大捆干柴。"没有人怀疑是一头水牛作为仆人在协助她。

女孩并不带东西给水牛吃，因为她和她丈夫也只有一盘食物。当然，在家时，她给水牛一个单独的盘子，并且认真地喂养他。但是在地里时，水牛是饿着的。她把她的水罐给他，派他去取水。他任劳任怨地做着这些事，却饿得难受。

一天，她指给水牛他需要去开垦的土地。夜晚，水牛拿着一把锄头开垦出了一大片地。每个人都赞赏："她可真聪明啊！她干活干得多么快！"

一天夜里，水牛对他的女主人说："我饿了，你却什么也不给我吃。很快我便再也干不了活了！"

她说："唉，我该怎么办呢？我们这屋里只有一个盘子。家里人说你开始偷懒了，他们说对了。你果真在偷懒！去地里吃点豆子吧。以后都这么办。不要总在同一个位置吃豆子，这样的话田地的主人们便不会察觉，也就不会出于恐惧而立马跌倒。"

那天夜里，水牛照常来到地里。他狼吞虎咽地吃着豆子，这里吃点，那里吃点，从一角跳到另一角，最后逃到他藏身的地方。第二天早上，一些女人来到地里，她们简直无法相信自己的眼睛所看到的：

"嘿，嘿，这里发生了什么？我们从未见过这样的事！一头野兽破坏了我们的庄稼！人可以跟踪到他的足迹。哎呀，可怜的田地啊！"她们跑回村里把这件事告诉了其他村民。

晚上，女孩对水牛说："他们确实受到了惊吓，但不算太严重。他们没有跌倒。所以，今天继续偷吃吧！"一切继续。田地的所有者们大声哭喊，要求男人们召集带枪的巡夜人。

女孩的丈夫是个神枪手。他潜伏在他的地里，等候着。水牛心想保准有人在他前一晚偷吃的地方等着他，于是他去吃他的女主人家的豆子，那是他第一次去。

男人喊道："想不到吧，这是头水牛！这里没人见过像他这样的水牛。这真是头奇怪的动物。"他开枪了。子弹射入水牛的太阳穴，接近耳朵，穿过头从另一边的太阳穴射出。草原上的奇迹创造者水牛倒翻在地，死了。

猎人欢呼"好枪法！"，并把这个消息通报给全村的人。

此时，女孩哭得很伤心，说道："哎哟，我的胃好痛，哎哟，哎哟！"

人们劝她冷静。她看上去仿佛病了，但她实际上只是想解释她为什么哭泣，解释她听到水牛的死时为什么那么恐惧。人们给她药，让她服下，她在没人看见时把药吐了出来。

大家都出来了，女人带着篮子，男人带着武器，要去宰杀水牛。那个女孩独自留在村里。不过，不久之后她便去跟着他们，捂着她的肚子呜咽啜泣。

她的丈夫说："你是怎么了，到这里来干什么？你如果病了，就在家待着。"

她说："不，我不想一个人待在村里。"

她的婆婆责怪她，说不能理解她在做什么，说她这样做会弄死她自己。当人们把自己的篮子装满肉后，女孩说："让我来拿牛头吧！"

别人说："不，你病了，它对你来说太重了。"

她说："不，让我来拿！"于是她把牛头背在身上。

他们回到村子，她没有进屋，而是走进棚屋，把水牛的头放入煮锅。她固执地一步也不肯离开。她的丈夫来找她，想把她带进屋子。他说她离开这儿会好很多，但她只是生硬地回应他："别打扰我！"

她的婆婆也来了，温柔地劝解她："你为什么要折磨你自己呢？"

她生气地回答："你能让我稍微睡一下吗？"

于是他们给她拿了点食物，可是被她推开了。夜幕降临，她的丈夫去休息了，但是没睡着，他静静地听着。

女孩取来火，在她的小锅里煮了点水，再把她从家里带来的那包药倒进锅里。她拿出水牛的头，用刀在牛的太阳穴的位置，即子弹打中的地方切割了一下。她摆好那只流血的牛角，开始吸血，用尽她全身的力气吸血。她顺利地吸出了几块凝固的血，然后是液体的血。她把那个位置对着火上的煮锅冒出的热气，再用她储存在葫芦里的肥肉涂抹它。这一切使周围变得很安静。她唱道：

> 啊，草原上的奇迹创造者，
> 他们告诉我：你会穿过深深的黑暗；从四面八方
> 你会跌跌撞撞地穿过黑夜，草原上的奇迹创造者；
> 你是年轻的奇迹树，生自灰烬，悄然早逝，
> 被一只咬人的蠕虫啃噬……
> 你在你的路上创造花儿与果实，草原上的奇迹创造者！

她完成了她的乞灵仪式，牛头动了，四肢重新长了出来，水牛死而复生了，摇着他的耳朵和角，站起身来，伸展他的四肢……

然而，正在此时，屋里那个没有睡着的男人走出了房门，他说："我的妻子为什么哭了这么长时间？我得瞧瞧她何以发出这样的叹息！"他走进棚屋，呼唤她，她愤怒地回应："让我单独待会儿！"这时，水牛的头又掉到了地上，他死了，耳朵仍旧是之前被枪弹打穿的模样。

　　男人回了屋，他对那一切毫不知情，什么也没看见。女孩又一次拿出锅煮药，割出伤口，把流血的牛角摆在合适的地方，把牛头上的伤口对着锅里冒出的热气，像之前那样唱道：

　　　啊，我的父亲，草原上的奇迹创造者，

　　　他们告诉我：你会穿过深深的黑暗；从四面八方

　　　你会跌跌撞撞地穿过黑夜，草原上的奇迹创造者；

　　　你是年轻的奇迹树，生自灰烬，悄然早逝，

　　　被一只咬人的蠕虫啃噬……

　　　你在你的路上创造花儿与果实，草原上的奇迹创造者！

　　又一次，水牛站了起来，他的四肢重新长了出来，他感到自己要复生了，摇着他的耳朵和角，伸展着身体——可正在这时，那个内心不安的男人又来了，他要来看看他的妻子在做什么。她很生他的气，但他坐了下来，要看看即将会发生什么。她拿着她的火炉、煮锅和其他东西出去了。她拔了草点燃余烬，开始尝试第三次，想让这头水牛复活。

　　天已破晓，她的婆婆来了——牛头又一次掉到地上。这时已是白天，水牛的伤开始恶化。

　　最后，她对所有人说："我想独自去湖里沐浴。"

　　他们回应她："你病了，怎么去那里？"

无论如何，她还是去了，然后又返回家说："我在路上碰见一个我家乡的人。他告诉我我的母亲病得非常严重。我让他来我们村，可他拒绝了，说：'他们会给我食物，那只会耽误我的行程。'他立即就走了并让我赶紧回家，以免我母亲在我到家之前就去世了。所以，再见了，我要走了！"

　　当然，这一切都是谎言。她想到了去湖边的主意，就编出了这个故事，创造理由以便通知她的族人水牛已死的消息。

　　她走了，头顶着篮子，一路唱着关于草原上的奇迹创造者的那首歌曲的结尾。无论她经过哪里，人们都会在她背后聚集起来，陪她进村。到了那儿，她向他们宣布，水牛已经死了。

　　他们派出四面八方的传讯者，把部落的居民都聚集起来。他们严厉地责备了这个女孩，说："你现在看到了吧？我们告诉过你。但你拒绝要所有的年轻女孩，只想要这头水牛。现在你杀死了我们所有人！"

　　那个跟着他的妻子进村的男人到达时，一切已经发生了。他把他的枪架在一根树干上，坐了下来。他们朝他喊道："祝贺啊，罪犯，祝贺啊！你把我们所有人都杀死了！"他不明白这话，想知道别人怎么能叫他罪犯呢。

　　他说："当然，我杀了一头水牛，但仅此而已。"

　　他们说："是啊，但这头水牛是你妻子的助手啊。他为她取水、伐木，为她在地里劳作。"

　　那个男人十分震惊地说："你们为什么不告诉我？那样我就不会杀他了。"

　　他们又说："事情就是那样，我们所有人的命都依靠他。"

　　这时，所有人开始自杀。那个女孩在自杀时喊道："啊，草原上的奇迹创造者！"

她的父母、兄弟和姐妹一个接一个地跟着大喊。

第一个人说："你将穿过黑暗！"

下一个说："你将从四面八方跌跌撞撞地穿过黑夜！"

下一个说："你是年轻的奇迹树，悄然早逝。"

下一个说："你在路上让花儿与果实落下！"

回家后，那个男人告诉了他的族人，射杀那头水牛是如何带来了杀了他们所有人的后果。他的父母对他说："你现在看到了吧？我们难道没有告诉过你，不幸会来找你吗？当我们给你找来一个合适而又聪明的女人时，你想按照你的意愿去做。现在你失去机会了吧。谁会把钱还给你，他们都死了，你妻子的所有亲属，你把你的钱给予的那些人！"

这就是故事的结局。

62 着魔的珍珠鸡

从前，某个人正在绑他的鸟绳，并安排他的女儿做事，他说："我去翻土时，你好好看着我的鸟绳。"于是他的女儿就去看着那条鸟绳，发现绳上系着一只珍珠鸡，珍珠鸡唱道：

> 小女孩，小女孩，唧唧嘎嘎唧唧嘎嘎，
>
> 你来做什么？

女孩回答："我来照看鸟绳。"于是珍珠鸡问她："这是谁的鸟绳？"女孩回答："我来照看我父亲的鸟绳。"这时，珍珠鸡对她说："去告诉你父亲，如果他放了我，我会带来一只白鸡、一只白绵羊和一颗白珍珠。"

女孩回去告诉了她父亲珍珠鸡说的话，父亲责备他的女儿："你是个坏孩子。"于是，他改派他的儿子去照看鸟绳了。

他的儿子也发现了系在鸟绳上的珍珠鸡。珍珠鸡唱道：

> 小男孩，小男孩，唧唧嘎嘎唧唧嘎嘎，
>
> 你来做什么？

男孩回答："我来照看我父亲的鸟绳。"珍珠鸡又说："去告诉你父亲，如果他放了我，我会带来一只白鸡、一只白绵羊和一颗白珍珠。"

男孩回去告诉了他父亲这些话。

下一次，这个男人派了他的妻子来。他的妻子发现了珍珠鸡，珍珠鸡也对她说了他对孩子们说过的话。

男人生气极了，亲自来找系在鸟绳上的那只珍珠鸡。珍珠鸡唱着与以往相同的歌曲。男人紧紧抓住珍珠鸡，珍珠鸡对他说："你虽然抓住了我，抓住了我，但今晚就在这里，我将抓住属于我的东西。"

男人把珍珠鸡带回家，拔了他的毛。他这么做的时候，珍珠鸡对他说："你虽然拔了我的毛，拔了我的毛，但到了晚上我会拔了属于我的毛。"

男人把珍珠鸡煮了，珍珠鸡对他说："你虽然煮了我，煮了我，但晚上我也会煮属于我的食物。"

珍珠鸡被煮了，快要被吃掉了。那个男人召集族人，人们都来分享食物，他们要来吃那只已经被煮熟的珍珠鸡。他们兴高采烈，他们的面前就放着珍珠鸡。突然，珍珠鸡飞快地震动翅膀，飞了起来，剩下那些人还在欢欢喜喜。

假如那个男人聪明地要了白珍珠、白绵羊和白鸡，他或许就能吃了这只珍珠鸡。这是神的珍珠鸡。

63 姆里莱的历险记

从前，某个男人养育了三个儿子。有一次，最大的儿子姆里莱跟着他的母亲去挖芋头。当他们正在干活时，他看见了一个种球。他说："哎呀，有个种球跟我的小兄弟一样漂亮。"他的母亲对他说："一个种球怎么可能跟一个人类的孩子一样漂亮？"他把种球藏了起来，母亲把芋头扎起来，准备带回家。男孩把种球藏在树洞里，施了一个魔法，说："姆苏拉奎维尔-维尔查凯米宾古呐卡桑加❶。"

次日，姆里莱又去了那个地方。幼苗此时已经长成了一个孩子。每次他母亲烹煮食物，男孩都会给它送去一点，一次又一次。每天他都送食物去那里，但他自己却越长越瘦。他的父亲和母亲注意到他变得那么瘦，便问他："儿子，是什么让你变得这么瘦？我们平时为你做的食物去哪里了？比你小的弟弟们都没有变得像你这么瘦！"

他的一个弟弟亲眼看到食物被烹煮。他看见他的这个哥哥拿到了他的那盘盛好的食物。但他没有吃，而是拿走了食物，像是要存放起来。他的弟弟为了观察他，跟了他一段路，看见他把食物放入了一棵树的树洞里。回家后，这个弟弟对他们的母亲说："我看见我的哥哥把食物放入一棵树的树洞里。把食物带给了生活在那里的一个孩子。"母亲对他说："谁的孩子会住在树洞里呢？"两个弟弟对母亲说："来吧，我们带你——养育我们的人，去那里吧！"他们带着他们的母亲去了

---

❶ 孩子念的咒语，其语义不明，此处为咒语的近似发音。

那里，并指给她看树洞的位置。瞧啊！树洞里果真有个孩子！于是他的母亲靠近那个孩子，并杀死了他。

她杀死那个孩子后，哥哥姆里莱像往常一样带食物来了，却找不到那个孩子。他发现那个孩子被杀害了。他随即回了家，哭得很伤心。他的父母问他："姆里莱，你怎么哭了？"他回答："是烟熏的。"他们说："坐下来，坐在这低的一边。"然而，他的眼泪依然流个不停。他们又问他："你为什么一直哭？"他回答："没什么，就是烟熏的。"他们回应："带着你父亲的椅子去院子里坐会儿吧！"他拿上椅子，坐在院子里，但眼泪还是不停地流。

突然，他说："椅子，像我父亲的绳索那样使你自己上升，他在原始森林里和草原上用它把蜂蜜桶悬空。"这时，他的弟弟们走进了院子。他们看见了他是如何朝着天空往上爬的。他们告诉母亲："姆里莱正朝着天空往上爬。"她问："为什么你们要说你们的哥哥朝着天空往上爬呢？有路或者其他什么东西可以让他用来攀登的吗？"他们又对她说："来看看吧，养育我们的人！"于是，他们的母亲前来一探究竟，发现姆里莱真的爬得很高。

于是他的母亲哭喊着：

姆里莱回来，
回来，我的孩子，
回来啊！

可是，姆里莱却回应：

我不会再回来，
我不会再回来。

妈妈，啊，我，

我不会再回来，

我不会再回来。

他的一个弟弟哭喊着：

姆里莱回来，

回来，我的兄弟，

回来啊！

回家，

回家吧！

但是他说：

啊，我，

我不会再回来，

我不会再回来。

我的兄弟们，

我不会再回来，

我不会再回来。

他的父亲来了，说：

姆里莱，你的食物在这儿，

你的食物在这儿，

姆里莱，它就在这儿！

姆里莱，你的食物在这儿，

你的食物就在这儿啊！

但是他说：

> 我不再想要，
>
> 我不再想要，
>
> 我的父亲，啊，我，
>
> 我不再想要，
>
> 我不再想要。

他的部落里的同伴们来了，唱着：

> 姆里莱，回家吧！
>
> 回家吧！
>
> 姆里莱，来吧！
>
> 回家吧！
>
> 回家吧！
>
> 姆里莱，来吧！

他的叔叔来了，唱道：

> 姆里莱，回家，
>
> 回家吧！
>
> 姆里莱，来！
>
> 回家吧，
>
> 回家吧！

但他唱着回应：

> 啊，我，
>
> 我不会再回来，

我不会再回来。

叔叔，啊，我，

我不会再回来，

我不会再回来！

姆里莱消失了，他们再也看不见他。

不久，姆里莱遇到了一些拾柴者。他问候他们："你们，拾柴者们，你们好！请告诉我去月亮国王的路。"他们回答："拾点柴吧，我们会指引你去那里。"于是他为他们砍了一点柴火。他们告诉他："径直往前，你会遇到一些割草者！"

他继续往前，很快便遇到了几个割草者。"你们，割草者们，你们好！"他们也问候了他。他说："请告诉我去月亮国王的路。"他们对他说："先割点草吧，我们会指引你去那里。"于是他为他们割了一点草。他们告诉他："径直往前，你会遇到一些农夫。"

他继续往前，很快便遇到几个农夫。他说："你们，耕种的人们，你们好！"他们对他说："你好！"他说："请告诉我去月亮国王的路！"他们对他说："先为我们耕种吧，我们会指引你去那里。"于是他为他们耕种。他们告诉他："径直往前，你会遇到一些牧民。"

他继续往前，很快遇到一些牧民。他说："你们，在那里放牧的人们，你们好！"他们说："你好！"他说："请指引我去找月亮国王！"他们告诉他："为我们照看一会儿牧群，我们会指引你去那里！"于是他帮他们放了一会儿牧。他们对他说："径直往前，去找收豆子者！"

他继续往前，很快遇到一些收豆子者。他说："你们，那边正在收豆子的人们，你们好！请指引我去找月亮国王！"他们告诉他："帮我们摘点豆子，我们会指引你去那里！"于是他摘了点豆子。他们说：

"沿着此路继续往前，去找小米收割者！"

他继续往前，很快就遇到一些小米收割者，他说："你们，小米收割者们，你们好！请指引我去找月亮国王！"他们说："先帮我们收会儿小米，我们会指引你去那里！"于是他收了一会儿小米。他们告诉他："现在沿着此路继续往前，去找正在寻找香蕉柄的人！"

他继续往前，很快就遇到一些寻找香蕉柄的人。这一回，他问候道："你们，寻找香蕉柄的人们，你们好！请指引我去找月亮国王！"他们说："先帮我们寻找香蕉柄，我们会指引你去那里！"于是他帮他们找到了一些香蕉柄。他们告诉他："沿着此路继续往前，去找拿着水的人！"

他继续往前，很快又遇到一些拿着水的人，他问："你们，拿着水的人们，你们好！请指引我去找月亮国王！"他们说："往前，去找正在家里用餐的人！"他继续往前，很快遇到一些在家里用餐的人，他问："你们，拥有这个屋子的人们，你们好！请指引我去找月亮国王！"他们说："过来，先吃点东西，我们会指引你去那里！"

过了一会儿，他遇到一些吃生食的人。他们是月亮国王的人。他问他们："你们为什么不生火煮食物呢？"他们回答他："你说什么，火？"他对他们说："人们用它来煮熟食物。"他们对他说："我们对火一无所知！"于是他说："如果我用火为你们准备一些美味的食物，你们会给我什么？"月亮国王说："我们将租给你大牛和一些小家畜。"姆里莱对他们说："好，为我拾很多的干柴吧，我给你们火。"于是他们拾来一些柴火，然后躲在屋子后面，不被姆里莱看见。姆里莱在屋后用一个火钻和一个火板点燃了火。他点燃柴火，把绿色的香蕉放在火上烤。他对月亮国王说："吃点我烤在火上的香蕉吧。"月亮国王吃了香蕉，觉得它烤起来吃十分美味。姆里莱又把肉放到火上烤，对他说："现在你一定要吃吃烤熟后的肉！"月亮国王觉得它实在可口。他又为他们烤了各种各样可以吃的东西，全部都很美味。最后，月亮国王召集族人并对他们说："一个巫医从下面来了，从下面来了！"

月亮国王接着说："要向这个人敬献，以便从他那里买下他的火种。"于是他们问姆里莱："你要什么敬献？"他说："叫人带来一头奶牛和一只山羊，还有从粮仓取来的其他东西！"他们把这些东西都送来给他。他把火种分给他们，让他们继续烹煮他们的食物。

不久，他想：如果我不能传信给家里，我如何才能再回去？他命令所有种类的鸟儿飞来。它们来到了他的所在之处。他对乌鸦说："如果把你作为传讯者派到我的家乡，你到那儿后会说什么？"乌鸦说："我会这么说：'哇，哇，哇！'"他把乌鸦赶走了。犀牛鸟来了。他对犀牛鸟说："犀牛鸟，如果派你去，你会对他们说什么？"犀牛鸟回答："我会说：'呱，呱，呱！'"他把犀牛鸟赶走了。这时老鹰出现了。他对老鹰说："老鹰，如果我把你作为传讯者派到我的家乡，你会在那儿说什么？"老鹰回答："我会这样说：'吱喳吱喳！'"他把老鹰也赶走了。他又问秃鹰："如果派你去，你会说什么？"秃鹰回答："我会说：'啾，啾，啾！'"他又赶走了秃鹰。他检阅了所有的鸟，却找不到一只能理解事物的鸟。最后，他叫来一只学舌鸟。他问学舌鸟："你，学舌鸟，如果我派你去，你会传什么信？"学舌鸟回答：

姆里莱后天会来，

后天，

姆里莱后来会来，

后天，

后天。

为他在汤匙里留点肥肉！

为他在汤匙里留点肥肉！

姆里莱说："好吧，很好，去吧！"

于是学舌鸟来到姆里莱父亲的院子门口，他唱道：

姆里莱要我告诉你：

他后天会来，

后天，

他后来会来。

后天，

后天。

为他在汤匙里留点肥肉！

姆里莱的父亲走进院子，说："院子里怎么有叫声，告诉我姆里莱后天会来？他很久之前就消失了啊！"他把学舌鸟赶走了，学舌鸟消失了。

学舌鸟去找姆里莱，说："我去过那里。"但姆里莱却对他说："不，你没去那里。如果你去过，你会在我的家乡看见什么？"他接着对他说："再去一次，你到那里之后，一定要抓起我父亲的棍子，把它带回来，这样我就能肯定你去过那了。"学舌鸟又去了一次，抓起棍子并把它带给了姆里莱。屋子里的孩子虽然看见他抓棍子，却没能把棍子夺回。

学舌鸟把棍子带给了姆里莱。姆里莱这下确定学舌鸟真的去过那里了。姆里莱说："好吧，我现在启程回家。"学舌鸟让他带着他的牛群一起去。

于是姆里莱带着他的牛群出发了。他一路上都很疲惫。他带着一头公牛在身边，公牛对他说："你这么累，如果我把你背在我的背上，你会做什么？当他们宰杀我时你会吃我吗？"姆里莱回答他："不，我不会吃你。"于是他爬上公牛的背，公牛载着他。他终于到家了，唱道：

> 我不缺什么财产，
>
> 家畜是我的，嘿！
>
> 我不缺什么财产，
>
> 牛群是我的，嘿！
>
> 我不缺什么财产，
>
> 小家禽是我的，嘿！
>
> 我不缺什么财产，
>
> 姆里莱回家了，嘿！
>
> 我不缺什么财产！

姆里莱就这样回到了家。他一到家，他的父母便用肥肉涂抹他。他对他们说："这头公牛你们要喂养它到老。即使他老了，我也不会吃他的肉。"然而，当公牛变老了，父亲还是宰了他。母亲说："我的儿子费力地带回这头公牛，难道不该让他吃一点吗？"于是她把肥肉藏在蜂蜜罐里。她知道肥肉会耗尽，便磨了面粉，把面粉撒在肉上。她把肉拿给他的儿子姆里莱尝了尝。他尝了之后，肉对他说道："你竟敢吃我，那头把你背在背上的公牛？你将被吞噬，因为你吃了我！"

姆里莱唱道：

> 我的母亲，我告诉过你：

不要拿那公牛的肉给我吃!

他再一次尝了肉,此时他的脚已陷入了地里。他唱道:

我的母亲,我告诉过你:
不要拿那公牛的肉给我吃!

他把肉全部吃完了。突然,他被大地吞噬了。
故事讲完了。

64 漂亮的池中女妖

从前，几个男人外出打猎。他们走了一段路后遇见一个戴着锁链的女孩，锁链在她身上晃来晃去。其中一个男人跟女孩打招呼，她回了礼。他对她说："给我食物吧！"

她说："这里有一点，拿去吧！"

他说："可我不想要了！"

她说："那你想要什么？"

他说："我想把你当作妻子带回家，带回我们的村子。"

她说："好吧，你等下，我找我的母亲来！"她喊道："母亲！"

她的母亲回答："瓦鸟❶！"

她对母亲说："这里有个男人想娶我为妻！"

男人看见水塘里的水开始涌起，汹涌起伏。他看见一个火焰般的头出现在水面上。男人和他的朋友受到惊吓，逃跑了，扔下了他们的食物、弓和衣服。他们跑到他们的营地，说："我们在这片区域别想睡觉了。我们如此害怕，明天我们就回家。"

他们回到了村子并对那里的人说："我们曾看到一个女孩，她的母亲住在水中。女孩非常漂亮，但她的母亲……啊！啊！"

村里人问："她长得什么样？"

他们说："她是个漂亮的女妖！"

---

❶ 对呼喊的应答。

有人说:"我们去娶那个女孩为妻吧;我们不怕女妖。"

他们带上装备,出发去荒野。一个年纪很小的男孩跟着他们。他们劝了男孩很久,叫他回去,可是他拒绝了。他们来到前一天那几个男人害怕得扔掉衣服的地方。他们说:"没关系!我们继续赶路,把女孩带回家!"

他们继续往前,发现了那个女孩。他们跟她打招呼:"你醒来了吗,女孩?"

"啊!"

"给我们食物吧!"

"葫芦里有食物。"

"可我们并不真的想要食物。"

"那你们要什么?"

"我们想带你回家,回我们的村子。"

"好吧,等一下,我把我的母亲找来,这样她可以看见你们!"

"你的母亲,你为什么要叫她来?"

"我呼唤她,她可以来看看那个想娶我为妻的男人。"

"好吧,那就叫她来吧!"

"母亲!"

"瓦乌!"有人回应道。

"来这里,你可以看看那个想娶我为妻的男人!"

他们看见水开始涌起,很高,然后更高。他们看见一个头探出水外,它犹如烈火。他们全都逃跑了,只有男孩留下了。他们一边逃跑,一边扔掉装着他们的食物的葫芦。他们去到他们出发的营地。女妖追了男人们一段距离,便慢慢回去了,体形变得很小。她对男孩说:"女婿,你好!"

女孩说："啊！"

女妖对她的女儿说："我知道某个男人想娶你为妻，但这个还是个孩子。"

男孩说："母亲，我的确还是个孩子，但不要介意这一点！"

母亲说："好吧，那么坐下来，跟你的妻子说说话，今晚来我的屋子。"

夜幕降临，女孩对他说："起来吧，我们去母亲的屋子。"

男孩问："我们睡哪里？在水里吗？"

女孩回答："有个屋子。"她挽着他，说："闭上眼睛！等我们进屋后再睁开！"

男孩闭上了眼睛，他重新睁眼时发现自己身在一个没有水的屋子里。那个女人，他的岳母正坐着编织一只袋子，她看上去像一个阿坎巴女人。她对他说："你们在那边的床上躺下睡觉吧！"他们躺下休息。早上，他们去了花园。男孩要为他的岳母造一个新花园。他回来时，她问："你想回家吗？"

男孩说："是的！"

岳母说："那就拿上你的东西，走吧！"她对她的女儿说："万一你到家时，你的丈夫碰巧死了，你必须吩咐人们不要埋葬他，而是把他扔到外面。当他开始腐烂，你去取一条蛆虫，把它放入蜂蜜罐里。你必须每天用肥肉涂抹那条蛆虫。你必须一直用肥肉涂抹那条蛆虫，直到它长成一个孩子。你必须用肥肉涂抹那个孩子，他会不断长大，你必须给他牛奶。不久，你便会看到他就是你那复生的丈夫。"

女孩说："我会照你说的做。"次日早上，他们回到了丈夫的家。

人们看见男孩和女孩一起回来，感到痛苦不已，说："天啊，天啊！那个漂亮的女孩成了一个孩子的妻子。有人见过这样的事吗？"

他们到处寻找药草来杀死男孩，但发现那样杀不死他。于是他们说："我们要给你看看别的东西。"

他们带上弓去捕猎羚羊。男孩的兄弟也去野外狩猎了。男孩就站在他的对面。他的兄弟不小心射中了他。他求救："来人啊，你们所有人！我瞄准羚羊时，意外射中斯亚尼了。"

他们说："因为你是他的兄弟，看在是你做了此事的分上，我们不能追究你。"他们把男孩的尸体放在荒野后便回家了。

晚上，他们对女孩说："斯亚尼死了。"

她问："他是怎么被杀死的"？

他们说："被他的兄弟杀死的。"

她伤心地哭了很久，然后停下来问那个兄弟："你怎么能杀死他？"

男孩的兄弟说："我的目标是一只羚羊。"

女孩说："好吧，我不在意其他的那些男人。我现在要独自生活。"

她哭了两个月，然后问人们把她的丈夫放在荒野的哪个地方了。她在那里找到了一条蛆虫。她把它带回家，放入蜂蜜罐。她每天用肥肉涂抹它。她把它拿出来，放在屋子最里面的隔间、她的床架下面。她丈夫的兄弟也住在那个屋子，但他们并没有睡在一起。

它迅速地长大。她为它做吃的，把食物送到床下给它。那个兄弟问她："你在喂养的那个床下之人是谁？"

她说："是老鼠。就是经常挂在那里的老鼠。"

一天，它走出了屋子，她注意到它已经长成了一个高大的男人。她给他剑和弓，并对他说："你就是那个在他们猎杀羚羊时被杀死的孩子。你今晚要复仇。"

男人说："好！"

那个兄弟去很远的村子喝麦酒去了。他晚上回来，跟麦酒说着话。

他到了他家的栅栏门口，听见有人在跟屋子里的那个妻子说话。他问："那是谁？"

那个妻子回答："过来吧，你会见到他！"

他拿着棍子要去打那个男人。他走了进去，刚到屋子门口就被他曾杀死的那个兄弟刺中了。斯亚尼现在复了仇。他的兄弟倒在地上，被剑刺中，死了。

第二天一早，斯亚尼和他的妻子离开了那个地方。他们在一个叫卡维特的地方定居了下来。

65 无人睡觉的小镇

从前，某个女人养育了两个女儿。一个女儿的丈夫生活在一个禁止人睡觉的小镇上，另一个女儿的丈夫生活在一个禁止人吐唾沫的小镇上。

一天，那个女人给那个住在禁止人睡觉的小镇的女儿做了一盘糖果。一做好糖果，她便出发去女儿家了。她一到那儿，每家每户都对她说："欢迎，欢迎！"人们把食物端到她的面前，因为她的女婿说："瞧，我的岳母来了。"

但是女儿说："啊，母亲，没有人可以在这里睡觉。不要吃太多，以免困倦战胜你。"

母亲说："早在你出生前，我就知道这里禁止人睡觉了。"

女儿回应道："啊，那很好。我不再说什么了。"母亲吃光了她面前的所有食物。

那天晚上，她虽然躺下了，却尽力保持清醒。第二天早上，女儿拿着水罐去河边取水，对她的母亲说："瞧，我把早餐放在火上煮。我不在时，请照看好火。"

女儿走后，她的母亲添柴看火，但过了一会儿，她还是有了睡意。她躺下了，睡得很香。这时，一个邻居碰巧来取火，看见了那个睡着的女人，大呼："天哪！某某的岳母死了。"

于是，鼓手被派出，很快整个镇上的人都聚到了她女儿家，坟墓也挖好了。鼓声响起：

隆隆，隆隆，准备一块尸毯，

女婿屋里的死亡。

女儿在她所在的地方听见了鼓声，她大喊：

停下来，啊，停下来，不要去拿尸毯，

我们是习惯了睡觉。

她走进屋里，想叫醒她的母亲，说："快醒醒，快醒醒。"母亲猛地醒来，人们被吓到了，但他们很快明白没有什么要害怕的，于是整个小镇开始学习如何睡觉。

母亲回到了她自己的家。一天，她做了更多的糖果，决定去看看她的另一个女儿，那个住在禁止人吐唾沫的小镇的女儿。

她一到那里，家里人便说："欢迎，欢迎！"女婿说："我的岳母来了。"于是他宰了一只家禽，并给她送来一盘米饭。女儿对她的母亲说："不要吃太多。你知道的，这个小镇没有人可以吐唾沫。"

母亲回答："谢谢你告诉我这个信息！早在你出生之前，我就知道了。"

女儿说："很好。"她不再小心翼翼。母亲吃得很饱。

夜幕降临，母亲很想吐唾沫，却不知道在哪里才能不会被人发现。最后，她去了拴马的地方，吐了唾沫，并用那里的一些杂草把唾沫掩盖起来。可是，土地还不习惯这样，那块被吐了唾沫的土地忽然隆起来，开始抱怨道：

乌姆❶，乌姆，我不习惯这样，

乌姆，乌姆，我不习惯这样。

_____

❶ 表达哀怨的语气词，相当于中文的"唉呀""嚇"等。

269

很快，所有人都来了，问："谁在这里吐了唾沫？"他们又说："把魔法葫芦拿来，小的那个和大的那个，让大家来这里，跨过葫芦，葫芦会抓住那个吐了唾沫的人。"镇上的所有人都跨过了葫芦，但是没有人被抓住，他们很惊讶。有人说："看这里，我们中间有一个陌生人，让她来跨过葫芦。"

她来了，刚提起一条腿要跨过去，葫芦便抓住了她，于是大家说："是她吐了唾沫，是她吐了唾沫！"葫芦开始唱歌：

> 这些东西牢牢粘住，
> 是岳母的东西。

她坐不下来，因为葫芦抓住了她的身体。

这时，那个好管闲事的蜘蛛❶来见她，说："啊，岳母，你真幸运，能让葫芦唱出那样一首美妙的歌曲。我很想拥有这些葫芦啊。"

她回应："好吧，吐唾沫在地上，然后说那不是你做的。"

他照做了，说道："瞧！这不是我做的，如果是我，啊，你们这些魔法葫芦，抓住我。"

葫芦立即松开那个女人，转而抓住他。它们开始唱道：

> 这些东西牢牢粘住，
> 是蜘蛛的东西。

蜘蛛高兴不已，跳起舞来。

很快，他跳累了，说："啊，岳母，你倒是避开麻烦了，来拿走你的葫芦吧。"然而，她拒绝那样做。

---

❶ 本故事中的蜘蛛是个好管闲事的人物，他弄巧成拙，被善于发现真相的葫芦抓住。他在故事中起到缓解激烈冲突、实现故事突转的作用。

于是蜘蛛爬上一棵树，他爬到高处后又跳了下来，屁股着地想要打碎葫芦。但是，它们移动到了一边，蜘蛛的后背摔碎了，他死了。魔法葫芦回到了它的来源地，镇上的所有人开始吐唾沫，因为他们发现这并无害处。

66　治愈人的城市

镇上所有的女孩都聚集起来去森林采药。她们还在采药，天就下起了雨；它从东边来。女孩们跑进一棵猴面包树的树洞，魔鬼把树洞封闭了。雨停了，魔鬼说每个人只有把她们的项链和衣服给他，才会被释放。所有人都把那些东西给了他，只有一个女孩拒绝那样做。她被迫留下来，其他人则回家去了。

这棵树的树顶有一个小洞。女孩们回去后告诉了那个女孩的母亲，那个母亲前来看了看她女儿的所在之处，然后便回家准备食物了。晚上，她回到猴面包树这里，说："女儿，女儿，伸出你的手接食物。"于是那个女孩伸出手穿过树洞，拿到并吃下了食物。母亲便回家去了。

一只鬣狗碰巧听见了所有的对话，他来到树下说："女儿，女儿，伸出你的手接食物。"那个女孩回答："这不是我母亲的声音。"她因此没有照做。于是鬣狗找到铁匠说："改变我的嗓音，使它像人的嗓音。"对方说："如果我当真改变了你的嗓音，你要在到达树下之前吃了你发现的一切东西。"他接着说："我会为你那样做的。"他确实也那样做了。鬣狗返回森林时，看见一条蜈蚣，他说："是谁忘了他早上找到的东西？"于是他叼起蜈蚣吃了下去。他来到树下说："女儿，女儿，伸出你的手接食物。"但是那个女孩回答："这不是我母亲的声音。"

鬣狗饥肠辘辘，回到铁匠那里，正要吃他，对方却说："停停停！你不能吃我，你为什么想吃我呢？"鬣狗回答："因为你没有很好地改变我的噪音。"铁匠说："停下来，我会将它变好的。"于是他改变了鬣狗的噪音。鬣狗又回到女孩那里，说："女儿，女儿，伸出你的手接食物。"这一次，女孩伸出了手，鬣狗抓住了它，把女孩拉出猴面包树，吃了她，留下骸骨后，他便离开了。

晚上，女孩的母亲带着食物来了。她看见了她女儿的骸骨，大声痛哭。她回家拿了一个篮子返回森林把骸骨收集起来，前往那个治愈人的城市。

她走啊，走啊，不久之后来到一个食物自动烹调的地方，她说："啊，食物，指引我去那个治愈人的城市吧。"食物说："留下来，吃了我。"她说："我没有胃口，我不想吃你。"于是食物说："你已经走了一段路程，走右手边的那条路，不要走左手边的那条路。"

过了一会儿，她遇见一块正在烧烤自己的肉：她说："啊，肉，指引我去那个治愈人的城市吧。"肉说："留下来，吃了我。"她说："我没有胃口，我不想吃你。"于是肉说："你已经走了这么远，走右手边的那条路，不要走左手边的那条路。"

她又出发了，在路上遇见一块干面团正在罐子里打转，她说："啊，干面团，指引我去那个治愈人的城市吧。"干面团说："留下来，吃了我。"她说："我没有胃口，我不想吃你。"于是干面团说："你已经走了一段路程，走右手边的那条路，不要走左手边的那条路。"

她继续赶路，最后到了那个治愈人的城市。人们问她："你为什么来这里？"她回答："鬣狗吃了我的孩子。"他们问："骸骨在哪里？"她放下她的篮子，说："看，它们在这里。"他们说："很好，明天你的女儿将被治愈。"

天刚破晓，他们便对她说："出去放牧吧。"于是她解开牛群，带它们去吃草了。除了沙漠枣树的果实，牛群没有其他食物可吃。于是她摘下枣树上的果实扔到地上，然后挑出成熟的果实给牛群吃，她自己却选了还是青色的果实吃。她和牛群回到部落时，最大的那头公牛吼叫着：

> 这个女人心地善良，
>
> 治愈她的女儿吧。

于是她的女儿被治愈了，母亲回到了她的屋子，因为人们对她说："睡在这里，明天你将回家。"第二天，女儿被带来归还给她的母亲，她们一起回家了。

母亲的丈夫另外还有一个妻子，她也有一个女儿，但长相丑陋。当那位母亲回到家时，她丈夫的另一个妻子说她也要杀了她的女儿，然后带她去那个治愈人的城市。

于是她把她的女儿放入研钵，想要把她捣碎。那个女儿哭喊着："啊，母亲，你要杀死我吗？"她继续捣磨，最后把骸骨取出装在篮子里，便去往那个治愈人的城市了。

她走啊，走啊，不久之后来到一个食物自动烹调的地方，她说："啊，食物，指引我去那个治愈人的城市吧。"食物说："留下来，吃了我。"她说："噢，你要我吃了你？"她留下来吃光了食物。

过了一会儿，她遇见一块正在烧烤自己的肉，她说："啊，肉，指引我去那个治愈人的城市吧。"肉说："留下来，吃了我。"她说："噢，你要我吃了你？"她留下来吃光了肉。

她又出发了，在路上遇见一块干面团正在罐子里打转，她说："啊，干面团，指引我去那个治愈人的城市吧。"干面团说："留在这里，吃下我。"她说："噢，你要我吃了你？"她留下来吃光了干面团。

她继续赶路，最后到了那个治愈人的城市。人们问："你为什么来这里？"她回答："鬣狗吃了我的孩子。"他们问："骸骨在哪里？"她放下她的篮子说："看，它们在这里。"他们说："很好，明天你的女儿将被治愈。"

天刚破晓，他们便对她说："出去放牧吧。"于是她解开牛群，带它们去吃草了。除了沙漠枣树的果实，牛群没有其他食物可吃。于是她摘下枣树上的果实扔到地上，然后挑出青的果实给牛群吃，她自己却选了成熟的果实吃。她一直放牧到晚上，她和牛群回到部落时，最大的那头公牛吼叫着：

> 这个女人心肠很坏，
>
> 破坏她的女儿。

她拴好牛群，回到她的屋子，因为人们对她说："睡在这里，明天你将回家。"第二天，她的女儿被造成了一条腿、一个臀部、一只手，只有一边的东西。一半鼻子在那里，另一半却不见了。母亲前来说她要回家，女儿便被带出来交给她，她们踏上了回家的路。她们来到森林，母亲说完"我不是你的母亲"后便逃跑了。她躲在草丛里，但是，她的女儿跟着她的脚印找到了她，说："起来，我们走吧。"母亲却说："走开，你不是我的孩子。"女儿说："啊，你才不是我的母亲啊。"

母亲又一次逃跑了，逃到了她们自己的小镇。她走进她的屋子，关上了门。女儿来到门前喊道："啊，母亲，我来了。"母亲沉默不语。女儿又喊道："啊，母亲，我来了。"女儿打开了门，找到了她的母亲。她们一起生活了，这个妻子不得不忍受这样一个事实，即她丈夫的另一个妻子的女儿美丽，自己的女儿却十分丑陋。

67 姆瓦姆比亚与恩杰恩格

从前，某个男人娶了一个女人，她为他生了一个男孩。后来，他娶了第二个妻子，她也为他生了一个男孩。不久，第一个妻子死了。

大的那个儿子叫姆瓦姆比亚，第二个儿子也叫姆瓦姆比亚，但第二个儿子被称作小姆瓦姆比亚，以便和他的哥哥区分开来。

现在，两个男孩一个已经十二岁，另一个已经十岁了。一只被称作恩杰恩格❶的动物从荒野跑了出来，吃了地里的食物。于是两兄弟来到树林，姆瓦姆比亚做了一个陷阱来捕捉恩杰恩格，小姆瓦姆比亚也在附近不远处做了一个陷阱。恩杰恩格掉进了小姆瓦姆比亚做的陷阱，小姆瓦姆比亚把它解开，宰掉吃了。另一只恩杰恩格掉进了姆瓦姆比亚的陷阱，姆瓦姆比亚解开了它，却没有宰它，而是把它放回了树林。两个男孩回到村子，对他们的父亲什么也没说。

一天，小姆瓦姆比亚的母亲去地里收甘蔗，她把甘蔗放进她的篮子里，背回了家。父亲拿了一大块递给他的长子，却只给了他的次子一小块。于是次子问："你为什么给了我一块小的，却给我的哥哥一块大的？"

他说："因为你有母亲，而你哥哥的母亲已经死了。"

小姆瓦姆比亚对他的父亲说："来树林吧。"

他指给他看两个陷阱，告诉父亲他宰杀了他捉住的一只恩杰恩格，而姆瓦姆比亚却放走了他自己捉住的那只。父亲非常生气地责骂

---

❶ 古时的一种神秘的动物，体如羊大，有四条腿。它以耕地作物为食，也食肉。

了他的长子，因为恩杰恩格非常肥美。他选了一棵高直的大树，让长子爬上去，然后在地上围着那棵树钉了一圈长钉，钉尖朝上；他把钉尖磨尖，这样一来，如果男孩爬下来或掉下来，就会被钉子刺中，他会死去。父亲走了，留下姆瓦姆比亚在树上。

姆瓦姆比亚在树上待了二十天，这时一只恩杰恩格来了，说："曼吉-基胡提！"

姆瓦姆比亚说："我不是曼吉，我是姆瓦姆比亚。"

这只恩杰恩格拔起一根钉子，把它扔了。十只恩杰恩格来了，每只拔起一根钉子扔掉。这时，姆瓦姆比亚放走的那只恩杰恩格也来了，他说："曼吉。"

男孩说："我是姆瓦姆比亚。"他告诉那只恩杰恩格，是自己放走了他。这只恩杰恩格听见后，拔掉了剩下的所有钉子，姆瓦姆比亚慢慢松开他抱着树干的手臂，滑到树下。

这只恩杰恩格在他身边打开了一个洞，里面走出一只大羊。姆瓦姆比亚取了一点肥肉吃下。一开始，他吃不下，因为他太虚弱了；后来他吃下一点肥肉，然后又吃下一只羊腿。第二天，他吃了另外一只羊腿。于是，这只羊给他提供了四天的食物。最后，那只恩杰恩格又从身边打开了一个洞，里面走出一只山羊，它也给他提供了四天的食物。后来又从洞里走出两只山羊，给他提供了三天的食物，姆瓦姆比亚此时长得越来越高大，越来越壮实。

最后，恩杰恩格说："去长草丛中跳跃吧。"于是姆瓦姆比亚去了长草丛，跳跃了两次。恩杰恩格说："你还不够强壮。"于是他吃了一头公牛，恩杰恩格说："再去跳跳。"姆瓦姆比亚去跳跃了四次。恩杰恩格对男孩说："你想拥有什么？"

他回答："一只山羊。"

恩杰恩格在他身边打开一个洞，给了他一百只还没有生产过的母山羊、一百只生产过的母山羊、一百只认识他们母亲的小山羊、一百只公山羊、一百只肥美的公山羊、一百只还没有生产过的母绵羊、一百只生产过的母绵羊、一百只认识他们母亲的小绵羊、一百只公绵羊、一百只肥美的公绵羊、一百头还没有生产过的母奶牛、一百头生产过的母奶牛、一百头小奶牛、一百头牛和一百头肥美的牛。

恩杰恩格问姆瓦姆比亚："你还想要什么？"

姆瓦姆比亚回答："女人。"

于是恩杰恩格给了他两百只山羊和两百头牛去换女人。姆瓦姆比亚带来了一百个女人。恩杰恩格又问："你还想要什么？"

他回答："我什么也不要了。"

他来到古拉河边，为他的妻子、牛和山羊建了一个大村庄。但是，还没有孩子降生，于是姆瓦姆比亚去放羊，他坐在山坡上，可以看见所有的羊，它们的数量实在太多了。

小姆瓦姆比亚的母亲对她的小女儿说："拿包去取点蔬菜来。"孩子去了，却找不到蔬菜；她走啊，走啊，最后看见姆瓦姆比亚正坐在山坡上放羊。她喊道："那是我们走失的姆瓦姆比亚吗？"他沉默不答。她又喊："那是我们走失的姆瓦姆比亚吗？"

他问她："他们在家怎么样了？我的父亲和我父亲的兄弟好吗？"

她回答："他们很好。"

她看见了他的村子、妻子和牛群。他宰了一只山羊，把羊肉放进她的包里。她走了十二个小时才到家。她一到家便喊她的母亲："给我一个煮锅。"她的母亲拿来一个小锅，她说："给我拿个大的。"她的母亲又拿来一个大一点的，女孩说："还是不够大。"

母亲说："你想要我们煮肉的那个锅吗？"她回答："是的。"

她的母亲问："是哪种蔬菜让你想要那么大一口锅呢？"母亲打开包，看见了肉，她说："你偷了一只山羊。"

女孩说："我没有偷，这是从姆瓦姆比亚那儿得来的。"

她的母亲说："不要说谎。姆瓦姆比亚走失了。"

女孩说："我见过他，后天你也可以去看看他。"她告诉母亲她看见了他和他的许多财产。

第二天，他们把肉煮来吃了。第三天，他们一起去看姆瓦姆比亚。所有人都去了——他的父亲，父亲的兄弟、父亲的另一个妻子、小姆瓦姆比亚和女孩，全家人都去了。他们到了姆瓦姆比亚的地方，看见他正坐在山上牧羊。他们和他之间隔着一条河流。姆瓦姆比亚把一根绳子的一头系在一只山羊身上，把绳子的另一头扔到河对岸。父亲抓住了绳子，但他在被拉到河岸的过程中被淹死了，因为他对他的儿子太残忍。但是其他人都安全地到达了对岸。他们走进姆瓦姆比亚的村庄，看见了他的许多财产，留下来跟他一起生活。

不久，姆瓦姆比亚说："我有很多的男人和女人帮我干活。"他给他的亲属分配工作——一个人得照看成熟的山羊，一个人得照看小山羊，还有一个人得在地里劳作。他说："我要离开一段时间，看看他们是否会好好工作。"于是他去了另一个村子，在那里睡了五天。

他回到家时看见了一些肥肉，便问："地上的肥肉是怎么回事？"他看了看四周，发现墙上挂着恩杰恩格的头，他明白过来，原来在他离开的这段时间里，他的朋友恩杰恩格来找过他。他的亲属们宰杀了恩杰恩格。他对他们无话可说，却自言自语："我的好运没了，因为恩杰恩格死了，我和他是一心的。"

他找来一块石头，把刀磨得很锋利。他杀死了所有的女人和男人、所有的山羊和牛。最后，他将刀刺入自己的胸膛，因为恩杰恩格已死，他的好运也没了。

68 孩子与鹰

　　某个女人养育了一个孩子。一天，她去地里，正要干活时，孩子
哭了。等他不哭了，她给他喂奶。喂完奶后，她把他放在阴凉处，又
继续锄地。

　　孩子又哭了，一只鸟飞来——一只老鹰停在了孩子身上。它用它
的翅膀安抚孩子。哭泣的孩子变得安静了。那个女人看到这一切，感
到非常惊恐，说："哎呀！太可怕了！老鹰在吃我的孩子！"她一走
近，老鹰便飞走了。她给她的孩子喂奶，喂完奶后，她把他背在背上。
她锄完了地，回家去了。

　　她到家后并没有告诉她的丈夫她今天看见的奇事，而是选择了保
密。第二天早上，女人又带着她的孩子去地里干活。同样的事情又发
生了——她把孩子放在阴凉处睡觉。不久，孩子哭了。她看见老鹰停
在孩子身上安抚他。女人惊讶地说："那只老鹰在做什么？它停在我的
孩子身上，但它既不咬他，也不抓他——它没有，孩子很安静。真是
一件稀奇事啊！"女人跑去找她的孩子，老鹰看见她来了，便飞走了，
停在一棵树上。女人抱起她的孩子，感到很惊恐。

　　她回到村里，和她丈夫说："真是稀奇事！"

　　她的丈夫说："怎么了？"

　　女人说："今天是我第二天看见在我锄地的地方发生这令人惊讶
的事了。我把我的孩子放在阴凉处睡觉，他一哭，一只老鹰便飞来停
在他身上，用它的翅膀安抚他，今天是我第二天看见那只鸟那样做了。

它是只'老鹰'。"

丈夫不相信她的话，说："不，你在说谎，从来没有那样的事。"妻子不再说话了。

午后，女人带着她的锄头又去地里干活。她一到地里，就把孩子放在阴凉处。孩子哭了。女人心想：我现在去把我的丈夫叫来，因为他不信我说的话，说我撒了谎。女人飞快地跑回家。她找到她的丈夫，喊道："快来！你说从没有那样的事，我们现在就去看看。"

男人带上了他的弓和三支箭。他一到地里，女人便对他说："坐在这里。我去那边把孩子放在阴凉处睡觉，你一看到那只鸟飞来，便躲起来。"女人放下孩子，留出一点距离，男人则躲在那里。孩子哭得很大声，男人一直观察着，他看见老鹰飞来，停在孩子身上。男人非常惊恐，张弓搭起两支箭，想射穿停在他孩子身上的那只老鹰。他射出了箭，可是被老鹰躲开了，两支箭都射中了他的孩子。

这就是谋杀的由来。老鹰是一种人，尽管孩子的父亲想杀的是它。老鹰诅咒他说："现在，人与人之间的善意结束了，因为你杀了你的孩子。由你开始，传至所有人，你们将互相残杀。"

直至今日，人们还在互相残杀。

69 融化的胖女人

从前，有个浑身都是脂肪的胖女人。她非常美丽，许多年轻男人都送来聘礼，请求她的父母把她嫁给他们，但女人的母亲总是拒绝。她说她的女儿不可能在农场干活，因为她会在太阳底下融化。最后，一个来自遥远国度的陌生人与那个胖女人相爱了，他许诺，如果她的母亲把她嫁给他，他会一直让她待在阴凉处。终于，她母亲答应了，他带着他的妻子离开了。

他的另一个妻子很嫉妒，因为每当有活要干、有柴要拾、有水要抬的时候，那个胖女人因为怕热，就只是待在家里，从来不帮忙。

一天，她们的丈夫不在家，嫉妒的妻子辱骂那个胖女人，迫使她终于答应去农场干活，尽管她从家里带来的妹妹恳求她不要去。妹妹提醒她，母亲打从她们出生时便总是告诫她们，如果她身处太阳下就会融化。

在去农场的路上，胖女人尽量走在阴凉处。她们到农场时，太阳很大，胖女人只好待在一棵大树的树荫下。嫉妒的妻子看见了这一切，又开始辱骂她，问她为什么不去干她的那份活儿。胖女人最终无法再忍受抱怨，虽然她的妹妹竭尽全力阻止她，她还是来到太阳下干活，果真立即就融化了。很快，她就消失不见了，只剩下一个大脚趾被一片树叶遮盖着。她的妹妹仔细观察了脚趾，把它放入她的篮子里。她一到家就把那个脚趾放在一口土锅中，把锅盛满水，再用泥土把土锅封起来。

282

丈夫回来了，他问："我的胖妻子在哪儿？"妹妹痛苦地哭诉，告诉他，嫉妒的妻子让她出去晒太阳，她便融化消失了。她指给他看那口装着她姐姐遗体的土锅，告诉他她的姐姐三个月后会复生，会长出完整的身体。但是，他必须送走那个嫉妒的妻子，这样才不会再有麻烦。妹妹说如果他拒绝这么做，她就会把土锅带回她们的母亲那里，等她的姐姐长完整了，她们便会留在家里。

　　于是丈夫把嫉妒的妻子送回到她的父母那里，后者把她卖作了仆人，并退回了这个丈夫当时拿去的聘礼，这样他就可以另娶一个妻子了。他收下了钱，把它带回了家。三个月过去了，妹妹打开土锅，那个胖女人出现了，她跟以前一样肥胖和美丽。丈夫很高兴，设宴招待他的朋友和邻居，告诉他们那个善妒的妻子的恶行。

　　从此以后，如果一个妻子行为不端，丈夫就把她送回给她的父母，后者会将这个女人卖作仆人。他们会从买卖得来的钱里拿出与丈夫当时带来的聘礼等额的金额，交还给他。

70 摘樱桃的人

　　从前，几个女孩去摘樱桃，其中一个对她的同伴们说："我们闭上眼睛摘樱桃吧。"然而，她的同伴们没有闭上眼睛摘樱桃，她们摘的都是红红的樱桃，只有她摘的是未成熟的。她又说："女孩们，我们睁开眼睛吧。"她看见她的同伴们摘的都是红红的樱桃。她说："我的同伴们，等一下，我们去摘些好樱桃吧。"她的同伴们说："走吧。"然而，她们骗她，她们实际上是去上厕所了。她问："你们在那儿吗？"粪便回答："我们在。"但那是粪便回答的。她一边尽力跟上她的同伴们，一边唱道：

　　　　我与那些女孩同行，

　　　　她们却把我丢在樱桃林，

　　　　她们把我留在岩石上。

　　不久，她来到一片沼泽，沼泽绊倒了她，打翻了她的樱桃。但是，沼泽给了她一条鱼以赔偿她的樱桃，于是女孩唱道：

　　　　瞧，沼泽打翻了我的樱桃，

　　　　我放在岩石上的樱桃，

　　　　女孩们把我留在岩石上，

　　　　我与那些女孩同行，

　　　　她们却把我丢在樱桃林，

　　　　她们让我待在岩石上。

于是沼泽又给了她一条鱼，但是一只鸢飞来，夺走了这条鱼。于是女孩唱道：

> 瞧，鸢夺走了我的鱼，
> 我从沼泽得来的鱼，
> 沼泽打翻了我的樱桃，
> 我放在岩石上的樱桃，
> 女孩们把我留在岩石上，
> 我与那些女孩同行，
> 她们却把我丢在樱桃林，
> 她们让我待在岩石上。

这时，鸢给了她一片羽毛。女孩继续赶路，遇见一个男孩正在和一枝草跳舞。男孩见羽毛美丽，试图抢走羽毛，羽毛被扯坏了。于是女孩唱道：

> 瞧，男孩弄坏了我的羽毛，
> 我从鸢那里得来的羽毛，
> 鸢夺走了我的鱼，
> 我从沼泽得来的鱼
> 沼泽打翻了我的樱桃，
> 我放在岩石上的樱桃，
> 女孩们把我留在岩石上，
> 我与那些女孩同行，
> 她们却把我丢在樱桃林，
> 她们让我待在岩石上。

于是男孩给了她一根柳条。女孩继续赶路，来到另一个地方，一个男人正在徒手打他的奶牛。女孩嘲笑他："你为什么要这么做？你没有棍子吗？"男人抢走她的柳条并用它打牛，柳条被打坏了。女孩唱道：

　　　　瞧，这个男人弄坏了我的柳条，

　　　　我从男孩那里得来的柳条，

　　　　男孩弄坏了我的羽毛，

　　　　我从鸢那里得来的羽毛，

　　　　鸢夺走了我的鱼，

　　　　我从沼泽得来的鱼，

　　　　沼泽打翻了我的樱桃，

　　　　我放在岩石上的樱桃，

　　　　女孩们把我留在岩石上，

　　　　我与那些女孩同行，

　　　　她们却把我丢在樱桃林，

　　　　她们让我待在岩石上。

于是男人给了她牛奶。她继续赶路，又来到一个地方，孩子们正在喝水。孩子们试图抢走她的牛奶，却打翻了它。于是女孩唱道：

　　　　瞧，这些孩子打翻了我的牛奶，

　　　　我从那个男人那里得来的牛奶，

　　　　那个男人弄坏了我的柳条，

　　　　我从男孩那里得来的柳条，

　　　　男孩弄坏了我的羽毛，

　　　　我从鸢那里得来的羽毛，

鸢夺走了我的鱼，

我从沼泽得来的鱼，

沼泽打翻了我的樱桃，

我放在岩石上的樱桃，

女孩们把我留在岩石上，

我与那些女孩同行，

她们却把我丢在樱桃林，

她们让我待在岩石上。

孩子们给了她一把剃刀。接下来，女孩又来到一个地方，人们正在用陶器碎片剃头发，她笑着说：“你们为什么要用陶器碎片剃头发？”一个男人抢夺她的剃刀，把剃刀弄坏了。女孩唱道：

瞧，这个男人弄坏了我的剃刀，

我从那些孩子那里得来的剃刀，

这些孩子打翻了我的牛奶，

我从那个男人那里得来的牛奶，

那个男人弄坏了我的柳条，

我从男孩那里得来的柳条，

男孩弄坏了我的羽毛，

我从鸢那里得来的羽毛，

鸢夺走了我的鱼，

我从沼泽得来的鱼，

沼泽打翻了我的樱桃，

我放在岩石上的樱桃，

女孩们把我留在岩石上，

我与那些女孩同行，

她们却把我丢在樱桃林，

她们让我待在岩石上。

这些人给了她一头奶牛。女孩继续赶路，来到另一个地方，人们在跟狗一块儿啃骨头，她说："把这头奶牛拿去，吃了它。"于是他们把牛宰了吃了。女孩唱道：

瞧，这些男人宰杀了我的奶牛，

我从那个男人那里得来的奶牛，

那个男人弄坏了我的剃刀，

我从那些孩子那里得来的剃刀，

这些孩子打翻了我的牛奶，

我从那个男人那里得来的牛奶，

那个男人弄坏了我的柳条，

我从男孩那里得来的柳条，

男孩弄坏了我的羽毛，

我从鸢那里得来的羽毛，

鸢夺走了我的鱼，

我从沼泽得来的鱼，

沼泽打翻了我的樱桃，

我放在岩石上的樱桃，

女孩们把我留在岩石上，

我与那些女孩同行，

她们却把我丢在樱桃林，

她们让我待在岩石上。

他们给了她一条狗来交换她的奶牛。但是，狗咬死了一个男人，他们把她抓了起来，因为她是狗的主人。女孩说："带我去牧场上厕所吧，但让我跟你们保持一段距离。"于是她从那儿逃跑了，害怕狗咬死的那个男人来复仇。

71 恩贡巴的篮子

一天，四个女孩去钓鱼。其中的一个女孩突然感到从头到脚浑身疼痛。她的名字叫恩贡巴。另外三个女孩商量了一下，决定不让恩贡巴跟她们一起去钓鱼了，让她回家去。

恩贡巴说："不，我不会做那样的事。我要为母亲和你们抓鱼。"

于是三个女孩撵走了恩贡巴。但是，恩贡巴还是决心去抓鱼，她走啊，走啊，不知道要走去哪里。最后，她来到一个大湖边。她一边钓鱼，一边唱道：

> 如果我的母亲，
>
> （她钓到一条鱼，把它放进篮子里）
>
> 曾细心照料我，
>
> （她又钓到一条鱼，把它放进篮子里）
>
> 我本应与她们同行，
>
> （她又钓到一条鱼，把它放进篮子里）
>
> 而非独自一人在此。
>
> （她又钓到一条鱼，把它放进篮子里）

有个强盗已观察了她一会儿，此刻来到她面前找她搭讪："你在这里干什么？"

她回答："钓鱼。请不要杀我！瞧，我全身都是疼痛，但我能抓很多的鱼。"

强盗看着她钓鱼，听她唱道：

啊，我必死无疑！
（她钓到一条鱼，把它放进篮子里）
母亲，你再也看不见我！
（她又钓到一条鱼，把它放进篮子里）
但是我不在乎，
（她又钓到一条鱼，把它放进篮子里）
因为无人在乎我。
（她又钓到一条鱼，把它放进篮子里）

强盗说："跟我过来。"
她说："不，鱼是给母亲的，我必须带去给她。"
强盗说："如果你不跟我过来，我便杀了你。"
女孩唱道：

啊！我要死了吗？
（她钓到一条鱼，把它放进篮子里）
因我的鱼而死？
（她又钓到一条鱼，把它放进篮子里）
如果母亲爱我，
（她又钓到一条鱼，把它放进篮子里）
我应该期盼能活着。
（她又钓到一条鱼，把它放进篮子里）

她说："亲爱的强盗，带我走吧。如果你能治好我，我将侍奉你。"
强盗把她带回了他在树林里的家，而且治好了她。他把她安置在涂色屋❶，后来娶她为妻。

强盗很喜欢跳舞，恩贡巴的舞姿优美，他因此很爱她，让她做他的所有俘虏和财产的女主人。

他对她说："我出去散步时，会把这根绳子系在我的腰上；你就能知道我何时离你较远、何时回来，我离开时绳子会绷得紧紧的，我回来时它会松松垮垮地垂着。"

恩贡巴思念她的母亲，因此跟她手下的人谋划逃跑。她派他们每天去割棕榈叶，命令他们把叶子放在太阳下晒干。她派他们去做一个巨大的篮子。强盗回来了，跟她说空气中有很重的棕榈味。

第二天，恩贡巴让她手下的人都穿上干净衣服。她知道强盗快要回来了，她命令他们去奉承他。于是他们靠近他，一些人叫他"父亲"，一些人叫他"叔叔"，还有一些人跟他说他对他们而言就是长辈。他非常高兴，跟他们一起跳舞。

但他又说他闻到了棕榈的味道。

恩贡巴哭了，告诉他他对她而言就是父母，如果他责怪家里有棕榈的气味，她会杀了她自己。

他忍受不了这样的悲伤，吻了吻她，跟她跳起舞来，忘记了一切。

第三天，恩贡巴决定试试她的篮子，看看它是否可以飘到空中。四个女人把篮子举高，给了它一个向上的推力，它飘得很美。这时，强盗正好在树上，他看见了这个飘浮在空中的大篮子。他高兴得唱歌跳舞，想去叫恩贡巴来，她一定会跟他一起跳舞。

晚上，他又闻到棕榈的味道，犯了疑心。他想他的妻子可以很容

---

❶ 在非洲的一些地区，女孩到了一定年纪（特别是青春期）会被严加看管。她的第一次生理期会以鸣枪和舞蹈来纪念。女孩会被安置在涂色屋，她的身上被涂成红色，得到悉心的照顾。她在出嫁前沐浴，然后被带到她的丈夫的身边

易地逃离他，于是他决定杀了她。他给她喝下一些棕榈酒，他在酒里下过毒。她喝下后睡着了。他把他的烙铁放入火中。他想用这块烙铁杀死她。

他准备好了一切。恩贡巴的妹妹把自己变成了一只蟋蟀，一直躲在床下，她开始唱歌。强盗听见了她的歌声，不由自主地加入，他跳起舞来，忘记了要杀他妻子这件事。过了一会儿，蟋蟀不唱了，他又开始烧他的烙铁。于是蟋蟀又唱起来，强盗又开始跳舞了，他兴奋得要叫醒恩贡巴跟他一块儿跳。但她拒绝醒来，说他给她喝的酒让她想睡觉。强盗想出去取棕榈酒。他正要出去时，恩贡巴昏昏欲睡地问他是否把绳子绑紧了。他叫来他的人来为自己穿衣打扮，他让所有的人都一起跳舞。

公鸡打鸣了。烙铁还在火里。强盗让他的妻子起来再去取点棕榈酒。

公鸡打鸣了。此时已是白天。

强盗早上离开她时，恩贡巴便决心在当天逃跑。她叫来她手下的人，让他们再试试篮子。在确定它会飘之后，她便把她手下的人和强盗的金银首饰全都放进去。她跳了进去，篮子飘了起来，飘到树林的上空，往她母亲生活的小镇飘去。

强盗这时正在树上，看见篮子朝他飘过来了，他欢快地唱歌跳舞，只希望他的妻子也看到这个巨大的篮子从空中飘过。它从他的头顶飘过，他清楚地看到篮子里面的人是他的妻子。他在树顶飞奔着追赶，直到看见篮子落在恩贡巴的小镇。他决心去那里要回他的妻子。

篮子在恩贡巴母亲的屋子周围飘着，所有人都为之惊讶。它最后停在了屋前。恩贡巴喊她的族人过来，帮助他们从篮子里出来。但是他们十分害怕，不敢去，她只好先出来，走到她母亲面前。

她的亲属们一开始没认出她来，但过了一会儿，他们都来拥抱她，欢迎很久之前走失的恩贡巴。

强盗走进小镇，宣称恩贡巴是他的妻子。

她的亲属们说："是的，她是你的妻子。你治好了她，一定会被感谢。"

她的一些亲属款待了那个强盗，其他人则为强盗和他的妻子准备了一个住处。他们点起一笼大火，煮了很多水，然后在地上挖了一个深坑，并用棍子和毯子掩盖住深坑。一切都准备好了，他们把强盗和他的妻子引到这里，请他们入座。恩贡巴坐在她丈夫旁边，他的丈夫刚一坐下就掉进了坑里。于是亲属们拿来滚烫的热水倒在他身上，他死了。

72 无牙的美丽女孩

从前，某个男人有三个儿子，不过没有一个儿子有妻子。一天，父亲出去看看他是否能为他的长子找到一个合适的女孩。他确实在附近的一个村子找到一个美丽的女孩。那天晚上，他回到家后便叫来他的长子，说："我为你找了一个美丽的女孩，我想让你明天带着牛群去找她的父亲。"

第二天一早，长子带着五头最好的牛出门，把它们赠予女孩的父亲。他一到，女孩就拿了他的棍子，小男孩们则把牛牵到了牛栏。女孩的父亲问："你是来娶我女儿的吗？"男人回答"是的"。于是女孩的父亲叫来他的女儿，说："这是你的丈夫，你今天跟他回家吧。"

女孩回答说她准备好了。于是，她和这个男人一起前往他的家。路上，女孩唱起歌来：

> 我是一个美丽的女孩，
>
> 但我没有牙齿。

她的丈夫很吃惊地说："张开你的嘴巴，我好看看你说的是不是真的。"他很惊讶地发现她只有一排黑黑的齿龈隆骨，那里本该长有牙齿。

于是男人说："没有人告诉我这一点，我得把你还给你的父亲。"他们回到了女孩的家，男人要求他们归还他的牛群，因为他的妻子没有牙齿。牛群还回来了，这个失望的男人回到了家。他一到家，他的父亲就问:"我的儿子,那个女孩呢?"

儿子回答:"我不能带她回家,因为她没有牙齿。"

第二个儿子听见了他们的对话,问他父亲:"我能亲自去看看那个女孩是否真的没有牙齿吗?因为我也想要一个妻子。"父亲同意了。次日,第二个儿子带着五头牛出发了,把它们赠予女孩的父亲,他说:"我是为了你的女儿而来的。我来得这么早,今晚就无须在这里睡觉了,可以带你的女儿一同回家。"

女孩的父亲告诉了女孩这个年轻的求婚者的愿望。女孩回答:"很好,但我得先给我丈夫一点食物。"用餐后,女孩提议马上启程,他们沿路行进。她和那第二个儿子来到之前来过的同一个地方,女孩唱道:

> 我是一个美丽的女孩,
>
> 但我没有牙齿。

年轻人一听这话,便叫她张开嘴巴,他好亲自看看。他很惊讶地发现她说的是真的,他立马把她送还给她父亲。他说:"你的女儿在这儿,她没有牙齿,我想要回我的牛。"女孩的父亲悲伤地答应了,于是第二个儿子回家去了。

他一回去,他的父亲便问:"那女孩在哪儿?"

儿子回答:"我还以为我的哥哥说谎,他说的是真的。她没有牙齿,我把她归还给她的父亲了。"

最小的儿子站起身来,问父亲他是否可以亲自去看看,父亲同意了。

长子厌恶地说:"你认为我们离开那女孩是疯了还是愚笨?"

最小的弟弟说:"不,不,但我想去看看这个没有牙齿的女孩。"

第二天,最小的弟弟带着牛群去了女孩的部落,他把牛群赠予女孩的父亲，并请求娶那个女孩。那个老人看到这么一个年轻的男人，便说："你这么年轻就想要一个妻子，而且你的两个哥哥也试过了，却把我的女儿退还回来。不过，如果你愿意的话，你可以娶她。"他叫来他的女儿，让她跟这个男人回他家。女孩答应了，给了她的新丈夫一些食物之后，他们动身了。

女孩在同样的地方唱道：

> 我是一个美丽的女孩，
>
> 但我没有牙齿。

年轻人焦急地说："张开你的嘴巴。"当他看到她嘴里的那一排黑黑的齿龈隆骨时，他很惊讶，但说："没关系，我们继续赶路。"到了河边，女孩开始唱同样的歌，但年轻人却一句话也不说。到河中央时，他叫女孩来他身边，他一只手紧握她的脖子，让她张开嘴巴，另一只手用沙子擦洗女孩的嘴巴。

他很高兴地看见那黑黑的齿龈隆骨上长出了两排漂亮的牙齿。他高兴地带着他的妻子回到了他父亲的部落。那两个哥哥一看见那个女孩，便跑去跟他们的父亲说："父亲，看看你的疯儿子，他把那个女孩带回家来了，她现在还在唱着她的那首关于牙齿的歌。"

父亲来了，但没说什么。最小的弟弟叫来他的一个姐妹，让她带他新娶的妻子去他母亲的屋子。村里听说过这个姑娘的女孩们都聚在她身边，开始跟她开玩笑。因为新来者一笑，她们就可以看看关于她的牙齿的事情是不是真的了。但她们惊讶地发现，这个女孩牙齿很好。

这时，最小的儿子告诉父亲，他把女孩带回家是要让她做他的妻子。父亲很失望。他说："好啊，我的儿子，那很好，但你失去了我所有的牛。我们能拿这个女孩怎么办？我听说她没有牙齿，因此不能吃东西。"儿子没有回答，因为他的姐妹这时进来了，告诉父亲新来者有牙齿，她亲眼看见了。父亲问："你肯定？"确定后，他对他的儿子说："好吧，我的儿子，我们明天去看看你的妻子。"

第二天，父亲走进女孩的屋子，说："我想让你张开你的嘴巴。为此我将给你一只绵羊。"女孩照做了，父亲亲眼看见了她有牙齿。那个在女孩屋子里的女人激动得嘴唇颤抖，三个人走到主院，父亲叫来他的长子和次子，对他们说："你们是多么愚蠢的男孩啊！瞧，这个女孩牙齿很好，却是你们最小的弟弟发现了这一点，他要娶她为妻。"

两个哥哥非常惭愧。几天后，人们拿出大罐大罐的麦酒，所有的朋友和邻居都来对新来者表达他们的敬意。大家谈论她的美丽、她漂亮的牙齿，只有那两个哥哥从不去看那个女孩，他们感到太羞愧了。

故事讲完了。

73　被献祭的女孩终被她的爱人带回

　　骄阳似火，万里无云庄稼都死了，人们饥肠辘辘。这样的事持续了一年，第二年又发生了，甚至到了第三年，天还是不下雨。人们在山顶的空地上聚集起来，他们习惯于跳舞。他们相互之间说着："为什么雨迟迟不来？"于是他们去找巫师，对巫师说："告诉我们天为什么不下雨，庄稼都死了，我们也快被饿死了。"

　　巫师拿起他的葫芦倒出里面的东西，他这样重复了很多次，最后说："如果要雨降临，这里必须有一个女孩被带走，这个少女的名字叫万基鲁。后天，你们所有人都回到这个地方，每个人，从老到幼，都带上一只山羊来换这个少女。"

　　到了第三天，年老的和年轻的男人聚集起来，每个人手里都牵着一只山羊。他们站成圈，万基鲁的亲属站在一起，她本人站在最中央。他们站在那里，万基鲁的脚开始陷入地下，她的膝盖已经陷进去了，她大声喊道："我要消失了！"

　　她的父母也哭喊道："我们要消失了！"

　　那些站在旁边看的人挤近了一些，把手中牵着的山羊交给了万基鲁的父母。万基鲁的腰陷入地里了，她大声喊道："我要消失了，但是天会下很大的雨！"

　　她的胸口以下部分陷入地里了，但天仍旧没有下雨。她接着说："雨会下得很大。"

　　她脖子以下的部分陷入地里了，雨倾盆而下。她的族人本可以冲上前去救她，可那些站在周围的人纷纷塞给他们山羊，他们无能为力。

万基鲁说："我的族人毁了我。"她眼睛以下的部分陷下去了。万基鲁最后一次大声喊道："我被毁灭了，我自己的族人做了这件事。"她消失不见了；土地淹没了她，天空下着瓢泼大雨，不是时而降下的阵雨，而是倾盆大雨。所有人匆匆回到了他们自己的家。

有一个勇士爱着万基鲁，他一直责怪道："万基鲁消失了，她自己的族人做了这件事。"他说："万基鲁去哪儿了呢？我要去同样的地方。"于是他带上盾和长矛，不分白天黑夜地在全国到处寻找，终于在一天黄昏来临时来到了万基鲁消失的地方。他站在她曾经站过的位置，他的脚像当时她的脚一样往下陷。他彻底地陷入了地里，土地将他淹没。他走过地下一条很长的路，万基鲁也曾走过那条路，最终见到了她。事实上，他很同情她，因为她的处境很悲惨。此时，她身上的衣服消失了。他对她说："你被献祭以带来雨水；现在雨水来了，我要带你回去。"他背上万基鲁——仿佛她还是个孩子，把她带到他走过的那条路上，他们一起爬到了荒野。他们又重新站在了地面上。

勇士说："你不要回你族人那里了，因为他们曾那么可耻地对待过你。"他让她等到夜幕降临。天黑后，他带她去了他母亲的家。他让他的母亲先离开，说他有点事情，不允许任何人进来。

但他的母亲说："为什么你要瞒着我，我可是生下你的母亲。"于是他允许母亲在场，但说："不要告诉任何人万基鲁回来了。"

于是，她住在他母亲的屋子里。他和他的母亲宰了山羊，万基鲁吃了肥肉后变得强壮起来。他们用羊皮给她做了衣服，她被打扮得非常美丽。

第二天，村里有一个盛大的舞会，勇士跟着人群一起去了。他的母亲和万基鲁一直等到大家都聚集起来，路上空无一人了，她们才走到屋外，汇入人群。亲属们看见了万基鲁，他们说："那一定是我们失去的万基鲁。"

他们纷纷挤过来问候万基鲁，她的爱人却把他们都赶走了，说："你们无耻地出卖了万基鲁。"

于是万基鲁回到勇士母亲的屋子。第四天，她的家人又来了，勇士悔悟地说："当然，他们毕竟是她的父亲、母亲和兄弟。"

于是他给了他们聘金，娶了那个曾被献祭的万基鲁。

74 邪恶的女孩受到了惩罚

从前，有个女孩爱上了一个青年，但她的父母说他们是不会把她嫁给他的。青年总是来恳求他们允许他娶她，可他们却说："我们不会把她嫁给你的。"

一天，女孩找到青年说："我来向你要你的刀，这样我便可以去杀了我的母亲。我们可以逃到其他的城市结婚。"

但是他说："不，不，我们千万不可那样做。"

后来，她又来说："给我你的刀，我去杀了我母亲。"

但是他说："不，不，你不能因为我而杀害你的母亲。"他接着说道："回家待着吧。那些能给你父母礼物的人，也能给你一些礼物。"

五天过去了，女孩问："你会把你的刀给我去切南瓜吗？"

青年忘记了她以前的请求，拔出刀递给了她。她一拿到刀就去杀了她的母亲。她跑来找那个青年，说："现在，你看到我做了这件事。如果我们不逃跑，你我都会被杀死。看看你刀上的血；我用它杀死了我的母亲。"

于是，他们出发了。青年带着弓箭，逃出了那个城市。

他们向森林前行。晚上睡在森林里，第二天早上又继续赶路。当他们到达森林中心时，女孩的身体疼痛不已，她从马上摔了下来，死了。青年于是抽出一支箭，放在弓上，随时守护她的遗体。

很快，森林里的野兽们都聚集起来要吃女孩的遗体，青年不会允许它们那么做，谁都别想碰她，除非他先被杀死。老鹰飞来，停在青年的面前说："让我们先享用。"他说："不，不，我难道没有许诺过我不会丢下她吗？我会允许你们吃她的遗体？"

老鹰回答："别相信女人，她们都不诚实。"

青年说："我不同意你的说法，我相信这个女人。"

老鹰问："你有细颈瓶吗？"

青年回答："我有。"

老鹰说："给我。"他拿着它飞走了。

很快，他给瓶子装上水带回来，问："你有刀吗？"青年回答："有。"

老鹰说："分开她的牙齿。"他从他的翅膀中抽出两根羽毛，把它们在水里搅拌搅拌。女孩的嘴巴被掰开，水被倒了进去，女孩立马就站起来了。

老鹰对青年说："看看这些羽毛——好好保管它们，当你某天去了另一个城市并且得到一些食物，你要偿还我们今天失去的美餐。"

于是青年和女孩离开了，来到一个城市。他们来到一个老女人的屋子，他们进去后一直待到了下午，他们甚至在那里睡了觉。

第二天早上，他们听见哭泣声。得知是国王的母亲死去了之后，青年起身说："我去看看可以做点什么吧。"他来到国王母亲死去的地方，走过去询问一个男人："你能让我跟国王见一面吗？"

男人回答："国王的心碎了，现在有人要去打扰他吗？"

另一个人说："嘿，你知道他是有什么事情吗？去问问国王吧。"

国王听见了他们的对话，说："叫那个青年来。"

青年来到国王面前，说："如果我让你的母亲起死回生，你将给我什么？"

其中一个侍从说："你见过有人死而复生的吗？"

国王说："别管他，或许他有些魔力。"他接着对青年说："我将给你十个仆人。"国王接着说："瞧，这个屋子我也给你，还有这些马。"

于是青年说："很好，拿个细颈瓶装点水进去。"人们把装好了水的瓶子给他。

他走到屋后，把老鹰的羽毛在水里搅拌搅拌，说："现在掰开国王母亲的嘴巴。"他把水倒入国王母亲的喉咙，她便复活了。国王兑现了他的承诺。青年回到他的屋子，从此以后便在这个城市生活。每当有人死了，人们就会来召唤他去为死者施魔法，让他起死回生。

一段时间之后，国王的一个仆人让和青年一起来的那个女孩爱上了他。他说："女孩，瞧，我们彼此了解，你会给我你丈夫的魔法吗？"

女孩说："好吧。"她去睡觉了。她的丈夫在说话，她一言不发。无论他问她什么，她都不回答。

于是她的丈夫问："你怎么了？"

她回答："哎呀，我们在一起有一段时间了，你有些事情瞒着我，你总是躲躲藏藏。"他说："仅仅是这件事让你这么沉默寡言吗？好吧，我告诉你，你要为我保密。"他给了女孩老鹰的羽毛。她拿到它们后，便拿出一个水罐，说她要去水边取水。但她实际上没有去取水，而是把羽毛给了国王的仆人，后者把它们带回了家。

不久，国王的家里又有人死了，青年像往常那样被召唤。他问他的妻子："我让你帮我保存的东西在哪里？"

她回答："它就在这里哪个地方，我就放在这里的啊。"

他们四处寻找，就是没有找到；他们又找了一遍，还是没有找到。

国王的仆人对国王说："如果我让他复生，你将给我多少东西？"

国王回答："你想要的一切，我都会给你。"

仆人说："很好。"他让那个死去的人复活了。

做完这一切后，国王的仆人要求国王把那个青年抓起来，送给自

304

己做仆人。国王说："好吧，去抓他吧。"

国王的仆人抓住了青年，将他的妻子据为己有。国王的仆人把青年绑了起来，给他戴上镣铐，把他带到森林里，让他开垦土地。

过了一段时间，老鹰飞来青年的所在之处，问道："你承诺我的东西在哪里？我告诉过你那个女人不诚实，你却说她诚实。我再为你办件好事吧。今晚，把你的脚镣提到你的大腿，进城帮我找只猫来。"于是当晚青年进城找来一只猫，然后把猫藏到天亮。

老鹰又来了，说："猫啊，我们找你是想让你帮我们捉只老鼠。"

猫说："好吧。"随即他蹿入青年砍柴的那个森林，捉了一只老鼠。

老鹰说："啊，猫，你，啊，老鼠，你知道我的羽毛的气味。从这条路进城，进入国王的仆人的屋子，如果老鼠看见羽毛，啊，猫，你就把它们带到这里来。"

猫和老鼠进了城，进入国王的仆人的家。老鼠四处张望，罐子里，箭袋里，但是没有看见羽毛，他去外面找到猫说："我看不到它们。"

猫说："再回去看看。"猫也进了屋，叫了一声"喵"。

睡觉的人说："谢天谢地！猫会捉住那只打扰我们睡觉的老鼠。"国王的仆人和他的妻子继续睡觉。

老鼠嗅了嗅仆人的嘴巴，看见了羽毛的所在之处，他对猫说："它们在这儿。我看见它们了！"

猫问："你在哪儿看见它们了？"

老鼠回答："在他嘴巴里。"

猫说："很好，去咬他。"

老鼠咬了仆人，他"喔哟"一声，羽毛从他的嘴里掉了出来，于是猫叼起羽毛，把它们带给了森林里的青年。

第二天早上，老鹰又来了，问："它们在哪儿？"

青年回答："瞧。"

老鹰说："好！我们聊聊另一个约定。总有一天，你必须偿还我曾失去的美餐。"

第二天，国王的儿子生病死了，国王的仆人被请来施魔法，可他却说他失去了他的魔法。

国王便说："召唤另一个来。这里有匹马，快马加鞭去把森林里的那个人带来。"青年很快便被带来。他来时，国王说："瞧，我们召唤了你。愿神归还你的魔法。"

青年问："一个住在野外森林的人如何能获得魔法？"

国王说："看在神的分上，帮帮我们。"

青年问："好吧，但你将给我什么？"

国王回答："仆人家里的一切，我都会给你。"

于是青年施了魔法，复活了死去的人。国王说："去抓仆人吧。"

青年抓住了仆人和他的妻子；他解开自己身上的手铐，把它们给仆人戴上；他把另一对手铐戴在妻子手上；他把他们带到他砍柴的地方，让他们把柴全都堆在同一个地方。然后，他叫来老鹰。老鹰一到，青年便说："去，召集你所有的亲属，明天我们在这块空地见面。"

第二天早晨，老鹰们来了，所有的鸟都来了，所有的森林野兽也都来了。等他们都到了，青年说："现在把这堆柴火点燃。"他们点燃了。火燃烧了所有的柴火。他对仆人和他的妻子说："起来，跳入火焰。"他们拒绝了。于是他让他的侍从们把他们拖进去，把那两人扔进了火里。他们每次冲出来，都会被再次扔进去。青年让他的侍从们把尸体从火里拉出来，放在空地上。

他说："老鹰！"

老鹰回答："嗯！"

青年说完"现在，看，这是你的美餐"后便上马回城了。

75 偷牛奶的老妇人

　　很久很久以前，有一个老妇人。她跟她的女儿在一起生活。她的女婿给她乳浆❶喝；因为当时没有多少食物，正值饥荒。她拒绝了乳浆，说她不能喝她女婿的乳浆。

　　到了耕种的时节，她饥肠辘辘；她习惯中午回家，她会打开她女婿的屋子，倒出乳浆来喝。太阳落山时，她的女婿对他的妻子说："回家煮点玉米吧，我们可以把它跟乳浆混合，因为葫芦满了。"他们一到家，妻子就煮玉米，做一点面食；丈夫去拿葫芦，却发现它空了，里面除了酪乳什么都没有。他们和他们的孩子都哭了，他们太饿了；老妇人说："我的孩子的孩子们会死，因为有个小偷在喝他们的乳浆，在这大饥荒的时期。"这个老妇人总是这么做，但丈夫和妻子并不知道乳浆是被他们的母亲喝掉的。

　　一天，丈夫埋伏以待，抓到了他们的母亲，但后者哭着说："今天是我第一次这么做。"她的女婿说："去一个没有蛙叫唤的地方帮我取点水来，我不会在人们面前揭发你。"

　　他递给她一个装水的容器。她走了很长时间，经过许多河流，来到一条她并不知道名字的河流面前。她问："这里有蛙吗？"一只蛙回答："库哇❷，我在这儿。"于是她走了过去，到了另一个地方。她看见一个水塘，过去装了点水。一只蛙说："库哇，我在这儿。"她把水倒

---

❶ 一种经过人工制作的乳浆或酪乳。

❷ 蛙类的叫声。

了出来。她始终那样行事，蛙也总以相似的方式回答，因为每个水塘都有蛙。她来到另一个水塘问："这里有蛙吗？"没有蛙回答。她坐下来取水。正当容器快要盛满（这是一个非常大的容器）时，一只蛙说："库哇，我在这儿。"她又把水倒出来，哭着说："我何其不幸啊，千真万确！我只是主动拿了我女婿的乳浆当食物。"她继续赶路，来到一个大水塘，有很多条路通向这个大水塘。她很害怕，水塘边上长着许多树荫很大的树。她来到水塘边坐下，她问："这里有蛙吗？"没有回答。她又重复了一遍问题，还是没有回答，她把水装进容器，容器变得非常满了。它一装满，她就喝了很多，直到容器变空。她又把它装满，又开始喝；她喝水喝得停不下来，因为那水是如此甘甜。可她喝不完全部的水，她的胃有点疼。

她想站起来离开，却无法起身；她把容器拉出来，去到阴凉处坐下，因为她走不动路。终于到了中午，一只蹄兔跑来问："是谁坐在国王的阴凉处？"她回答："是我，前辈。我正要离开，但我的四肢挪不动。"蹄兔说："你很快便会看见乌贡库·库班特瓦纳❶。"她去水塘喝了点水，又坐回阴凉处。一只小羚羊跑来问："是谁坐在国王的阴凉处？"她回答："是我，前辈。我正要离开，但我的四肢挪不动。"小羚羊说："你很快将会看见乌贡库·库班特瓦纳。"一只豹子跑来问："是谁坐在国王的阴凉处？"她回答："是我，前辈。我正要离开，但我的四肢挪不动。"豹子说："你很快便会看见乌贡库·库班特瓦纳。"所有的动物都来说了一遍同样的话。

太阳落山了，她听见巨大的声响——贡库❷，贡库。她害怕得颤抖起来。身边出现了一个体积比她见过的所有动物都巨大的东西。她一

❶ 一种神秘的动物，其名字模拟它发出的声音。

❷ 类似于"轰隆隆"的响声。

出现，他们都异口同声地说："这就是乌贡库·库班特瓦纳。"当她进入大家的视野，虽然还有段距离，她已经在说："谁，是谁坐在国王的阴凉处？"那个老妇人已经没有力气说话，仿佛死神已经降临到她身上。乌贡库·库班特瓦纳又问了一遍。老妇人回答："是我，我的大王。我正想离开，但我的四肢挪不动。"她说："你很快便会看见乌贡库·库班特瓦纳。"

那个生物去了水边；她一到那儿便跪在地上，喝水塘里的水；她体积庞大，一直喝到塘底的泥土都现了出来。她坐下来休息。那里有侏羚，他们是乌贡库·库班特瓦纳的官员；那里还有鬣狗。乌贡库·库班特瓦纳说："吃掉她。"鬣狗们答应了。但侏羚说："啊，酋长，等她胖了，我们就会把她吃掉。"她又说了一遍："吃掉她。"侏羚说："啊，酋长，现在天黑了；她将在早晨被吃掉。"

天黑了，他们睡觉了，所有的动物都睡觉了。但有些动物延迟了睡觉的时间，因为他们想吃掉她。到了午夜，所有动物都睡着了。但是有四只侏羚没有去睡觉，他们起身带走了老妇人。他们把她抬起来，放在其中三只侏羚的背上；第四只侏羚则抬着盛水的容器。他们在黑夜里奔跑，把她放在她的村子附近，然后迅速地返回，因为他们应当在早上之前返回。确实，他们很快又回到了水塘边。

一只侏羚对另一只侏羚说："我们怎么办？我们来商量一个计划，不能表现出是我们放走她的。"其他侏羚说："因为喜欢吃人的动物是豹子、狮子和其他野兽，还有鬣狗。"其中一只侏羚又说："我们在鬣狗身上抹上泥土，因为他们喜欢吃人；酋长会赞同地说：'他们拿走了酋长的猎物，去远处把它吃了。'如果我们涂在豹子身上，他会感觉得到（他是非常易怒的生物）并醒来，那么所有的人都会醒来，酋长会说是我们带走了猎物，然后让他们吃了我们。"其他的侏羚都同意了这个计划。他们把泥土涂在鬣狗的腿上；然后将自己洗干净便躺回他们原先躺过的地方。

早上，所有动物都起来了，说："酋长的猎物在哪儿？她会杀了侏羚，是他们反对吃掉她的。"侏羚们立马醒来，说："酋长会看看大家的脚。如果你们哪儿也没去，你们的脚便是干净的。但如果你们去了哪里，你们的脚上和腿上就会带着泥土。"酋长表示同意，对侏羚说："赶紧去找沾上泥土的腿，抓住他们，把他们带到我面前来。"所有动物都往前站，相互看着；鬣狗被发现身上带着泥土。侏羚说："是鬣狗带走并吃掉了她，因为他们是喜欢吃人的动物。"鬣狗被抓住了，被带到酋长面前。酋长抓住那三只鬣狗，吃了他们。

老妇人还在部落附近，她最终看见了一个她家乡的人；家乡的人告诉了她的女婿这个消息，他来带她和盛水的容器回去。女婿慢慢地喝着他岳母带来的水。

这一天，水被喝完之后，老妇人对她的女婿说："我去取水，你去帮我取来一只因格格❶的肝。"因为路程遥远，家人为女婿准备了许多菜球❷以供他在路上吃。早上，他带着菜球启程了。他睡在野外，最终来到一个新的地方，发现了许许多多的因格格，它们跳上河岸，相互嬉戏。他靠近它们，一会儿跑，一会儿又倒立或直立行走。老因格格说："这儿有我们的因格格。"年轻的因格格问："那是哪种因格格，长着像人一样的毛发、像人一样的小眼睛，还有像人一样的小耳朵？"老因格格说："它是一只因格格，根据我们看见的这一切，它就是一只因格格。"小因格格沉默了。它们独处时笑着说："那不是一

---

❶ 传说中的一种食人的动物，据说是堕落的人，形态和生存习惯与狒狒等动物相似，能像人那样说话。

❷ 一种用蔬菜结成球形的食物，方便携带和食用。

只因格格。"后来，它们回家去了。

女婿一到这里便注意到部落里有一个年纪很大的祖母。早晨，其他人说："小伙子，我们要去打猎了。"他说："我累了，今天不去。"所有的老因格格都去了，年轻的因格格说："我们慢慢地走，回家时希望看到你们已经在拾柴煮食物了。"小因格格说："我们不想把我们的祖母独自留下，和那个新来的人待在一起。"它们去打猎了。它们一回来，小因格格便安静地坐着；老因格格饿了，说："我们已打猎归来，你们竟然还没有去取柴火。"小因格格沉默了。猎物煮好了，它们吃完便躺下休息。

早上，它们说："我们去打猎吧。"女婿跟它们一起去了。它们打完猎回来已是下午，它们看到小因格格带着柴火回来了。它们煮好了猎物。猎物被烹调时，女婿说："给我留一条腿，因为我胃疼，现在不能吃肉。"它们答应了，给他留了条腿。它们吃完肉后躺下了。

早上，它们问他他的胃怎么样了。他说："还是疼。"它们说："我们去打猎吧。"它们去了，女婿留下来和小因格格在一块儿。猎人们一走，他说："你们去河里取点水给我喝，好吗？"它们带上盛水的容器去了。殊不知，容器漏水了，底部有个洞。它们到了河边，开始盛水；容器却在漏水。它们花了很长时间从河边返回家里。事实上，它们一离开家，女婿便起身拿着长矛，杀了那些不在场的小因格格的祖母，取了它的肝。他四处张望，往头顶上方看时看见一套生火工具，便把它拿下来，带着逃走了。

太阳要落山了，小因格格们回来了；它们一到村子低处便看见鲜血流了一路，血已经干了，因为女婿是在早上杀了小因格格的祖母。它们立即跑回家。它们进了屋，但是屋子很长，里面的光线也很暗；它们到达时，它们的祖母已经死了。它们跑了出去，一边哭泣，一边全力奔跑，跑向老因格格们去打猎的方向。一看到老因格格，小因格格便哭个不停，问："那个长着人的眼睛的东西是哪一种因格格？"老因格格问："发生了什么？"小因格格回答："他杀死了我们的祖母。"它们扔下猎物，手里拿着长矛飞奔而去。它们问："那个我们认为是因格格的男人去往哪个方向了？"小因格格说："我们没看见他，我们去取水了，回来发现祖母死了，他却不见了。"

它们跟踪他留下的血迹。它们一路飞奔；天黑了便睡在旷野。早上，它们一醒来就拼尽全力地飞奔。到了中午，那个拿着肝的男人回头看见他的身后扬起了许多尘土。他跑得很快，但是真正的因格格跑得比他还快；他是个人，而它们是动物。正午时，它们看见他了，仿佛是飞跃过来看见他的。他眼见它们很快便会抓住他，就爬上一个又长又陡的地方，并发现了一片浓密的长草丛。他拿着生火工具，坐下来，点燃了草丛，火包围着陡峭的山。因格格们逃走了，因为它们怕火。女婿一直往前跑，直到天黑下来他看不见它们。

他睡觉了。早上，他一醒来便逃跑。那一晚，他睡在高地上的另一个村子里。早上，他一醒来便逃跑。中午的时候，他回头看见因格格们正朝他跑来。被他落在后面的那些动物原本累了，但此时看见他飞快地奔跑，它们的疲惫似乎消失了。他看它们快要抓住他了，便又点燃了草丛。它们一看见火，便停下来。他跑着跑着，再也看不见它们了；他后来在路上睡了两次，都没看见它们。第三天，他快回到他的族人那里了。他中午的时候看见它们了；它们还在追他；他加速接近村子，它们那时便折返了。因格格们回到了它们的家。

老妇人的女婿回到了家；他一到家便把老因格格的肝给她。她说："你做得很好，我的孩子。"

祖鲁叙述者的解释

乌贡库·库班特瓦纳之所以被这么称呼，是因为她是所有动物的母亲，她是它们的酋长和首领。至于水塘，动物们常去那里先自己饮水，再留点水给她，因为她不能先喝水。如果她先喝，动物们来饮水之前，所有的水就会被喝完。她的身体巨大，身体的一边有旷野，一边有河流和森林，但动物们不喜欢去她身体里的河流饮水，因为它们喜欢普通的水。它们饮水的水塘在某种程度上可以说提供了美味如牛奶或乳浆的水。因此它们不在别的河流饮水，只在这个水塘里。她被称作乌贡库，是因为当她还在遥远的地方时，她前来的声音就会被听见，它们听到她乌贡——乌贡——地来了。

因格格很明显是人，它们按照自己的选择来生存。它们一直住在旷野，直到它们被叫作动物。它们住在旷野，食人。如果从其他人类中间来了一个人，这个人有着跟它们一样的习惯，它们会非常欢快，会说他也是一只因格格，因为他跟它们做同样的事。然而，孩子们的洞察力比老因格格们强大和犀利。它们警惕地对待他，说："它不是因格格。"即使老因格格生气或打它们，它们也拒绝承认。它们时常去河边玩耍，一到那儿它们就比赛跳跃，据说不能跳跃的不是因格格；连小因格格也跳跃。如果有人假扮因格格，它们会和他一起去河边，让他像它们那样跳跃。据说，它们跳跃的时候，身形轻巧，而且它们吃红土。

因格格经常用四条腿走路，它们有尾巴，说话像人。

76 吃错粥的妻子

你会怎么看？这是他们所做的事。他们去寻找妻子，说："我们去结婚吧。"

他们中的一个到处寻找妻子。每个人都拒绝了他。虽然如此，他最后也像其他人那样顺利地结了婚。

啊！他把她带回了家。

他娶她时，说："喂，女人，你喝小米粥，别吃其他的。"

女人回答："好。"

男人接着说："我只喝高粱粥。"

女人又回答一遍："好。"

从那以后，他们就只喝粥，女人喝小米粥，男人喝高粱粥。

哎呀！有一天，女人犯了一个错误，偶然喝了高粱粥。男人走过来说："你喝了我的粥，我让你只喝小米粥。"他捡起一把斧头，打那个女人。他把她拖出去，欻！欻！欻！把她扔到了西边。

男人独自前行，四处流浪。

一天，他自言自语："我们去灌木丛里散步。"他去了那里，也猎到了猎物。他想起还有一个女人被留在那边的村子里。他又自言自语："我去娶她吧。"

他去了那儿，娶了她，把她带回家并对她说："喂，女人！你知道是什么害死了我的前妻吗？……你不要喝高粱粥，你要喝小米粥。就是如此。"

女人说："不必担心，我不会吃高粱粥的。"

第二天，他想到自己还要去灌木丛，于是把他的第二任妻子独自留在家里。他说完"我去灌木丛散散步"之后便出去了。

哎呀！到了晚上，天已经很黑了，第二任听见"嗖！嗖！嗖！欻！欻！欻！"的声音。她想：那一定是那第一任妻子的声音，那个被用斧头死打的女人。

欻！欻！欻！她已经到了门口。她敲门，咚！咚！咚！敲啊！敲啊！敲啊！接着传来用兰巴语唱的歌曲：

开门，开门，小鸟。

开门，开门，小鸟。

啊，母亲啊！满足于小米。

一点高粱粥就是一只小鸟。

第二任妻子过去给她开门。第一任妻子拖着脚步慢慢地走进屋子，说：

把它放在火上，把它放在火上，小鸟。

把它放在火上，把它放在火上，小鸟。

啊，母亲啊！满足于小米。

一点高粱粥就是一个幽灵。

第一任妻子自顾自地往前走，把锅放在火上。她们俩都很安静。你可曾见过这样的情景！锅在火上煮着，第二任妻子这才看清楚第一任妻子的样子，她听见：

搅搅粥，搅搅粥，小鸟。

搅搅粥，搅搅粥，小鸟。

啊，母亲啊！满足于小米。

一点高粱粥就是一个幽灵。

第一任妻子起身从大罐子里拿出一些高粱，她双手把它放进锅里，搅拌着，然后把粥盛在盘子里。想象一下！她的两根手指都伸进去了。她说：

我们吃吧，我们吃吧，小鸟。

我们吃吧，我们吃吧，小鸟。

啊，母亲啊！满足于小米。

一点高粱粥就是一个幽灵。

她一个人在那里吃。第二任妻子往粥里伸入一根手指，但她没吃。第一任妻子又重复：

我们吃吧，我们吃吧，小鸟。

我们吃吧，我们吃吧，小鸟。

啊，母亲啊！满足于小米。

一点高粱粥就是一个幽灵。

她独自喝完了她的粥。第二任妻子一言不发。第一任妻子离开了。看！她走了。她拖着脚步走！她拖着脚步走！她在门边停下来，说：

在我身后关门，在我身后关门，小鸟。

在我身后关门，在我身后关门，小鸟。

啊，母亲啊！满足于小米。

一点高粱粥就是一个幽灵。

她出去了！她走向她的坟墓，将自己埋在里面。

第二天，男人从灌木丛回来了，他的第二任妻子出来迎接他。她说：“哎呀！你让我留下来的这个屋子，晚上会有东西来。根本不可能睡觉。它的歌声始终让我无法睡觉。”

男人问：“它是什么样子的？”

女人回答：“你今晚会见到。”

夜幕降临。男人问：“现在，你说的那个东西在哪儿？”

女人说：“我们会见到它，一定会的。”

天黑了。第一任妻子已经在那里了。里面的人听见：咚！咚！咚！敲啊！敲啊！她已经在那儿敲门了：

> 开门，开门，小鸟。
>
> 开门，开门，小鸟。
>
> 啊，母亲啊！满足于小米。
>
> 一点高粱粥就是一个幽灵。

神保佑我们！第二任妻子要去开门。丈夫抓住她，说：“别去！”

她说：“我要去。”

于是，那个瘦小的女人摆脱了她丈夫，去开了门。第一任妻子进来了，拖着脚步慢慢走来。

> 把它放在火上，把它放在火上，小鸟。
>
> 把它放在火上，把它放在火上，小鸟。
>
> 啊，母亲啊！满足于小米。
>
> 一点高粱粥就是一个幽灵。

她把锅放在火上，然后坐下来。锅在火上煮着，她说：

> 搅搅粥，搅搅粥，小鸟。

搅搅粥，搅搅粥，小鸟。

啊，母亲啊！满足于小米。

一点高粱粥就是一个幽灵。

她自己搅着粥，把它盛出锅，伸入两根手指，唱着：

我们吃吧，我们吃吧，小鸟。

我们吃吧，我们吃吧，小鸟。

啊，母亲啊！满足于小米。

一点高粱粥就是一个幽灵。

天哪！她喝着她的粥。接着，她又拖着脚步慢慢地走，但这一次是走向床边，她说：

我们睡觉，我们睡觉，小鸟。

我们睡觉，我们睡觉，小鸟。

啊，母亲啊！满足于小米。

一点高粱粥就是一个幽灵。

她躺到床上，那张床上还躺着她那曾用斧头打她的丈夫。看到这里，第二个妻子跑出去了。

第二天早上，人们在这个屋子里只看到一具男人的遗体。

这个小故事讲完了。

77 双胞胎兄弟

　　从前，某个女人在忍受长时间的分娩之痛后，生下了一对双胞胎。每一个孩子被带到这个世界时，都有一个珍贵的物神。母亲把双胞胎的其中一个叫作卢恩巴，把另一个叫作马文古。他们出生时就差不多成年了。先出生的马文古想开启他的旅行。

　　此时，恩赞比（大地）的女儿到了婚嫁的年纪。老虎来自荐，恩赞比告诉他，他必须亲自跟她说，因为她只嫁给她自己选择的男人。于是老虎来到女孩身边向她求婚，她拒绝了他。小羚羊、猪，以及一切被创造的、有呼吸的生物都一个接一个地来向恩赞比的女儿求婚。但是，她拒绝了他们，说她不爱他们。他们为此感到非常悲伤。

　　马文古听说了这个女孩，决定去娶她。他召唤他的物神，请它帮助他。他手里拿着一些草，将一根草变成一支喇叭，将一根草变成一把刀，将另一根草变成一把抢……直到他为长途旅行做好了准备。

　　他动身了，走着走着，饥饿袭来。他便问他的物神他是否会饿死。物神赶紧在他面前摆上盛宴。马文古吃得很满足。

　　马文古说："啊，物神！你是要留下我用过的这些美丽的盘子，给路过的人用吗？"魔法立即让所有的东西消失了。

　　马文古走着走着，感到非常疲惫，只好请他的物神来帮他安排一个地方睡觉。魔法把睡处安排得很舒适，马文古度过了一个宁静的夜晚。

　　经过多日疲惫的旅行，马文古终于来到了恩赞比的小镇。恩赞比的女儿第一眼看见他便爱上了他，于是跑去找她的父母，喊道："我见到我爱的男人了，如果我不嫁给他，我便会死去。"

马文古找到了恩赞比，告诉他自己是来娶她女儿的。

恩赞比说："先去看看她吧，如果她愿意嫁给你，你便可以娶她。"

马文古见到恩赞比的女儿时，便爱上了她，两人甜蜜相拥。

镇上的人们高兴得唱歌跳舞。马文古和恩赞比的女儿被带到一个精美的屋子，他们在那里休息。早上，马文古注意到整个屋子到处是镜子，但每面镜子都被遮盖起来，他看不见镜子上的玻璃。于是他让恩赞比的女儿揭开它们，他好照照镜子。她把他带到一面镜子前，揭开了它，马文古立马就看见与自己的家乡相像的景象。她带他走到另一面镜子前，他看见了他熟悉的另一个小镇。除了一面镜子以外，她带他去看了其他所有的镜子。唯独那一面镜子，她拒绝让他看。

马文古问："你为什么不让我看那面镜子？"

她说："因为镜子里的那个小镇，人们有去无回。"

马文古催促她："就让我看看吧！"

恩赞比的女儿最后妥协了，马文古痛苦地看着那个可怕之地的景象。

他说："我得去那儿。"

恩赞比的女儿恳求道："不，你将永远回不来。请不要去！"

马文古说："别怕！我的物神会保护我。"

恩赞比的女儿哭得很伤心，但又动摇不了马文古。于是马文古离开了他的新婚妻子，骑上马背，朝着那个有去无回的小镇出发了。

他走着走着，正当快要到达那个小镇时，遇见了一个老妇人。他问她借火点烟斗。

她说："先把你的马拴好，再来取火。"

于是马文古下了马，把他的马拴得牢牢的，再去找那个老妇人借火。他一靠近她，她便杀了他，他彻彻底底地消失了。

卢恩巴正为他哥哥马文古消失了很长时间而感到焦急，决定去寻找他。他拿了些草，在他的物神的协助下将一根草变成一匹马，将一根草变成一把刀，将另一根草变成一把抢……直到他完全为长途旅行做好了准备。

他动身了，经过多日的旅行，来到了恩赞比的小镇。

恩赞比急冲冲地跑出来见他，叫他马文古，还拥抱了他。

卢恩巴说："不，我不叫马文古，我是他的弟弟卢恩巴。"

恩赞比说："胡说！你就是我的女婿马文古。"盛宴马上就开始了。恩赞比的女儿高兴地跳起舞来，不相信他不是马文古。卢恩巴实在太累了，不知道如何是好，但他现在确定了恩赞比的女儿是马文古的妻子。夜幕降临，卢恩巴会在马文古和恩赞比的女儿的屋子里睡觉。他召唤他的物神，它把恩赞比的女儿关在房间里。它晚上会把她移出房间，第二天一大早再把她移回来。

卢恩巴的好奇心也被挂在墙上的许多镜子吸引了。于是他请恩赞比的女儿准许他看看它们。除了一面镜子外，她给他看了其他所有的镜子。她告诉他那面镜子照出的是一个人们有去无回的小镇。卢恩巴坚持要看看镜子。当他看见那幅可怕的景象后，他知道他的哥哥就在那儿。

卢恩巴决定离开恩赞比的小镇，去往那个有去无回的小镇。在感谢他们对他的热情款待之后，他出发了。他们哭得很大声，但想到他已去过那里一次并且安全地回来了，也就感到些许安慰，相信他还会再回来的。卢恩巴走啊走啊，来到老妇人所站的地方，向她借火。

她让他先拴好他的马，再来找她取火。他只轻轻拴上马，便向老妇人猛扑过去，杀了她。

他找到他哥哥的骸骨和他的马的骸骨，把它们放在一起，然后用他的魔力触摸它们。马文古和马都死而复生了。他们一起把成百上千人的骸骨都聚集起来，用他们的魔力触摸他们，所有人都复活了。于是双胞胎兄弟和他们的跟随者一起回恩赞比的小镇去。路上，卢恩巴告诉马文古他是如何被他的岳母、岳父和妻子误当成马文古的，还有他是如何在魔力的帮助下维护他妻子的声誉的。马文古感谢他说："那很好。"

然而，两兄弟为了跟随者的事情起了争执。马文古说他们是他的，因为他是长兄；但卢恩巴说他们属于他，因为是他给马文古和他们生命的。于是马文古猛扑到卢恩巴身上，杀了他。卢恩巴的马留守在卢恩巴的遗体旁边。马文古去了恩赞比的小镇，在那里受到了热情欢迎。

卢恩巴的马用它的魔力触摸卢恩巴的遗体，他复活了。卢恩巴骑上马，找到他的哥哥并杀了他。

小镇上的人们听说了整件事情，他们都说卢恩巴的做法是正义的。

78 肯凯贝

从前，某个国家发生了一场大饥荒，人们不得不吃野生植物来维持生存。那段时期，他们的主食是从地上挖出的农维❶。

那里生活着一个叫肯凯贝的男人。一天，他的妻子对他说："我的丈夫，去找我父亲，请求他给我们一点玉米。"

肯凯贝说："好，我会去的。"

他一大早就起来，赶到他岳父的村子。他在那里受到了非常友好的招待。人们宰了一头很大的公牛款待他。公牛太大了，人们足足吃了六天。他的岳父向他询问近况。

他说："没有什么消息要告诉朋友们的，仅有的消息就是我家里没有粮食吃了，饥荒笼罩在我们的头顶。你能给我一点玉米吗？我们快饿死了。"

于是他的岳父给了他满满的七包小米，还让他的妻子的姐妹们跟他一起回去，好帮他拿小米。他们来到他家附近的一个山谷，他告诉他妻子的姐妹们她们可以回到她们父亲那里了。

她们说："你一个人如何拿得了这所有的东西？"

他回答："我拿得了，因为我已经离家不远了。"

于是女孩们返回她们父亲那里了。

肯凯贝一个一个地把那些包提起来，藏在一块大岩石下的洞里。

---

❶ 指一种小金梅草属植物的球茎，可食用。这种植物属于小型植物，无叶，会开花。

接着，他拿出一些小米，把它们碾磨得很细，做成像农维一样的食物。他又从地里挖了点真正的农维，回家找他妻子去了。

他对她说："你父亲的村子也发生了饥荒。我发现那里的人在吃他们自己。"

他让他的妻子生火，然后假装从自己的大腿上切下一块肉，说："在你父亲的村子里他们就是这样做的。现在，妻子，我们也做同样的事情吧。"

他的妻子从自己的腿上切下一块肉烤，而肯凯贝放在火上烤的肉其实是他从外面带回家来的。

肯凯贝的小儿子说："为什么我父亲的肉闻起来香，而我母亲的肉却没那么香？"

肯凯贝回答："这是因为它是从一个男人的腿上取下来的。"

说完这话，他递给他妻子一些农维烤。他却为自己拿了一些他用玉米做的假农维。

儿子问："为什么我父亲的农维闻起来香，而我母亲的农维却没那么香？"

肯凯贝回答："这是因为它们是一个男人挖的。"

吃完食物，肯凯贝走到外面，但他掉了一块农维在火边。他一出去，儿子就发现了它。他把它掰成两半，递给他母亲一半。

他说："我们的农维和父亲的那些不一样。"

他的母亲说："是的，我的孩子，这一块是用玉米做的。"

第二天早上，天刚亮，肯凯贝起来了，他拿着一个罐子出去了。儿子醒了，看见他父亲外出了，于是呼唤他母亲："母亲，母亲，醒醒！我父亲拿着一个罐子出去了！"

于是她起来，他们跟在肯凯贝后面。他们看见他去了那个石洞。

肯凯贝从其中一个包里取出一点小米，开始碾磨。他们来到岩石顶上，将一块大石头推了下来。

肯凯贝看到石头滚下来，撒腿就跑，但石头一直跟在他身后。他跑下山谷，石头还在滚。他跳进河里的一个深洞，石头也滚下去了。他跑上山，爬上岩石。他跑过平原，但一回头，那石头就在他身后。这事持续了一整天。夜晚，他回了家，石头才停下来。这时，他的妻子已经回到家，并带回了其中一包小米。

肯凯贝哭着进了屋。

他的妻子问他："你为什么哭得像个孩子？"

他说："因为我又累又饿。"

她说："你的衣服和包去哪儿了？"

他回答："我蹚过一条河后，摔倒了。河水带走了我的斗篷和包，实际上带走了我所有的东西。"

他的妻子递给他他的斗篷，那是他逃跑时她捡起来的。她对他说："你做的这些事情真是愚蠢。你今晚没有食物。"

第二天早上，肯凯贝早早起来，带着他的两条狗出去打猎。一只叫铛铛塞，另一只叫姆班波佐泽勒。他发现一只大羚羊和一头小羊正在一块儿。他把小羊赶到他所在的位置，切下一只羊耳在火上烤。羊耳很肥，他喜欢吃，于是又切下了另一只羊耳，也烤来吃了。他想宰羊，又自言自语："如果我宰了这头小羊，我就不能从大羚羊那儿取到羊奶了。"

于是他叫来他的两条狗，问其中一条："铛铛塞，我的狗，如果我杀了这头小羊，你会模仿它，去大羚羊那里为我吸奶吗？"

铛铛塞说："不，我会像狗一样吠叫。"

肯凯贝说："滚出我的视野，不要再靠近我，你这丑陋无用的动物。"

他问另一条狗："姆班波佐泽勒，我的狗，如果我杀了这头小羊，你会模仿它，去大羚羊那里为我吸奶吗？"

姆班波佐泽勒说："我会那样做的。"

于是他宰了小羊吃掉了。他把羊皮盖在姆班波佐泽勒身上，这样大羚羊就会在姆班波佐泽勒吃奶的时候以为是她的小羊在吃奶，然后他再换自己去挤奶。一天，姆班波佐泽勒吃了太久的奶，肯凯贝想让它走开。当它的主人生气地用棍子打它时，它还试图再多喝几滴奶。姆班波佐泽勒开始咆哮，大羚羊发现她被骗了。她立马追赶肯凯贝，试图用她的羊角顶他。他跑完了一整条路，大羚羊还在后面追他。他跑完了又一条路，大羚羊还是在后面追着他。

他的妻子出来了，看见他在奔跑。她喊他："快点跳上大石头。"他那样做了，大羚羊非常愤怒地跑过去，撞上了石头，掉下来摔死了。

于是他们把大羚羊宰了，想要煮了她，但是没有火。肯凯贝对他儿子说："翻过山谷，去食人者的村子要点火来，但是身上不要带任何肉，以免他们会闻出来。"

男孩去了，他藏了一块肉在身上。他去第一户人家要火，他们派他去第二户人家；到了第二户人家，他们又派他去下一户人家……他最后只得来到最远的那户。那里住着一个老妇人。男孩给了她一小块肉，说："等我带着火走得远远的，你才能烤它。"

但是，男孩一走，她便把肉放在碳火上烤了。香味钻进了食人者的鼻子，他们跑过去吞下了那个老妇人、肉、火和灰烬。

他们在后面追男孩。等他跑近家时，他喊道："躲起来，你们这些在家的人！"

他父亲说："我儿子说我们得聚拢干柴，好做炭火。"

他母亲说："不，他是说我们必须躲起来。"

326

男孩又喊道："躲起来！"

他的母亲躲在灌木丛里。那里的一个老妇人用灰烬把她遮盖起来，而肯凯贝爬上了一棵树，手里拿着大羚羊的胸脯肉。男孩则滑入路边的一个洞口。

食人者来了。他们先把大羚羊吃了。其中一个说："在灰烬那里找找。"他们发现了那个老妇人，吃掉了她。

他们又说："在树上找找。"他们发现了肯凯贝。他哭得很厉害，但他们不会放过他。他们吃了他，还有大羚羊的胸脯肉。聪明的那个食人者说："看看灌木丛。"

他们在那儿发现了肯凯贝的妻子，说："我们下次再吃她。"他们带着她回了家。他们没有找到男孩。

女人计划逃跑。她为食人者们酿了麦酒，他们都来喝酒。他们坐在一个大屋子里，喝了很多的麦酒。她说："我可以出去吗？"

他们说："你可以去，但快点回来。"

她说："我要关上入口吗？"

他们说："关上。"

她放火点燃了屋子，那些食人者全都被烧死了。女人逃了出来，从此以后跟她的儿子快乐地生活在一起。

79 水中巨人

　　从前，有一个牧羊的小男孩，他的父亲把一片水草肥美的牧场指给他看，让他带着山羊去那里放牧。那天，他把它们带去那里吃草，第二天也带它们去了。第三天，山羊们正在吃草，牧场的主人现身了。他对男孩说："你为什么带你的羊来吃我的草？"男孩回答："这不关我的事。是我父亲让我来这儿的。"他说："今晚我会去你家，跟你父亲谈谈。"牧场的主人是个高大的男人，名叫木贡加姆布拉。晚上，他来到男孩家，问他的父亲："为什么你看到我已经向你关闭了牧场，你还让你的羊老吃我的草？"

　　那个父亲说："那是我的事。"木贡加姆布拉说："因为你已经做了这事，我要吃了你和你的族人。"那个父亲说："你不要做那样的事情。"年轻的男人们于是磨光他们的剑，准备好他们的长矛，但木贡加姆布拉对于他们而言太强壮了，他吃了那个父亲、年轻的男人、女人、孩子、牛和山羊，他接着吃了屋子和粮仓，那里一无所剩了。唯一逃过的人是小男孩，他跑了，躲在草丛里，木贡加姆布拉没有看见他。

　　男孩给自己做了一个弓，能够打中野生猎物。他变得强壮起来，为自己建了一个屋子。他终于成年了。他说"我为什么待在这里？我高大强壮。木贡加姆布拉杀了我的父亲和所有的族人，他却还活着。"

　　他于是把他的剑磨得很锋利，来到木贡加姆布拉的住所。他一靠近，便看见木贡加姆布拉正从他生活的那片水域里出来。他对他喊道："明天我会来杀了你。"他回去后吃了更多的肉，变得比以前更强壮。

第二天，他又来了，但木贡加姆布拉不见了踪影。第三天，他见到了他，他说："你杀了我所有的族人，我因此要杀你。"木贡加姆布拉害怕了，对这个勇士说："别用你的剑刺中我的心脏，否则我会死。但你可以切开我的中指。"勇士这么做了。他又说："刺个大洞，不是小洞。"勇士刺了一个大洞，被木贡加姆布拉吃掉的那个父亲、年轻的男人、女人、牛、山羊、屋子和粮仓全都掉出来了，完好如初。勇士说："啊，我将饶恕你，因为你归还了我的父亲，他的族人和财产，你不要再吃他们了。"木贡加姆布拉说："他们会安全的。"

勇士和他的族人回去重建他们的家园。勇士心想："这个木贡加姆布拉高大强壮，又邪恶。他吃过许多人。他可能还会来伤害我父亲。"

他于是召集年轻的男人们，让他们来跟他一起对抗木贡加姆布拉。他们准备好武器，前往木贡加姆布拉的家。他见他们来了，便问："你为什么要来这里杀我？我难道没有归还你的族人吗？"勇士回答："你很邪恶。你杀害了很多人。所以你得死。"他们全都猛扑上去杀死了他。然而，木贡加姆布拉的一条腿离开他的身体，跑回了水里。勇士回家后告诉他的兄弟，他杀死了木贡加姆布拉，但让他的一条腿跑了。他说："明天我要去水里找出那条腿，烧了它。"他的母亲恳求他不要去，但第二天他还是去了。他去到那里时却发现没有水了，只有牛和山羊，因为那条腿带着木贡加姆布拉的孩子们和所有的水到很远的地方去了。他没有带走牛和山羊，而是把它们留了下来。勇士于是带着他的族人把牛和山羊牵回了他们的家园。

80 一个女人换一百头牛

　　从前，有一对男女。他们在帕塔这片土地上生活了很多天后，生下了一个儿子。他们的财产是一百头牛。除了牛，他们别无他物。

　　随着时间的流逝，他们的儿子长大了，长成了一个大孩子。男孩十五岁时，他的父亲死了。几年过后，他的母亲也死了。这个年轻的男人从他父母手里继承了一笔遗产——他继承了他们留给他的一百头牛。他在家为他父母服丧。之后，他有一种强烈的愿望要找一个女人成家。

　　他对他的邻居们说："我想娶一个女人，因为我的父母死了，我现在独自一人。我不能一个人待着，我得结婚。"

　　他的邻居们对他说："当然，你得结婚，你现在很孤独。我们会为你四处看看，以便让你找到一个合适的女人结婚。"

　　他说："好吧。"

　　他稍后又说："我想让人出去为我寻找一个女人。"

　　他们说："如果是神的旨意的话。"

　　于是，其中一个邻居动身去寻找这个年轻人可以娶的女人，他最终找到了一个。他回来对他说："我找到了一个你渴望的女人，但她并非来自这个小镇。"

　　他问："那她住在哪里？"邻居说："在另一个小镇，非常远。我想从这儿到那儿有八个小时的路程。"

　　他问他："这个女人是谁的女儿？"

邻居对他说："她是老阿布杜拉的女儿。她的父亲十分富有。这个女人有六千头牛。她的父亲没有其他的孩子，只有这么一个女儿。"

年轻人听到这话，急切地想要得到这个女人。他对他的邻居说："你明天可以带着我的答案去那儿一趟吗？我非常乐意娶她。"

邻居说："如果顺利的话，我明天会去那儿。"

天一亮，邻居便起来赶路，他找到老阿布杜拉，把年轻人的口信传给了他，讲述了事情的原委。

这个父亲对他说："我听见了你的话，但我希望想娶我女儿的人赠予我一百头牛作为聘礼。如果他给了聘礼，我将把我的女儿嫁给他为妻。"

邻居说："如果顺利的话，我会把答复转给他。"

这个父亲说："好吧，就那样做！"

邻居动身返回，把老阿布杜拉的回复带给了年轻人。他告诉他他们商量的全部事情。

年轻人说："我听见了你的话，他想要一百头牛作为聘礼，可我只有一百头牛。如果把它们都给了他，我的妻子来了，她将依靠什么生活？我只有我从父母那里继承的这一百头牛，没有别的财产。"

最后，他的邻居对他说："好吧，如果你不想要她，告诉我就是了。我可以把你的答复带去。如果你想要她，也明确地告诉我。"

年轻人低头思考。他再抬起头时说："没关系，去告诉他我接受了。我会带一百头牛去给他。"

邻居去找女人的父亲，对他说："年轻人愿意付出这一百头牛。"

那个父亲说："那么我同意他来娶我的女儿了。"他们商谈了细节，然后派人去请来年轻人。他受到隆重的招待。他们一起商量了婚事。年轻人娶了那个女人，付出了一百头牛。他们的婚宴非常热闹。

年轻人带着他的妻子回到家。起初，他们一起生活了十天。可是当他们把带来的食物吃完后，年轻人再也拿不出什么给他的妻子吃了。于是他对她说："亲爱的妻子，我如今没剩下什么可吃的了。以前，我有我的牛，我给它们挤奶，所以还算有点财产。但我为了你把牛都送出去了，现在什么也没剩下。亲爱的妻子，我现在去找我的邻居，从那些有奶牛的人那里拿点牛奶，牛奶虽少，但我们总算可以有点东西吃。"

女人对他说："好吧，亲爱的丈夫。"

年轻人出去了。这份差事现在变成了他的工作。他每天出去给别人的奶牛挤奶，从而得到一点能让自己和妻子吃的东西。他每天都这么做。

一天，他的妻子走出屋子，站在门口。这时，恰巧有一个英俊的年轻人从门口路过。他看见那个站在门口的女人，便生出念头想要引诱她。他派了一个皮条客去跟那个女人谈。

女人说："神为我见证，我听见了你要传给我的话，但你得稍微等待一段时间，等我下决心，我会让你知道的。我现在还回答不了你。"于是皮条客起身回家了。

三个月后，女人的父亲心想：我得去一趟我女儿和她丈夫那里。经过长途跋涉，他终于来到了他女婿家。他一到那儿便敲门，他的女儿起身应答："谁？"

老人说："我，阿布杜拉。"

女儿对他说："进来吧。"

于是他进了屋，跟他女儿互相问候。她请他进大厅坐，老人坐了下来。父亲问他女儿她过得怎么样，她说："很好，我的父亲。"

女儿站起来，离开他父亲坐的位置，走进了她的房间。她思来想去，哭个不停。屋子里没有一丁点食物可以让她拿来为她父亲烧饭。于是她从后门离开。当她回头看院子时，看见了那个想引诱她的年轻人。他叫她走近一些。她走到他身边对他说："先生，你过得如何？"

他说："我曾派人去找你，你说你会来拜访我，但你并没有来。你为什么这么犹豫？自从那天看见了站在家门口的你，我便再也无法安稳入眠。每一天，我一躺下，便在睡梦中梦见你。"

女人对他说："神为我见证，我将不再打扰你。如果你渴望我，我将毫不迟延地前来。但先为我找一块肉来，这样我便可以煮东西给我的客人吃。我之后会来。"

年轻人问她："你的客人是谁？"

女人回答："我把我的父亲像客人那样招待。"

他说："你在这儿等着，我马上就去给你拿点肉来。"

他走了，女人还站在那里。不久，他拿着一整块牛腿肉来了，对她说："肉在这里，但是现在不要再拖延我的时间了。"

她说："上帝为我见证，我不会拖延你的时间。"

他把肉递给她，女人拿着肉回家了。给她肉的这个男人在外面走来走去，等着女人兑现她的承诺。

女人一回来就把肉切成小块放进锅里。她刚把肉放入锅里，她的丈夫就回来了。他一看见他的岳父正坐在大厅里，便热血沸腾。他找不到话说，也不知道该如何是好。然后，他去找他的妻子。他看见她在煮肉，便问她："我亲爱的妻子，你在那儿煮什么？"

她回答："我在煮肉。"

他问："你从哪儿得来的肉？"

她说："我从邻居那儿得来的。肉是他们给我的。"她丈夫听了这话，一言不发。他是如此的穷困，因此感到很悲伤。

他对妻子说："我亲爱的妻子，我们现在怎么办？我们不仅要养活我们自己，还要招待一个客人。"

妻子对他说："我不知道我们要怎么办。"

他说："我去跟雇我挤奶的富人说'我家里有个客人，我想请求你们给我一点东西，不管是什么，我好做给我的客人吃'。"他起身去他工作的地方找那些富人，跟他们讲述了自己的遭遇。

那些富人很同情他，给了他一点肉和牛奶。他带着东西回家了。

他的妻子已经把她从引诱者那里得来的肉煮好了。她丈夫带着肉一回来，她便摊开手接下，把它放在地上。女人在厨房里拿出锅里的肉，把它放在他们惯用的浅盘上。

那个引诱者还在原地走来走去，直到他眼见女人答应的时间已经过了。于是他说："我最好从前门经过，往里面瞧瞧，或许我会看见那个女人。"他走了过去，从门口路过，看见女人的丈夫和他的岳父正坐在那里聊天。这个邪恶的男人看见了他们，他跟他们打招呼，女人的丈夫回应了问候，并请他过去。邪恶的男人走过去坐下来。

他们一起聊天。女人的丈夫对这个陌生人的阴谋一无所知，不知道他真正想要的是什么。他们聊着天——女人的父亲、女人的丈夫和那个想来打乱年轻男人的家的平静的邪恶家伙在一起聊天。这三个男人同坐在大厅里。

屋里的女人把肉放在浅盘后，便把它端到大厅。她丈夫起身接过肉，女人说："吃吧，你们三个傻瓜！"

他的父亲问："哎呀，我为什么是傻瓜？"

他的女儿回答说："父亲，请先吃肉。我之后会告诉你你的愚蠢表现在哪里。"

但是，父亲说："不，我不吃，你先告诉我，我再吃。"

女儿这时站起身来说："我的父亲，你为了一件便宜的东西放弃了一件宝贵的东西。"

她父亲问她："我放弃的便宜的东西是什么？"

她说："我的父亲，是我。"

他问："为什么这么说？"

她说："父亲，你除了我之外没有别的孩子。你为了一百头牛把我嫁给一个年轻人，可是父亲，你有六千头牛啊。你把一百头牛看得比我贵重。这就是为什么我说'你为一件便宜的东西放弃了一件宝贵的东西'。"

她父亲说："这是真的，我的孩子，我是个傻瓜。"

她的丈夫起身问："现在，请告诉我我哪里愚蠢了？"

女人对他说："你是一个更大的傻瓜。"

他说："为什么这么说？"

她说："你从你父母那里继承了一百头牛，你甚至没有多继承一头小牛。你用它们来交换我，你用你全部的一百头牛交来换。你自己的镇上有那么多的女人，她们的聘礼只要十头或二十头牛。可你看都不看她们。你反而用你全部的牛来交换以便娶我。现在，你一无所有，甚至连可供咱俩吃的东西都没有，你变成了别人的仆人。你去给别人挤牛奶来换取一点吃的。如果你保留着你一半数量的牛，你会有东西可吃。这就是你的愚蠢，我亲爱的丈夫。"

这时，那个可鄙的无赖问："那我的愚蠢又表现在哪儿？告诉我。"

女人起身说："你比他们两个人更愚蠢。"

他问："为什么这么说？"

她回答："你想仅用一整块牛腿肉得到别人曾经用一百头牛换来的东西。你难道不是一个傻瓜吗？"

他一下子跳起来，飞快地跑掉了。

女人的父亲留下来跟他们待了两天。到了第三天，他准备启程回家。他一到家，就把他从他女婿那里得来的牛解开，把它们送回给他。除此之外，他还送去另外两百头牛。此后，他的女儿惬意地跟她丈夫一起生活了很久，很久。

尾　声

　　她是一个老妇人，来自一个庞大的家族。不断攻击的莱扎－希卡贡那摩 ❶——"不断攻击的神"出手打击她的家族。他在她还是孩子的时候，杀了她的父亲和母亲。在过去的时间里，所有与她有关联的人都死了。她对自己说："我一定要保住那些坐在我大腿上的人。"然而，不，就连他们——她的孩子的孩子们都被莱扎从她身边带走了。她年老体衰，她感到自己似乎也快要被带走了。但事情不是这样的，她身上突然发生了变化，她反而变

---

❶ Yankah, Kwesi. The Folktale and Its Extensions//The Cambridge History of African and Caribbean Literature. Cambridge: Cambridge University Press, 2012: 32.

得更年轻了。她的心中突然涌起一种不顾一切的决心，她要去找神问一问这所有的一切意义为何。他的居所一定是在天上的某个地方，如果她能够到达那里！

她开始砍树，砍高大茂盛的树，把它们聚在一起，然后设计和建造一个能抵达天上的建筑物。建筑物越来越高，当它达到她想要的高度时，最底下的木材腐烂了，建筑物倒了下来。她也一起掉下来，却没有死也没有摔碎骨头。她继续干活，重建那个建筑物，可它的底基又腐烂了，她又掉了下来。她绝望地放弃了，却没有放弃找莱扎的心愿。她相信，地上的某个地方一定有路到天上！

她开始前行，走过一个又一个国家，经过一个又一个部族，心里总在想：我要去到大地的尽头，天地相接的地方，我要找到一条通往神的路，我要问他"我对你做了什么，你这样折磨我？"。

老妇人找不到大地的尽头，尽管她很失望却没有放弃寻找莱扎。她走过不同的国家，人们问她：，"老妇人，你来做什么？"

她的回答是："我在找莱扎。"

人们问："找莱扎？！为了什么事？"

她说："我的兄弟，你竟然问我？！这些部族中有人像我这样痛苦吗？"

他们又问："你痛苦什么？"

她说："看到了吗？我孤身一人。你们看看我，一个孤零零的老妇人。这就是我痛苦的原因。"

　　于是他们回应："是的，我们看到了。你真凄惨！失去了朋友和族人！但你跟其他人有什么不同呢？不断攻击的莱扎坐在我们每个人的身后，我们摆脱不了他！"

　　她从未实现过她的愿望，最终心碎而死。

非洲黑人民族简介

1. 阿散蒂

西非加纳的民族之一，主要居住在库马西周围，讲特维语，属尼日尔-刚果语系。阿散蒂人崇尚祖先、多神，主要种植谷物、香蕉、可可、薯类等作物。阿散蒂人擅长制作黄金制品，阿散蒂帝国在18世纪晚期最为繁盛。

2. 克拉奇

西非加纳的民族之一，主要分布在加纳东北部，属尼格罗人种苏丹类型，讲克拉奇语，擅长雕刻，也善于制作鼓等乐器。

3. 埃菲克-伊比比奥

指埃菲克和伊比比奥两个民族，二者均是西非尼日利亚的黑人民族。埃菲克人主要居住在十字河南部，讲埃菲克-伊比比奥方言，属尼日尔-刚果语系。大多数人生活在森林农庄里，主要种植薯蓣和木薯，辅以玉蜀黍、水果、蔬菜和鱼类。伊比比奥人主要居住在尼日利亚南部，也操埃菲克-伊比比奥方言，与埃菲克人在人名、文化和传统上有许多相似处或共同点，擅长制作精美的木雕和面具。

4. 布须曼

非洲西南部及东部民族之一，游牧狩猎民族，崇尚祖先和年长之人。布须曼人主要以绿色植物的嫩芽和根茎、动物肉，以及浆果、坚果等为生，性格热情奔放，喜爱对话、音乐和舞蹈，擅长制作草本药物和武器。布须曼人的祖先被认为是今天的南非和博茨瓦纳的第一批居民。

5. 阿坎巴

东非肯尼亚的民族之一，主要分布在肯尼亚高原中南部地区，讲坎巴语，属尼日尔-刚果语系。阿坎巴人原是游牧狩猎民族，后来开始从事农耕和畜牧，并开展蔗糖酒、小米、药物、象牙等物品的贸易活动。阿坎巴人能歌善舞，擅长木雕、编织和制陶，大多数人信仰他们的神话中的天神和雷神恩加伊。

6. 埃科伊

西非尼日利亚的民族之一，分布在十字河至尼日利亚与喀麦隆交界处，主要生活在尼日利亚东南部至喀麦隆西南部，讲埃科伊语，有着自己的文字系统。埃科伊人原以狩猎和捕鱼为生，后开始种植棕榈、大蕉、番薯、玉米等作物，擅长木雕、编织和面具制作。在社会组织上，部落的长者们组成议事机构，掌管部落事务，中青年男性组成审判和裁决机构，女祭司通常监管家庭事务。

7. 霍屯督

非洲西南部民族之一，游牧民族，主要分布在纳米比亚中部和南部、博茨瓦纳东北部和南非西北部，讲霍屯督语，属科伊桑语系。霍屯督人的神话和民间故事非常丰富。最早使用"霍屯督"这一名称的是17世纪晚期的欧洲白人，其最初的英文表述"Hottentot"被认为含有贬义，今大多用"Khoikhoi"。

8. 拜拉

非洲中南部赞比亚的民族之一，讲班图语，崇尚天神莱扎和祖先。拜拉人，亦称伊拉人，主要以狩猎、捕鱼和耕种玉米、高粱、黍类和番薯为生，擅长雕刻。拜拉人不施行集权制度，一般以一位享有自治权的首领治理一个独立的区，各村落由酋长和长老团管理。

9. 巴干达

东非乌干达的民族之一，主要居住在乌干达中部和南部及维多利亚湖沿岸地区，讲干达语，以农耕为生，种植大蕉、薯类、棉花、咖啡，擅长编织等手工技艺。巴干达人曾和其他一些来自北方的牧民建立了被殖民前的非洲最强大的帝国布干达。

10. 阿姆本杜

非洲西南部安哥拉的民族之一，居住在安哥拉的西北部，讲班图语，主要以狩猎和农耕为生，擅长冶金。阿姆本杜人受葡萄牙人入侵的时间很长，传统的政治组织形式和生活方式受到较大影响，今天许多人从事畜牧业。

11. 祖鲁

南非民族之一，主要分布在南非的夸祖鲁-纳塔尔地区，少数散居在赞比亚、津巴布韦、莫桑比克等国，讲祖鲁语，主要从事农牧业。

据说，最早的祖鲁人是在2世纪来到南非的，他们定居在村庄，种植小米等作物，畜养牛羊。祖鲁人在19世纪初建立了强大的祖鲁帝国。

12. 马萨伊

东非游牧狩猎民族之一，主要分布在肯尼亚的北部、南部和坦桑尼亚的北部，讲东苏丹语支马赛语。马萨伊人大多住围着栅栏的土屋，主要依靠农牧为生，种植高粱、小米等。马萨伊人以战斗力强著称，他们认为土地是人们的共有财产，而财富以各个家庭拥有的牛羊数量来衡量。传统的马萨伊社会由长老会管理。

13. 巴刚果

赤道西非洲民族之一，主要分布于刚果河下游地区，讲刚果语，社会组织形式以母系家庭为主。巴刚果人主要以农耕为生，也从事其他行业，他们种植玉米、芋头、香蕉、番薯、豆类等主食和咖啡、可可、棕榈等经济作物，崇尚祖先和人的灵魂。

14. 桑格

非洲南部民族之一，分布在南非和莫桑比克南部，讲桑格语，社会组织形式以父系家庭为主。桑格人主要以农牧业为生，种植玉米、高粱、小米等作物，保留了多种多样的民间音乐和舞蹈形式，擅长用草本制药。自18世纪以来，许多桑格人开始去外地务工。

15. 通加

非洲中南部赞比亚的民族之一，主要分布在赞比亚南部地区，根据生活环境可分为高原通加人和山谷通加人，说通加语。通加人的政治组织比较松散，一般没有政治首领和政治制度。他们以农牧业和渔业为生，种植玉米、高粱、豆类和薯类，擅长冶铜、炼铁、制陶和木雕。

16. 苏克
东非肯尼亚的民族之一，主要分布在图尔卡纳湖南部，说波科特语。苏克人以农牧业为生，有着悠久的口述文学传统。

17. 科萨
南非民族之一，分布在南非南部地区，说科萨语，以农牧为生，崇尚祖先和传统的文化仪式。如今许多科萨人在南非从事城市职业和工匠工作。

18. 努埃尔
尼罗河上游的民族之一，游牧民族，分布在白尼罗河和索巴特河之间的地区，主要生活在苏丹和埃塞俄比亚，说努埃尔语。努埃尔人信仰大大小小的天神，有着悠久的图腾文化。

19. 纳马
非洲西南部纳米比亚的民族之一，游牧民族，最早定居于博茨瓦纳西部和纳米比亚南部，说科伊桑语。纳马人擅长音乐、诗歌和讲故事，精通乐器、陶器和皮毛制品的制作。

20. 马绍那
非洲南部津巴布韦的民族之一，说绍那语，主要以农耕为生，种植高粱、番薯、豆类、香蕉、非洲野豆、南瓜等作物。马绍那人信仰祖先和图腾，精通采金和采铜，擅长石雕和制陶。马绍那传统音乐流传甚广，旋律悠扬、节奏多变，以鼓和安比拉琴为主要乐器。

21. 阿基库尤

东非肯尼亚民族之一，主要居住在肯尼亚首都内罗毕东北高原，说基库尤语，以农业和畜牧业为生，种植谷物、甘薯等作物。阿基库尤人的口述文学非常丰富，尤见于其民间故事和神话。歌唱和舞蹈是阿基库尤文化的重要元素。

22. 贝尼-穆库尼

东非坦桑尼亚的民族之一，主要分布在南部鲁非季河上游地区，属尼格罗人种，说班图语，崇尚传统文化仪式。

23. 巴隆加

主要分布在莫桑比克南部地区和南非的部分地区，说巴隆加语，多保持万物有灵信仰，社会组织形式以父系家庭为主。巴隆加人以农牧为生，种植玉蜀黍、小米等作物，也有许多人从事采矿业。

24. 兰戈

东非乌干达的民族之一，分布在基奥加湖以北的地区，说沙利尼罗语。部落由长老会管理，社会组织形式以父系家庭为主。兰戈人主要以农牧为生，种植棉花、高粱等作物。

25. 查加

东非坦桑尼亚的民族之一，生活在乞力马扎罗山肥沃的山坡上，说班图语，实行首领制。查加人主要以农耕为生，种植香蕉、芋头、豆类、红小米等作物，他们种植的阿拉伯咖啡闻名世界。

26. 文达

南非的民族之一，主要居住在南非津巴布韦边界地区，说班图语。文达人实行首领制，以农牧为生，歌唱和舞蹈是其民族文化的重要元素。

27. 豪萨

西非中部地区民族之一，主要分布在乍得湖与尼尔日河大弯曲之间的地区，说豪萨语，社会组织形式以父系氏族家庭为主。豪萨人主要以农耕和畜牧业为生，种植大米、高粱、玉米、秋葵等作物，商业发达，编织、铸铁等技艺精湛。

28. 斯瓦希里

东非民族之一，主要分布在坦桑尼亚、肯尼亚和索马里的部分地区，说斯瓦希里语，信仰祖先和图腾。斯瓦希里人以农耕和渔业为生，贸易历史悠久。斯瓦希里民族的文化受阿拉伯文化和亚洲文化的影响较大。

图书在版编目（CIP）数据

非洲民间故事 / （美）保罗·拉丁编 ； 李蓓蕾译. —
杭州 ： 浙江大学出版社，2019.4（2024.10重印）
书名原文：African Folktales & Sculpture
ISBN 978-7-308-19056-5

Ⅰ. ①非… Ⅱ. ①保… ②李… Ⅲ. ①民间故事－作品
集－非洲 Ⅳ. ①I407.3

中国版本图书馆CIP数据核字(2019)第063126号

非洲民间故事

［美］保罗·拉丁 编 李蓓蕾 译

责任编辑	马一萍　仲亚萍	
责任校对	赵　伟	
封面设计	林智广告	
出版发行	浙江大学出版社	
	（杭州市天目山路148号　　邮政编码　310007）	
	（网址：http://www.zjupress.com）	
排　　版	杭州林智广告有限公司	
印　　刷	广东虎彩云印刷有限公司绍兴分公司	
开　　本	710mm×1000mm　1/16	
印　　张	24.25	
字　　数	306千	
版 印 次	2019年4月第1版　2024年10月第8次印刷	
书　　号	ISBN 978-7-308-19056-5	
定　　价	68.00元	

版权所有　侵权必究　　印装差错　负责调换

浙江大学出版社市场运营中心联系方式：0571-88925591；http://zjdxcbs.tmall.com